当代陕西文学评论文丛

接续中坚

传统与经验

李震 著

陕西师範大學出版总社 西安

图书代号　WX24N2333

图书在版编目（CIP）数据

传统与经验 / 李震著. -- 西安 : 陕西师范大学出版总社有限公司, 2025. 6. --（当代陕西文学评论文丛 / 贾平凹, 齐雅丽主编）. -- ISBN 978-7-5695-4822-8

Ⅰ. I206.7-53

中国国家版本馆CIP数据核字第2024TG8408号

传 统 与 经 验

CHUANTONG YU JINGYAN

李　震　著

出版统筹　刘东风　刘　定
策划编辑　马凤霞
责任编辑　张　佩
责任校对　王雅琨
封面设计　周伟伟
出版发行　陕西师范大学出版总社
（西安市长安南路199号　邮编 710062）
网　　址　http: //www.snupg.com
印　　刷　中煤地西安地图制印有限公司
开　　本　720 mm × 1020 mm　1/16
印　　张　17
插　　页　2
字　　数　250千
版　　次　2025年6月第1版
印　　次　2025年6月第1次印刷
书　　号　ISBN 978-7-5695-4822-8
定　　价　69.00元

文脉陕西，评论华章（序）

贾平凹

从延安文艺的烽火岁月，到新时代的文学繁荣，陕西文学以其独特的风格和深邃的内涵，赢得了国内外的广泛赞誉。在中国当代文学史上，陕西不仅拥有一支强大的文学创作队伍，同时也拥有一批占领各个历史阶段文学批评潮头的评论骨干。他们以敏锐的洞察力剖析文学现象，参与文学现场，解读作品内涵，为陕西文学的发展注入了源源不断的活力。在新时代文化浪潮中，文学评论作为党领导文学事业的重要途径和方式，作为文学繁荣发展的重要推动力和引导力，正凸显着越来越重要的作用。

为了贯彻落实习近平总书记关于文艺工作和文艺批评的重要论述，以及中宣部等五部门联合印发的《关于加强新时代文艺评论工作的指导意见》，进一步加强和改进陕西文学批评工作，打磨好批评这把利剑，把好文艺的方向盘，同时也为深入总结和发扬陕派文学批评的历史经验，全面呈现陕西当代评论家队伍及其丰硕成果，推动陕西文学批评再创佳绩，助力陕西乃至全国文学发展，陕西省作家协会精心策划并编辑出版了“当代陕西文学评论文丛”。

在选编过程中，丛书编委会始终遵循着精编细选的原则，力求每篇文章都能代表作者个人的最高水平，同时也能反映出陕西文学评论的独特风格和时代特征。所选文章以研究和评论承续延安文艺传统的陕西作家、作品为主，也不乏对中国文坛或域外文学研究的独到见解。丛书汇聚了三代文学批评家中三十位代表批评家的学术成果。他们或生于陕西，或长期在陕工作。他们以笔为剑，以墨为锋，用睿智深刻的见解，共同书写了陕西文学批评的辉煌华章。他们的评论文章，或激情洋溢，或理性严谨，或高屋建瓴，或细腻入微，共同构筑了这部丛书的独特魅力与丰富内涵。

丛书将陕西老中青三代评论家分为“笔耕拓土”“接续中坚”“后起新锐”三个系列。三代评论家有学术师承，亦有历史代际。每个系列都蕴含着不同的时代气息和文学精神：“笔耕拓土”系列收录了陕西文学评论界先驱和奠基者的成果，他们如同手握犁铧的开垦者，为陕西文学评论的沃土播下了希望的种子；“接续中坚”系列展现了新一代批评家中坚力量的风采，他们的评论既有深厚的理论功底，又有敏锐的时代洞察力，为陕西文学评论的繁荣发展注入了新的活力；“后起新锐”系列则汇集了新一代批评家的文章，他们敢于创新，勇于探索，为陕西文学评论的未来开辟了广阔的空间。

“当代陕西文学评论文丛”的出版，不仅是对陕西文学批评历史的一次全面总结和回顾，更是对未来陕西文学发展的有力推动和期待。相信这部丛书的问世，将激发更多文学评论家的创作热情，使陕西文学创作与批评携手并进，比翼齐飞，为推动陕西文学批评事业的繁荣发展，为陕西乃至全国文学的发展贡献新的智慧和力量。

2024年11月8日

目　　录

论20世纪中国乡村小说的基本传统

——兼论《白鹿原》的文学史意义

文学传统将20世纪汉语文学整体地当作民族文学时代结束之后，新的文学传统的发生过程，应该成为当今新文学研究的一个重要视角，尽管人们早已用“五四”“解放区”这样的概念命名过20世纪的文学传统，但真正使我们获得认识和总结这一传统的条件和可能性的，却是在20世纪结束、历史文化语境发生了根本变化之后的今天。

一、农耕图景中的现代叙事——20世纪乡村小说的基本问题

在20世纪汉语文学形成的若干传统中，乡村小说的传统是最值得关注和反思的。①众所周知，乡村小说是20世纪汉语文学中成就最高的领域。无论是作为原生态的自然文化社区，还是作为社会文化变革的场景，20世纪的中国乡村都是文学最重要的资源和空间。

作为自然文化社区的乡村，应当说是中国的原色，无论是人口基数、

① 在20世纪二三十年代，此类小说多被称为“乡土小说”，四五十年代以来从强调题材意义出发，普遍被称为“农村题材小说”，本文出于综合考虑和对本义的尊重，故用“乡村小说”一说。此问题可参阅王又平：《从“乡土”到“农村”——关于中国当代文学主导题材形成的一个发生学考察》，载《华中师范大学学报》（人文社会科学版）2003年第4期。

占地面积，还是文化传统，乡村是整个中国的总体象征。对中国来说，从社会形态到经济形态，从革命到建设，最基本的问题始终是“三农”问题。迄今为止，中国依然是一个农业国。农耕文化至今是中国的文化原色。从“教民稼穑”的神农后稷到现在，中国社会的基本结构是以农耕图景为基础建构起来的。所有被称为中国传统的那些文化意识形态，都是按照农耕的需求和理想产生和发展起来的，儒道法无一例外。农本思想一直沿袭至今。

在社会文化变革的意义上，20世纪的乡村更是整个中国的缩影和核心。从土地革命到集体化，再到联产承包责任制，从“抓革命”到“促生产”，作为农村和农业的基本元素、农民安身立命之本的土地，在中国农民手上从无到有、从有到无、再从无到有的山重水复的变化，使中国乡村社会经历了近一个世纪的剧烈动荡。

20世纪是中国社会从农业文明向现代工商业文明的过渡期。从前半叶的“农村包围城市”到后半叶的“城市吞噬农村”，数千年的文明史在这个世纪里发生了质变和飞跃。经济形态在由以自然经济为主体的农业向以商品经济为主体的工商业过渡，农村在向城市过渡，农民在向产业工人过渡。这些社会革命和文化裂变，给整个中国社会带来的巨大精神阵痛的中心点就在乡村。因为乡村是中国传统文化的子宫。而这种阵痛恰恰是20世纪汉语文学表现力的重要源泉和现代性生长的基点。因此，在20世纪，无论出于实现现实功用和社会价值，还是出于作为人学而关注人的生存之必然，抑或是出于作为一种艺术形式的发生、传播和更新，汉语文学都无法回避农业文明及其意识形态的存在，都无法离开农耕文化的潜在语境。

尽管中国小说是随着市民阶层的出现才形成的，但我们仍然有理由认为：直到20世纪末期，两千多年的汉语文学，始终在农耕文化的语境中生长着。明清以来以小城镇为场景兴起的市民文化，事实上是农耕文化的一个变体，它所沿袭的依然是农耕文化中形成的生存方式和意识形态。这一点可以从现在的大部分小城镇仍然在延续乡村的习俗得到证实，因为小城镇居民不仅处在农村人口的包围之中，而且他们本来就是从农村人口中分离出来的。因此，中国几乎没有纯粹的城市文化。以上海为标志的现代工商业城市也仅有一百多年的历史。汉语文学中真正的都市小说是以20世纪30年代以来的海派小说和茅盾的《子夜》为标志的。而且，在这个以农耕文化为底色的国度里，是不会有纯粹的都市小说的。即使在《子夜》这部典型的都市工商业题材的小说中，也始终存在着一个“乡下”背景，若隐若现地游移在都市场景之中，更何况茅盾同时还有“农村三部曲”那样直接写乡村的小说。即使在20世纪90年代，贾平凹刻意写出的都市小说《废都》还是被人认为是一个“大村庄的故事”。直到20世纪末，在中国社会城市化、工商业化飞速推进的情景中，真正有分量、有影响的小说还是以取材现实中或历史上的乡村的作品为主。在中国小说的最高奖项——茅盾文学奖获奖作品中，无论数量、质量，还是影响，最瞩目的还是乡村小说。有人认为，在中国写小说，要追求深度和质量就去写乡村，要追求商业效应和改编电视剧的机会就去写都市。其原因就在于中国的乡村有着深厚的历史文化底蕴，而中国的城市尚未形成自己成熟的历史文化。

20世纪汉语文学是在农耕文化语境的变异过程中生长起来的。其现代性的建构是以农耕文化为支点、背景和平衡力的。现代作家正是在现代性与农耕文化的张力中，寻找着与古典文学截然不同的现代叙事。乡村小说在很大程度上可以作为考察现代性建构、现代叙事方式成熟的依据和标志，因为它是现代性和传统性直接交锋的地方。因此，认识20世纪乡村小说的基本传统，对重新认识20世纪汉语文学的经验和规律，以及对理解汉语文学的当下处境和前景，都是一个极有说服力的角度。

二、从鲁迅到韩少功：知识分子立场、文化批判与启蒙传统

20世纪乡村小说最早的传统是由鲁迅开创的。鲁迅是最早以小说的方式关注乡村的现代作家。人们一般认为鲁迅小说取材于农民、妇女和知识

分子三大领域，事实上，鲁迅小说主要取材于农民。且不说集中写农民的《阿Q正传》被当作鲁迅小说的代表作，即使作为妇女题材代表作的《祝福》，其实也是一个女农民的故事。而以“咸亨酒店”为标志的城镇场景中的孔乙己之类的知识分子，本质上也只是农民的一个特殊类型——乡村秀才。如果把孔乙己这个“知识分子”放在阿Q的“未庄”也未尝不可。甚至可以说，从孔乙己和祥林嫂身上看到的农业文明的成分，比在阿Q身上看到的更多、更本质。

鲁迅的乡村小说写作，直接带动了20年代“乡土小说”的风气。严家炎先生曾指出“由鲁迅首先创作，到1924年前后蔚然成风的乡土小说，是‘五四’文学革命之后最早形成的小说流派之一”[①]。这也是20世纪第一个乡村小说流派。这一流派的主要作家，杨振声、王鲁彦、台静农、蹇先艾、许钦文、彭家煌们，都程度不等地成为鲁迅乡村小说传统的继承者。反过来，他们的写作也促成了周氏兄弟对“乡土小说”的论述，这些论述成为汉语文学史上最早的关于乡村小说的理论建树，进而成为20世纪中国乡村小说不同传统的源头。而鲁迅的写作和他对“乡土小说”的论述则形成了乡村小说的第一大传统。

（一）知识分子立场与“世俗”现代性的建构

鲁迅在其乡村小说中，对农民表达了一种众所周知的态度：哀其不幸，怒其不争。问题在于：这种态度的主体到底是谁？或者说，鲁迅是以什么样的主体立场哀和怒的呢？

很显然，鲁迅既不代表神仙皇帝，也不代表农民自己，而是站在知识分子的立场对农民做出的反应。他之所以“哀”，是由于他对中国农民在封建礼教和传统农耕制度下生存自主权的丧失，乃至人格、尊严被剥夺的深切同情；他之所以“怒”是出于对“吃人”的封建礼教和传统农耕制度

---

① 严家炎：《中国现代小说流派史》，人民文学出版社，1989年，第29页。

对农民的摧残的愤怒。而这种同情和愤怒，正是鲁迅以一个知识分子的立场观照农民、观照乡村社会的重要标志。

这样的知识分子立场，已不再是士大夫文人在面对底层民众的疾苦时那种“朱门酒肉臭，路有冻死骨”式的单纯的同情和愤怒，而是在辛亥革命带来的农村社会变革背景下，在《狂人日记》中对传统礼教的理性批判基础上产生的，对农民文化命运深刻反思的结果。也就是说，鲁迅的“哀”和“怒”是在民主与科学的镜子中反照出来的，一个知识分子所具有的良知、人道和理性精神。可以说，鲁迅的知识分子立场是一种现代知识分子才可能具备的立场。

因此，“哀其不幸，怒其不争”所表现出来的知识分子立场，正是乡村小说现代性建构的起点，也是“五四”传统的核心，更是鲁迅精神的根基。从鲁迅的知识分子立场中，我们可以看到，20世纪汉语文学的现代性是建立在以确认人的价值为核心的民主精神和以理性批判为核心的科学精神基础上的。如果按照西方人对现代性的二分标准来看，鲁迅乃至整个“五四”精神中的现代性主要是建立在“世俗”层面，而非“审美”层面上的。尽管鲁迅本人的小说在“审美”层面上也表现出较强的现代性，但根据鲁迅“直面惨淡的人生”的一贯文学主张，这种现代性主要集中在了现实、文化这些“世俗”层面。这种意义上的现代性决定了鲁迅乡村小说传统的基本形态，也决定了鲁迅对后起的乡土文学的反思与评判：

> 凡在北京用笔写出他们的胸臆来的人们，无论他自称为用主观或客观，其实往往是乡土文学，从北京这方面说，则是侨寓文学的作者。……侨寓的只是作者自己，却不是这作者写的文章，因此也只见隐现着乡愁，很难有异域情调来开拓读者的心胸，或者炫耀他的眼界。……[1]

这段言论中的关键词是“侨寓”和“乡愁”。只对作者而言的“侨

① 鲁迅：《〈新文学大系·小说二集〉序》，见《鲁迅全集》第6卷，人民文学出版社，1981年，第247页。

寓”，表述的正是乡土文学的作者们作为远离故土、客居异乡的“知识分子”身份。而用“乡愁”来概括这些乡土文学的作者们表现出的精神内涵，既指出了他们对故土情感上的眷恋和忧患，也表明了鲁迅对这批乡土文学作者理性精神不足和文化视阈狭窄的批评。这种批评，正是鲁迅对自己所开创的乡村小说传统的一次匡正和捍卫。

（二）文化批判与启蒙主题

作为20世纪汉语文学的现代性的奠基者，鲁迅的知识分子立场，主要是通过文化批判体现出来的。鲁迅传统最重要的精神是在文化层面上关注和批判现实与人生。在鲁迅的乡村小说中，这种文化批判既是对农民自身的文化“劣根性”的，也是对摧残农民的礼教和制度的，更是对整个农耕文化传统的。人们早已熟知的鲁迅对封建礼教“吃人”本质的批判，对阿Q“精神胜利法”的批判，对闰土、华老拴和众多“看客”们麻木不仁的不觉醒自我的批判，对孔乙己、祥林嫂身上延续着的旧文化余毒的批判，以及对辛亥革命未能改变农民现实命运和文化“根性”的批判，都是这种文化批判的著名案例。这一点也正是鲁迅不满于乡土文学作者只“隐现着乡愁”，难有“眼界”的地方。

鲁迅的文化批判，开启了贯穿整个20世纪汉语文学的一个重大主题：启蒙。

启蒙作为一种出于现代精神的文化作为，它的主要对象就是农民。因为农民是“铁屋子”中人数最多、沉睡得最深、离现代理性最遥远的一类（这或许正是鲁迅为什么执着于乡村小说写作的根本原因）。因此，启蒙主题也就集中地出现在乡村小说当中。启蒙作为一项巨大的文化心理结构的改造工程正是由乡村小说始，进而在乡村小说中延续下来，并在乡村小说中实现的。因此，启蒙传统不仅是20世纪乡村小说最早的传统，也是最大和最重要的传统。

作为这一传统的开创者，鲁迅曾被人称为“乡土艺术家”，但这种称谓却被认为是由于“他的作品满熏着中国的土气”[①]，这恰恰忽略了鲁迅乡村小说传统最重要的精神，那就是与“土气”正好相反的现代性，因为鲁迅尽管执着于乡村和农民，但他的精神实质却是现代性的，现代性建构既是启蒙的动机和目的，也是启蒙的本质所在。所谓启蒙，就是以现代理性精神对现存的文化心理实施的结构性改造。因此，鲁迅是一位关注乡土的现代艺术家，而不是一位冒着“土气”的“乡土艺术家”。

鲁迅开创的这种从知识分子立场出发，通过文化批判实现的启蒙传统，不仅仅是20世纪乡村小说最重要的传统，而且是“五四”精神的主要内涵。它旗帜鲜明的现代性是包括乡村小说在内的整个20世纪汉语文学的主导精神和总体目标。这一传统在其后八十多年的文学历程中时断时续，成为一条贯穿始终的、坚韧不拔的主线。

（三）主观写实主义：乡村小说的现代叙事模式

鲁迅乡村小说对确立现代叙事方式的意义，绝不仅仅在于以白话对文言的背叛，也不仅仅在于第一个用现代小说的方式讲述了发生在乡村的故事，更重要的在于鲁迅刷新了传统小说讲故事的原则和策略。鲁迅尽管沿用了“××传”的传奇或史传小说的标题，却不是以传奇或史传的策略进行叙事，尽管汲取了《儒林外史》式的幽默与讽刺，却没有单纯地使用这些手段。鲁迅的现代叙事遵循着一种极端主观的写实策略。其主观性体现在叙事主体对故事和人物的强烈干预和批判，这样的叙事如一束强光，时刻照射着故事中的人物，令其不得不“原形毕露”，将自己的内心乃至无意识明晃晃地裸露出来，如阿Q的一系列能够极端表现其内心行为的下意识动作和语言，就是在这种强光照射下裸露出来的。而这种主观性在叙事过程中却体现为一种被人们称为白描的写实口吻。鲁迅小说这种写实策略中的主观干预精神，应该就是胡风的现实主义理论中的“主观战斗精

① 张定璜：《鲁迅先生》，载《现代评论》1925年第1卷第8期。

神”，可惜在鲁迅因此被树为“旗手”的同时，胡风却因此遭了涂炭。其实，这种由鲁迅实践、胡风倡导的叙事策略便是典型的19世纪西方批判现实主义的做法，只不过是被鲁迅加进了一些尼采式的强度、现代主义的手段和中国传统小说的写法，如意识流、讽刺、荒诞等。

鲁迅这种主观写实主义的叙事模式之于乡村，构成了与随后将要谈论的沈从文们那种以“田园诗风”讲述的乡村完全相反的美学形态，那就是被一种为死亡、血腥、麻木、扭曲所笼罩的悲剧化的乡村。阿Q糊里糊涂唱着戏被砍了头，祥林嫂带着恐惧默默死去，华老拴带着儿子去吃革命党的人血馒头等有意味的细节，是在一系列被升华到文化高度的冲突中凸显出来的。在这样的乡村中我们看不到炊烟，闻不到香火味，听不到鸡鸣狗吠，更听不到田园牧歌。可以认定，鲁迅的乡村叙事，是鲁迅以文化批判和启蒙主题为核心的乡村小说传统的必然产物。

（四）鲁迅传统的延续形态：韩少功和寻根小说

以鲁迅为标志，以知识分子立场、文化批判和启蒙主题为核心的乡村小说传统，只在20年代的“乡土小说”中得到了一定程度的延续。而随着三四十年代抗战文学的兴起和四五十年代解放区传统对“五四”传统的替代，以及“文革”中所有传统的中断，直到80年代中期，一直处于休眠状态。七八十年代之交，高晓声写农村的小说出现后，有人便认为鲁迅传统复活了[①]。然而，尽管高晓声通过陈奂生、李顺大的形象触及了农民身上自私狭隘的文化性格，但由于他主要是在通过这些人物展示社会变革的进程，而在总体上尚未进入文化观照的层面和文化批判的高度，也不具备进入这种高度的理性因素，更扯不到启蒙主题上，所以还不能说高晓声延续了鲁迅传统，真正延续了鲁迅传统的应该是80年代中期出现的以韩少功为代表的寻根小说。

① 丁帆：《中国乡土小说史论》，江苏文艺出版社，1992年，第179—181页。

寻根小说是“文革”后经过充分的科学理性的重建、人道主义的复兴和文化意识的再度觉醒之后，出现的一次以现代理性精神反思民族文化、凸显启蒙主题的文学思潮。这一思潮中出现的小说，全都取材于乡村，而且全部是以现代知识分子的身份和立场，去审视比鲁迅的“未庄”还要蛮荒、古朴的乡村社会的，如“小鲍庄”“鸡头寨”“老井村”等等。这批作家，韩少功、阿城、王安忆、李陀、李杭育、李庆西、郑义等，都充分吸收了西方现代文学的营养，具有明确的现代追求和对民族文化的启蒙意识①。因此，无论是知识分子立场还是对现代性的建构，也无论是文化批判还是启蒙精神，都完全切入了鲁迅传统，而且至少在以下两个方面发展了鲁迅传统。

第一，寻根小说在文化批判上深化了鲁迅精神。寻根作家不拘泥于某种主观的政治立场对文化进行选择，而是在更加全面的世俗现代性意义上对民族文化的“根性”的反思和批判。同时，他们选择现存的原始村落作为审视文化之“根”的切入点，将其触角由鲁迅的对主流文化的反思和批判，进入了对民族民间文化的反思和批判。这一路径一直延伸到90年代韩少功的《马桥词典》《鞋癖》之中。

第二，在现代叙事策略的探索方面，寻根小说也更进了一步。寻根作家们更多地吸收了西方现代主义的叙事手段，譬如，与阿Q相比，丙崽更富有荒诞和魔幻的特质。在对变态心理和蒙昧状态的叙述上，韩少功的作品应该比《阿Q正传》和《狂人日记》中同类细节的叙述更加逼真和精细。

从鲁迅到韩少功，构成了20世纪乡村小说的第一种传统。尽管这一传统曾被中断了半个多世纪，但它代表着20世纪乡村小说不可忽视的高度和深度。如果要指出这一传统的某些局限的话，本文认为，与其后出现的以农民立场写农民的局限性相比，以知识分子立场写农民，同样存在局限性。以单纯的知识分子立场写农民，始终不能切入农民的实际生活情景中

① 参见李庆西《寻根：回到事物本身》，载《文学评论》1988年第4期。该文阐发了寻根文学寻找民族文化精神以获得民族精神自救的目的，这一目的就是启蒙立场。

去，以致使这些作品与农民的现实命运一直是相隔的。无论是在鲁迅的作品中，还是在寻根作家的作品中，人们看到的，只是一些类似文化象征符号的“农民”和“村庄”，如“未庄”“鸡头寨”“阿Q”和“丙崽”，始终看不清他们的实际生活情景，而好像是一些有关农民的文化寓言。此外，从写作中的文化象征到写作的文化目的和动机，都可以证实支持这一传统文学观的是一种文化本体观，即以文化的动机、文化的手段来实现文化的目的。文化本体观将穷尽某些文化规律、文化理念和文化形态当成了文学写作本身。因此，这种文化本体观决定了这一传统所建构的现代性更多地建立在世俗层面上，不管作家们如何努力去锤炼叙事手段，其“审美”层面上的现代性始终不会成为主导因素，而这对作为一种艺术形式的文学来说，则是可悲的。

二、从废名、沈从文、孙犁到汪曾祺、贾平凹：知识分子立场、人性审美与诗化传统

20世纪中国乡村小说的第二种传统源于二三十年代的京派作家。早在20年代，当“乡土小说”作家们“隐现着乡愁”时，废名却“横吹出中国中部农村远离尘嚣的田园牧歌”[①]。他的《浣衣母》《竹林的故事》《柚子》，以及长篇《桥》展示出与“未庄”迥然不同的乡村景观。如果说鲁迅的乡村叙事是立足于各种社会矛盾和文化冲突的话，那么废名的乡村叙事则是立足于和谐与宁静，以诗意审美的眼光来打量中国的乡村世界。尤其是那些在鲁迅和“乡土小说”作家的作品中被作为文化批判目标的落后文化因素，在废名的作品中却变成了审美元素。废名小说与“乡土小说”的这种区别类似于道家文化与儒家文化的区别，也类似于周作人与鲁迅的区别。事实上，作为周作人的弟子，废名本来就是在小说中演绎周作人散文的境界。而且周作人

① 杨义：《中国现代小说史》第1卷，人民文学出版社，1986年，第450页。

虽没有明确使用乡土或乡村的概念来谈文学，但对地方风土与文艺的关系却有深刻的、不同于其兄鲁迅的理论表述，他“所希望的，便是摆脱了一切的束缚，任情歌唱，……只要是遗传、环境所融合而成的我的真的心搏，……这样的作品，自然的具有他应具的特征，便是国民性、地方性和个性，也即他的生命”。他倡导文学“须得跳到地面上来，把土气息、泥滋味透过了他的脉搏，表现在文字上，这才是真实的思想与文艺”①。这些见解显然明确地表现在了废名的乡村小说中。

废名递出的乡村小说传统的接力棒，首先被沈从文所传递。沈从文从20年代的《野店》《赌徒》《夜渔》到30年代的《边城》，一直在向人们讲述着湘西乡村的故事。其叙事风格和面对乡村世界的姿态与废名惊人地相似。从沈从文所著《论冯文炳》一文可以看出，沈从文对湘西乡村的叙述深受废名的影响。而沈从文丰盛的写作实践，以及由此带来的影响力，将废名开创的乡村小说传统推向成熟。

废名、沈从文传统在30年代之后，与鲁迅传统一样被以赵树理为代表的另一种乡村小说传统所取代，在以《在延安文艺座谈会上的讲话》（以下简称《讲话》）为标志的解放区文学成为主流的40—60年代里，唯一可作为这一传统传承人的是孙犁，孙犁所代表的荷花淀派与赵树理所代表的山药蛋派同作为乡土文学的代表，却在两种完全不同的传统中生长着，《荷花淀》讲述着与《小二黑结婚》截然不同的乡村情景。他虽然也是解放区作家，也有反映新生活的使命和动机，但他更注重人的性情、乡村里的民情风俗，及其与自然的和谐，更注重诗化的审美和写意的笔法。因此，孙犁成为废名—沈从文传统在那个特殊的历史时期的接力者，尽管由于时代因素的介入使孙犁对这一传统的延续不能像沈从文那样纯粹，而且这一传统在那个时代只能居于边缘状态，但也正是由于处于那个时代，孙犁对这一传统的延续显得弥足珍贵。

① 周作人：《地方与文艺》，见《谈龙集》，上海书店，1930年，第15页。

“文革”后，废名—沈从文传统的接力棒传到了汪曾祺、贾平凹的手中。汪曾祺在西南联大时期曾直接师从沈从文，深得沈从文小说之真传。但汪曾祺对其师所代表的乡村小说传统的延续则是在80年代初期，他以《受戒》《大淖记事》对其家乡江苏高邮一带乡村习俗的叙述，发出了向废名—沈从文传统回归的信号。其写法从美学姿态到叙述方式可以说完全延续了这一传统的精魂，而且对当时小说的观念和写法实现了全面的超越。以诗意方式叙述乡土风情是汪曾祺乡村小说最醒目的特点，也是他师法沈从文的主要方面。可以说，汪曾祺的乡村小说写作开启了80年代乡村小说的一个沈从文热潮。与此同时，作为荷花淀派主将的刘绍棠的乡土小说，也在延续孙犁四五十年代的血脉，他以《瓜棚柳巷》《蒲柳人家》等一批中篇小说对华北乡村的叙述，与汪曾祺的“高邮”、贾平凹的“商州”构成了80年代初期一个新乡村小说的可观阵容。其共同特点就在于以诗意化的方式观照乡村社会的民情风俗，也就是在共同延续废名—沈从文传统。贾平凹的“商州”系列，既得益于他的故乡商州趋于原始自然的民情风俗，也得益于二三十年代被斥为“帮闲文人”和明清时期性灵派作家超然淡雅的人生境界和语言风格，同时还得益于孙犁的直接提携。贾平凹的这几个源头与废名—沈从文传统直接或间接地都有关联，这使他成为这一传统在青年一代作家中最得力的传人。贾平凹对商州的叙述尽管带有变革时代的一些视角，但最主要的特征还是以诗意化的方式观照乡村民情风俗的变化，并将各种现实矛盾冲突，化解或升华为一系列朴拙的审美趣味，进而实现了性情、习俗与自然的和谐统一。

与鲁迅传统相比，废名—沈从文传统形成了完全不同的精神脉络。

（一）知识分子立场与审美现代性的建构

废名—沈从文传统与鲁迅传统最大的一致性，在于他们都是以知识分子立场进入中国乡村世界的。因为，无论是以政治家的立场，还是以农民自己的立场，都是不会形成那种纯粹的审美姿态的。但同是知识分子立场，却表现出两种不同的姿态。鲁迅是理性批判型的知识分子，而沈从文们则是灵性审美型的知识分子。从沈从文们所展示的带有明显人道精神和人性理想的审美层次来看，他们的知识分子立场同样也是现代性的。正是其现代知识分子立场与乡村世界的原始形态之间的反差，构成了他们小说的美学支点和依据。但同是现代知识分子，同对汉语文学的现代性建构做出过努力，却建构着两种完全不同的现代性。如果说鲁迅传统构建的是世俗现代性的话，那么废名—沈从文传统构建的则是审美现代性。鲁迅由其现代知识分子立场与乡村现实的反差，导向了对抗性的批判姿态。而沈从文们则由其现代知识分子立场与乡村现实的反差，导向了和谐的审美姿态。因此，“未庄”是千疮百孔的、丑陋的，而“湘西”是人性化的、美好的。这两种不同的现代性依据于两种不同的现代精神，世俗现代性更多地依据科学和现代理性精神，以批判的眼光，去摧毁现实与传统中不符合自我构筑的现代图景的因素。审美现代性更多地依据民主和人道主义精神，以审美眼光去发现和构筑人性中潜在的符合自我构筑的现代图景的因素。世俗现代性更多地倾向于形而下，而审美现代性更多地倾向于形而上。因此，鲁迅更多地呈现出现实的不合理性，而沈从文们更多地呈现出理想的合理性；鲁迅主“理”，沈从文们主“情”；鲁迅重写实，沈从文们重写意；鲁迅立足于现实主义，沈从文们立足于浪漫主义。

（二）人性观照与诗意审美

与鲁迅传统立足于文化批判不同，废名—沈从文传统始终立足于人性的观照。沈从文的《柏子》所写水手柏子和吊脚楼妓女之间畸形的爱，有着深刻的社会原因，如果是在鲁迅笔下，自然会导向尖锐的社会—文化批判中去，而在沈从文的笔下，却演绎为一种畸形中的真诚、粗野中的欢愉、丑陋的现实中发出的人性的光彩。

“湘西”“高邮”“荷花淀”“商州”，和“未庄”一样，都存在着丑陋和冲突，但沈从文们将这些丑陋和冲突，化解为美丽与和谐，进入了诗意化的审美境界。这种境界以单纯、明净，升华了现实中的复杂与浑浊。那些在现实中为人们所不齿的人物在沈从文们的小说中都会具有人性的光彩。诗意审美的核心就在于和谐和单纯。在《萧萧》《边城》中，沈从文为人们完成了由复杂、浑浊和喧响的现实世界向单纯、和谐、宁静的诗意世界转化的过程。《萧萧》中从12岁的童养媳与3岁的丈夫之间的不和谐现实，到萧萧固守的那份天真、幼稚和单纯，《边城》中从充满血腥和死亡的爱情冲突，到只剩下翠翠和一只渡船的宁静，都抵达了诗意的归宿。在汪曾祺的《受戒》中，作为出家人的小和尚明海与小英子两小无猜的朦胧爱意，超越了现实中的贫困和宗教教义。小说结尾处明海与小英子的小船划入芦荡深处惊起一片鸟群的情景，无疑使人性与乡情飞上了诗意的天空。

对现实矛盾实现诗意化的超越，是这一传统几代传人的自觉追求，沈从文、孙犁、汪曾祺等多次表述过类似的观点。沈从文曾在《从文小说习作·代序》中说："要血和泪吗？这很容易办到，但我不能给你们这个。"他的确曾在湘西军队的六年中亲见过屠杀上万个人的情景，但他还是说："神圣伟大的悲哀不一定有一摊血一把泪，一个聪明的作家写人类痛苦是用微笑来表现的。"孙犁在《文学与生活的路》中曾表达过同样的意思，他说："看到真善美的极致，我写了一些作品。看到邪恶的极致，我不愿意写。这些东西我体验很深，可以说镂心刻骨的。可我不愿意写这些东西，我也不愿意回忆它。"这种对现实纠葛的拒绝不是一种逃避和迁就，而是一种诗意的超越，就像大自然中的急风暴雨终究要化作彩虹一样。事实上，废名—沈从文传统的乡村叙事正是以人性与自然的和谐，编织着诗意的天空中一道道美丽的彩虹。

（三）意象与抒情：浪漫的乡村叙事

诗意化的世界是一个纯粹的文人乌托邦。它在审美上是和谐、宁静和单纯的，而在精神上则是理想主义的和浪漫的。这种立足于理想和浪漫的叙事，追求的是情节与结构的单一和简约。无论是在沈从文、孙犁，还是在汪曾祺、贾平凹讲述的故事中，我们都没有发现激烈的矛盾冲突和复杂的情节结构，即使遇到了这样的冲突和结构，也往往是化繁为简，置杂于一。而且，在叙述过程中大多不以陈述情节为目的，而是常常突破叙事的时间链条，进入空间呈现。汪曾祺曾经明确表示他的作品缺乏崇高悲壮的美。他所追求的不是深刻而是和谐。这种淡化矛盾冲突，简化故事情节，以及突破时间、进入空间的叙事策略，在外表上表现为小说性的弱化和散文性的增强，在内在精神上却是对诗性的抵达。因此，对沈从文们的小说，有人认为具有散文化的倾向，还有人又认为具有诗化的倾向，事实上这两种倾向是同时存在的，汪曾祺干脆认为这是小说向散文诗的一种趋近。这种意见不仅对废名和汪曾祺自己是成立的，对沈从文、孙犁、贾平凹也都是成立的。

作为一个共同特征，散文诗化的叙事标志着这一传统的作家与乡村世界的内在关系。那就是，乡村成了文人乌托邦的最佳外化情景，成了作家们寻找诗意、寻找浪漫、寻找人性寄托的最有可能的去处。因此，对沈从文们而言，与其说他们是在向人们讲述乡村的故事，不如说他们是在借助乡村向人们讲述自己内心的故事。这一点与鲁迅们和赵树理们形成了明显的区别。如果说鲁迅们是想通过现代理性去唤醒乡村、拯救乡村的话，那么赵树理们则是在尽力用自己的笔去描绘并赞美乡村及其历史变迁；如果说，在鲁迅们的小说中，来自作家主观世界的现代文化理念撞击得乡村世界的文化与现实铿锵作响的话，那么在赵树理们的小说中，乡村世界历史变迁的潮水哗啦啦地冲破了作家主观世界的堤坝；如果说，鲁迅们的小说是在文化的航船上讲述关于乡村的文化寓言的话，那么，赵树理们的小说则是在乡村的夜空中飘荡的谣曲。但在鲁迅们和赵树理们不同的乡村小说中，有一点是相同的，那就是乡村世界被作为一个客观存在的“他者”来对待了。也就是说，他们的叙事是“及物”的。而沈从文们则完全不同，他们的叙述可以说是“不及物”的。乡村，在他们的叙事中不完全是作为一种对象，而是作为支点和依托，被内化在作家的内心情景之中，变为他们个人乌托邦的存在形式，进而成为他们表述自己“精神故乡”的个人意象，无论是中部乡村、“湘西”、“荷花淀”，还是“高邮”“商州”，事实上都已成了象征这些作家“精神故乡”和著名的个人意象。在这个意义上说，沈从文们的乡村小说是真正浪漫主义的。这与他们追求诗意审美、追求人性与自然的和谐统一、追求审美层次上的现代性，是浑然一体的。

三、从茅盾、赵树理、柳青到高晓声、路遥：农民立场、现实视角与“史诗”传统

无论是鲁迅传统，还是废名—沈从文传统，都受到了三四十年代兴起的另一种乡村小说传统的剧烈冲击。这种冲击首先表现为“革命文学”中新的社会理论尤其是阶级观念对乡村小说的全新要求，这在小说界具体表现为茅盾对乡土文学的批评和左翼文学的日趋功利化趋势。

茅盾在《关于乡土文学》一文中指出：“我以为单有了特殊的风土人情的描写，只不过像是看一幅异域的图画，虽能引起我们的惊异，然而给我们的，只是好奇心的餍足。因此在特殊的风土人情而外，应当还有普遍的于我们共同的对于运命的挣扎。一个只有游历家的眼光的作者，往往只能给我们以前者；必须是一个具有一定世界观与人生观的作者方能作为主要的一点而给与了我们。”①

这里所说的“共同的对于运命的挣扎”和“世界观与人生观”，正是左翼革命文学所要强调的。尽管茅盾同时还在倡导尽可能客观的“写实主义”，但这种主观倾向性确已成为茅盾评价别人的乡村小说和自己以“农村三部曲”为代表的大多数乡村小说的主要价值标准。而这种趋势，在

① 茅盾：《茅盾全集》第21卷，人民文学出版社，1991年，第89页。

《讲话》发表后，得到了进一步强化和合法化。于是乡村小说便顺理成章地过渡到了赵树理传统。

以赵树理的《李有才板话》《小二黑结婚》，以及获斯大林奖金的丁玲的《太阳照在桑干河上》和周立波的《暴风骤雨》为代表的一批体现《讲话》精神的作品，成了40年代乡村小说的主流。这股潮流在1949年后国家意识形态的强力支持下，迅速成为整个汉语文学的主流。除赵树理又推出《三里湾》、周立波又推出《山乡巨变》外，还出现了柳青的《创业史》、梁斌的《红旗谱》、浩然的《艳阳天》等一批长篇巨作。尽管其中大部分作品在"文革"中被否决，但事实上，这一传统一直到80年代仍然还是中国乡村小说的主流。"文革"后，虽加入了新的时代内容，且在叙事策略上得到一定程度的改进，但这一传统依然在高晓声、路遥等作家中延续着。

（一）农民立场与现代性的迷失

赵树理传统与前两种传统最大的区别在于主体立场的不同。如果说前两种传统的主体立场是知识分子立场的话，那么赵树理传统的主体立场则是农民自己的立场。这一点，除了有这一传统提供的大量以民族化、大众化为表征，为中国农民所"喜闻乐见"的作品可以为证外，其代表作家都做过巨大的主观努力，赵树理自觉致力于打通新文学与"农村读者"的"隔阂"，他长期居住在农村，试图将自己的思想感情完全融入农民的立场之中，从而专门为农村的读者写作；柳青生长于陕北农村，且又回乡当过三年乡文书，为了写《创业史》，又在长安皇甫村居住了整整十四年。他认为，深入生活，走与工农相结合的道路，必须是长期的、无条件的、全心全意的[①]。周扬在《论赵树理的创作》中指出："没有站在斗争之外，而是站在斗争之中，站在斗争的一方面，农民的方面，他是他们中

① 柳青：《回答〈文艺学习〉编辑部的问题》，载《文艺学习》1954年第5期。

的一个。他没有以旁观者的态度，或高高在上的态度来观察描写农民”，“因为农民是主体，所以在描写人物，叙述事件的时候，是以农民的感觉、印象和判断为基础的”。①

将知识分子立场转变为农民立场的努力，正是以《讲话》精神为代表的40—70年代主流意识形态对作家的一项基本要求。而“深入生活”“体验生活”，成为这种转变的主要方式。新中国成立后，作家下放农村、工厂、矿山、战场、边疆蔚为风气，除部分是由于被迫害所致之外，大部分像赵树理、柳青一样是自觉自愿的。他们的自愿既出于对新中国、新生活的由衷热爱，对文学与现实关系重要性的深切认同，也是在自觉迎合主流意识形态的要求和对作家的规范。因此，这种农民立场本身具有强烈的意识形态色彩。

作为作家主体立场的农民立场在乡村小说的写作中，表现出了一定的优势。如对乡村生活细节的了解，对农民思想感情的体验，对农民现实命运的把握，都使赵树理们获得了充分的经验基础，且的确做到了作品与农民生活最大限度地切近，受到中国底层读者的普遍欢迎。四五十年代的赵树理、五六十年代的柳青、80年代的路遥的确成了家喻户晓的作家。然而农民立场，却使新文学失却了自己的初衷，也使乡村小说失去必要的主体性，失去了观照农民生活与命运的必要的审美距离，进而失去了对其做出评价的能力。因此才出现了赵树理传统的作品对农民生活的判断不到半个世纪就被历史所否定的可悲结果。

更重要的是，在鼓励以农民立场来叙述农民生活及其历史变迁的同时，知识分子立场在这一时期被作为“小资”情调受到了抵制和打击。不管是试图改造农民传统文化心理结构的启蒙传统，还是对乡村世界的诗意化的审美传统，基本上都处于冬眠状态。他们从不同层面上对汉语文学现代性的建构，被迫终止。从现代理性精神出发试图对乡村社会实施启蒙的世俗现代

---

① 周扬：《论赵树理的创作》，载《解放日报》1946年8月26日。

性，在意识形态因素的强力介入之下逐步被庸俗化为否定一切、打倒一切的“革命”行为；而从人道主义出发试图对乡村社会进行诗意观照的“审美”现代性则被形形色色的功利主义倾向所排斥。因此，汉语文学现代性的建构，从三四十年代到70年代末，迷失在了历史的隧洞里。

（二）现实视角与实用现实主义

赵树理传统与鲁迅传统、沈从文传统的第二个重大区别在于观照乡村世界的视角。鲁迅传统的视角是文化，沈从文传统的视角是审美。而赵树理传统的视角则是社会现实及其历史变迁，即试图客观展示乡村社会的现实本身。这一视角在那个急剧变革的时代里，具体化为确认历史变革在乡村社会和农民命运中的现实表现。因此，这一视角既能充分体现《讲话》对文艺的要求，也完全符合茅盾等人的写实主义理论和对农村题材小说的期望。因此，《李有才板话》被认为是“非常真实地、非常生动地描写农民斗争的作品，简直可以说是一个杰作”[①]。赵树理的小说被一次会议确认为“赵树理方向”，并被作为“我们的旗帜”。然而这面旗帜沿着既定的方向，将乡村小说带到了完全实用主义的道路上，所谓现实视角最终成了实用主义泛滥的一个合法通道。赵树理说他写农村的小说主要是为了配合农村的“实际工作”，同时，小说被他当成了劝善的工具[②]。新中国成立后赵树理写农村的《三里湾》和《锻炼锻炼》等，或为配合合作化运动，或为配合农村整风运动。这些作品尽管因为描写了变革中的农村生活的“本来面貌”而具有现实主义的一般特征，但作者配合运动、图解政策、立足劝善的写作意图却将现实主义实用化，为后来“文革”时期现实主义的进一步庸俗化埋下了伏笔。

---

① 陈荒煤：《向赵树理方向迈进》，载《人民日报》1947年8月10日。

② 在《随〈下乡集〉寄给农村读者》中赵树理曾说：“俗话说，‘说书唱戏是劝人哩！’这话是对的。我们写小说和说书唱戏一样（说评书就是讲小说），都是劝人的。”在1949年6月26日发表于《人民日报》的《也算经验》中，赵树理还强调了他的小说写作是为了配合农村“实际工作”，“产生指导现实的意义”。

这种现实视角在柳青、周立波、浩然，以及“文革”后的高晓声、路遥的乡村小说写作中一以贯之，成为这一传统的主要标记，其中一些作家尽管也表现出了一些与其他乡村小说传统类似的地方，如周立波在风俗描写和语言风格方面显然有沈从文传统的一些特点，高晓声、路遥的小说也带有鲁迅传统中的批判倾向，但他们观照乡村的视角和主体立场，却是现实视角和农民立场，并没有进入鲁迅式的文化层面。这一点决定了这些作家从根本上属于赵树理传统。一个作家的观察和叙述整体上是在哪一个层面上展开的，决定了这个作家的基本面貌。有论者试图通过文本细读来证实解放区作家也具有鲁迅式的文化批判锋芒[①]，然而正是由于解放区作家的主体意识几乎为现实视角所垄断，在整体上未能进入鲁迅式的文化批判层面，所以只能是一种现实层面的批判，和鲁迅传统不可同日而语。

这种在主体意识和观照视角上的一致性，使赵树理传统的乡村小说陷入了一种模式化和短期效应的危机。柳青的《创业史》、周立波的《山乡巨变》和浩然的《艳阳天》，与赵树理的《三里湾》一样，在同一种结构模式、同一种选材和主题、同样的角色设置和同样的起绰号的方式中，讲述当代中国乡村的故事。他们之间的个人差异远不足以掩盖他们雷同的实质。高晓声和路遥尽管关注到了与赵树理、柳青讲述的正好相反的乡村现实，但他们的视角却是一致的，都是现实视角，以及由新旧生活理想之间的冲突带来的社会变革。这使他们从本质上嵌入了赵树理传统。这种从农民立场审视乡村现实的特性，决定了这一传统的短期效应。五六十年代写农村合作化道路的那一批小说，在七八十年代之交已面临历史实际进程的拷问，80年代初期出现的农村经济改革，与这些颂扬合作化道路的“经典”作品开了一个极具讽刺意味的历史玩笑。而陈奂生、高加林曾经在城乡交叉地带、文明交叉地带所面临的选择，在90年代以来大规模的城市化进程和“民工潮”之中，也显出了作家主体视野的捉襟见肘。当然我们不

① 王利丽：《救亡未忘启蒙——论解放区作家对农民落后意识的批判》，载《文学评论》2003年第6期。

能要求一个作家对历史可以料事如神，但中外真正的经典名著哪一部是在几十年之中就被历史所淘汰的？

（三）民间趣味与“史诗”幻象：民族化名义下的反现代叙事

赵树理传统最显著的叙事特征是以民族化、大众化为动机的民间趣味和以展示农村历史变革为动机的史诗意识。

40年代以来由毛泽东倡导的民族化、大众化运动，可以说是汉语文学史上最大规模的一次有纲领、有组织的文人文学与民族民间文学的大融合。这次运动除了对民歌的大规模搜集、仿造和借鉴之外，成就最高的就是以赵树理为代表的乡村小说写作。被视为“毛泽东文艺思想在创造实践上的一个胜利”的“赵树理方向”，本身就包含着民族化、大众化的意思。赵树理认为“五四”以来的“新文学”与“农村读者”是相隔膜的，他要用自己的小说来打通这一隔膜。这种努力的结果就是促使他大量采用民间的各种传统文艺形式，主动去迎合农民的欣赏趣味。于是，民间的许多传统艺术形式，如快板、鼓词、说书、谚语，甚至绰号便频繁出现在赵树理的写作中。针对农村读者迷恋故事情节的欣赏习惯，赵树理小说主要在演绎曲折、离奇的故事情节。这些做法在赵树理传统中得到了充分的延续。柳青对关中农村、周立波对湖南农村、浩然对河北农村、高晓声对江苏农村、路遥对陕北农村的描写尽管发生在不同的时代、不同的地域，但在突出民间趣味上却是一致的。

值得反思的是这种以民族化、大众化为动机的民间趣味并不是建立在文化层面或审美层面，而是在现实矛盾斗争层面上出现的。因此那些被动用的民间文化形式只能让人们感到是一种手段或装饰，或者是被贴在作品上的文化标签，而不能让人感受到一个地方的整体文化气象。这也是四五十年代民族化、大众化的主流导向最终只强化了“人民性”和“阶级性”，而未能复活真正的民族传统文化的根本原因。

赵树理传统的叙事目的包含有很强的史诗欲求。从柳青到路遥一直想写出当代中国农村的史诗来，而且他们的作品也被广泛地誉为史诗。诞生于英雄时代的史诗艺术，对平民时代的文学来说，的确是一个不可企及的艺术高地。但问题在于当代作家究竟凭借什么去抵达这个高地？从赵树理传统中所有作家的作品来看，赖以被称为史诗的因素，恐怕只有那种试图完整、真实地再现一段中国农村变革历史的愿望。权且不论他们的再现是否达到了完整、真实，仅就史诗构成的基本元素也尚且没有具备。我们当然不能要求当代作家写出英雄时代的史诗来，但即使是平民时代的史诗式的作品，也最起码应该具备史诗构成的基本元素。

概括地讲，一部史诗应是理性与诗性在历史叙事中的和谐统一。

在英雄时代，艺术始终秉承神话时代人类提出的永恒追问，那就是对人和世界的追问便是人类最早的也是最大的理性。这种理性在英雄时代被延伸为对一个种族或作为该种族代表的英雄及其由来的解释和追问。在平民时代，如此本初状态的理性固然不可能再去直接支撑一种艺术，但它最起码应该演变为一种追问和反思的精神，而这种精神恰恰是赵树理传统最为缺乏的，或者为一些世俗观念所置换。理性精神的缺席，在“五四”传统既已开创的四五十年代，让人难以置信。

构成史诗的另一个基本元素诗性，在赵树理传统中则显得更加匮乏。在神话时代和英雄时代，诗性几乎是天然的，它表现为语言对历史本身的超越能力，以及作为表象与本质高度统一的命名魔力。这种诗性在平民时代的文学中尽管已不可企及，但至少应该演变为一种艺术地超越历史本身的欲求，或者说至少不应该以放弃艺术的超越能力为代价，来表现对历史的“忠诚”。

在赵树理传统的主体意识和叙述策略中，“人民性”和“阶级性”始终高于理性和诗性。可以说，这些作家所专注的只是历史表象的本身，而下无理性之根基，上无诗性之升华，再宏大的历史叙事，也无法构成史诗的特质，因为史诗就是诗性与理性对历史的一种穿透。历史本身，仅仅是在诗性与理性之间的一个浮游物。在这个意义上说，赵树理传统的叙事手段不仅是反史诗性的，而且也是反现代性的。因为支撑现代叙事的理性精神和诗性精神的缺失，使这一传统的作家无法站在现代的高度来讲述中国乡村及其历史。

四、《白鹿原》：整合与超越

在经历了80年代中期以来的观念变革和本体实验之后，乡村叙事发生了根本变化。这种变化可以概括为：第一，作家的主体意识在自觉地完成一次调整和还原，具体表现为对人为设定的观念的清除和剥离，譬如某些不适应文学的意识形态因素、单一的视角，尤其是人为的主观立场等；第二，叙事策略进入了一个自由的多项选择局面；第三，作家们的目光由现实普遍转向了历史，尤其是民国史上的乡村民间生活；第四，在《百年孤独》等外国小说影响下，“家族”成为许多作家关注乡村的共同角度。这些变化预示着20世纪的乡村小说正在走向成熟和综合。

在这一时期，作家们关注最多的依然是乡村，除属于鲁迅传统的韩少功等寻根作家和属于沈从文传统的贾平凹外，还有写了故乡系列的刘震云、写了《狗日的粮食》和《伏羲伏羲》的刘恒、写了《妻妾成群》和《罂粟之家》的苏童、写了《尘埃落定》的阿来、写了《棺材铺》和《赌徒》的杨争光等等。而这期间，最能够作为走向成熟和综合的标志，并成为20世纪中国乡村小说传统集大成者的，则是陈忠实的《白鹿原》。

（一）“入乎其内，出乎其外”：成熟的主体立场

如果说前述三种乡村小说传统中，作家的主体立场始终存在着知识分子立场或农民立场的偏失的话，那么以《白鹿原》为标志，中国乡村小说的主体立场进入了相对成熟的状态。知识分子立场与农民立场各自的优势与局限，同时得到了发挥和扬弃。知识分子立场与乡村世界的现实、历史和文化之间的距离和反差，以及由此产生的批判锋芒和美学光泽，农民立

场表现出的那种对农民生活的深度体验和现场感，在《白鹿原》中同时得到了体现。相反，知识分子立场对农民生活现实的隔膜，以及由此形成的概念化的文化象征符号，或一厢情愿的虚无的美学符号，尤其是农民立场对批判意识和反思高度的放弃，也都在《白鹿原》中得到了有效的弥补。可以认为，《白鹿原》的主体立场中，既包含作为知识分子精神中最核心的部分——理性批判精神，又包含对农民生活的实际体验与现实关怀。

在当代文坛，陈忠实所在的“陕军”向来被视为农民作家群。其作品似乎一直是中国传统文化和传统审美心理的标志，而与现代性无涉。形成这种认识的原因，就在于陕西作家始终不能建立起与传统农耕文化心理保持现代意义上的心理距离的主体意识，反而赵树理似的把玩和欣赏这种农耕文化心理。《白鹿原》的出现在根本上改变了这一状况。陈忠实虽生长于关中农村，且在成为专业作家之后仍长期住在乡下，但《白鹿原》的构思发生于中国思想文化大变革顶峰期的1987年前后，国内外各种现代文化思潮和文学作品，以及许多新观念、新方法使陈忠实的小说写作进入了一个痛苦的突变期，他明显感觉到了过去写作的局限性，深入的反思使他对自己所熟悉的农村社会进入了全新的、更深层次的体验，他说：“直到八十年代中期，首先是我对此前的创作甚为不满，这种自我否定的前提是我已经开始重新思索这块土地的昨天和今天，这种思索愈深入，我便对以往的创作否定得愈彻底，而这种思索的结果便是一种强烈的实现新的创造理想和创造目的的形成。”①这种新的创造理想和创造目的的形成，正是陈忠实主体立场发生突变的标志。从《白鹿原》中表现出的鲜明的文化反思与理性批判精神来看，陈忠实是以与“陕军”的农民意识完全不同的知识分子立场进入《白鹿原》的。这使《白鹿原》在对中国文化最传统部分的叙述中开启了现代性反思。

在以往对《白鹿原》的评论中，许多批评家都指出：“《白鹿原》

---

① 陈忠实：《关于〈白鹿原〉的答问》，见《中国当代作家选集丛书·陈忠实》，人民文学出版社，2002年，第539—540页。

不仅以空前规模深刻准确地表现和把握了中国农业社会的基本特点，而且在历史和人的结合中塑造了庄严饱满的中国农民形象，展示了民族的精神和灵魂，它的出现给外界（包括世界）提供了许多关于我们民族的新的认识。”[①]这种说法其实只说出了问题的一个方面，而更重要的是作家对他所展示的“民族精神和灵魂”的反思和批判。在《白鹿原》中，白嘉轩便是这种“民族精神和灵魂”的代表形象。而作家对这个形象始终是持批判立场的，譬如，在对女人的态度上，白嘉轩将女人当作一个传宗接代的工具，而且自己可以连娶七房女人，而田小娥只改嫁一次就成了不可归宗的妖孽。白鹿原上几乎每一个女人都落了悲剧下场，这些悲剧全部根源于白嘉轩代表的那种“民族精神和灵魂”。这样的描述本身就是批判性的。而作家对田小娥死后化蛾、灵魂附体等情景的叙述，将这种批判性推向了极致。此外，白嘉轩作为族长在对待鹿黑娃、白孝文、白灵，乃至鹿子霖的做法，也表现出来自我们民族灵魂深处的残暴、冷酷和虚伪。作家对白嘉轩所代表的这种文化精神的批判，显然是站在现代人对人性的深刻理解的立场上，对一种违背“人性”的文化的批判。

在对作为儒家文化代码的人物朱先生的叙述中，作家表现出的，并不全是人们所说的那种欣赏和热爱，而是更深一个层次的批判。作为关中大儒的朱先生在小说的表层意义世界中，被塑造成一个“先知”和道德“楷模”，是白鹿原人心目中的良心和正义的化身，似乎凝聚着作家的理想和爱。但在小说的深层意义世界中，以“兼济天下”为己任的关中大儒，在天下兴亡面前却始终抱残守缺、无所作为，还不如只会传“鸡毛令”号召乡民“交农”的“匹夫”。而且朱先生对清末民初那段向现代社会过渡的历史变革，始终保持一种隔膜和抵触的状态。这样一个人物显然在光环的背后隐含着作家的批判锋芒，隐含着作家对支撑这部“民族秘史”的文化精神的深刻反思。可以毫不夸张地说，就文化批判的深入程度，《白鹿

① 陈忠实：《关于〈白鹿原〉的答问》，见《中国当代作家选集丛书·陈忠实》，人民文学出版社，2002年，539—540页。

原》是对鲁迅小说的一次本质的延续。正是在这个意义上，《白鹿原》抵达并延伸了“五四”以来汉语文学现代性建构的历史。

《白鹿原》在体现出现代知识分子的理性批判立场的同时，并没有像鲁迅、韩少功那样，仅仅将乡村当作知识分子反思历史文化的一个抽象的（或虚拟的）支点，而是真正切入了对乡村民间生活的真实体验。在这一点上，陈忠实做得并不比赵树理、柳青们逊色。他同样有着在乡村生长的经历，同样在进入专业作家行列之后依然长期居住在农村。柳青在长安皇甫村十四年，陈忠实在灞桥乡下岂止两个十四年。在那里，他经历了种菜、施肥、浇水、喷农药、捉蚂蚱的农民生活，也经历了抽雪茄、喝酽茶、下象棋、听秦腔的秦腔老艺人的生活。这些经历使陈忠实得以将知识分子的反思与批判立场与对中国传统农民的生存体验融为一体，从而使《白鹿原》的主体立场兼容了知识分子立场和农民立场，扬弃了中国乡村小说传统中由单一的主体立场所导致的弊端。《白鹿原》的经验告诉我们，在确立乡村小说写作的主体立场的过程中，作家既不能放弃作家作为知识分子的反思与批判能力，也不能与农民的生存体验相悖逆，或者至少不能与农民的现实生存体验相互隔膜，最正确的选择应该用王国维先生描述诗歌境界的那两句朴素的话：入乎其内，出乎其外。

（二）多层次的空间观照视角

作为中国乡村小说传统的集大成者，《白鹿原》观照乡村世界的视角是多层次的。陈忠实既不是单纯以文化的眼光透析乡村的精神命运，也不是仅仅以审美的眼光打量乡村的风土人情，更不是简单、机械地停留在乡村生活的现实层面和历史变革层面，而是从以往单一的线性的观照视角发展为一种多个层面的、空间化、立体化的观照视角。

陈忠实从文化层面上反思乡村社会的历史是自觉的。1987年前后发生的那次突变，便是从对乡村社会的观照视角的变化开始的。他说：“回想起来，那几年我似乎忙于写现实生活正在发生的变化，诸如农村改革所带来的变化。”[①]陈忠实的自我否定由此开始。这说明他已不满足于赵树理传统中那种单纯关注现实层面的观照视角了。这种自我否定，促使他对农村社会的反思触角深入文化的层面。他在谈到人物塑造时进一步说明了这种变化。他说：“我过去遵从塑造性格说，我后来很信服心理结构说。我以为，解析透一个人物的文化心理结构而且抓住不放，便会较为准确真实地抓住一个人物的生命轨迹。”[②]在这种变化和自我否定中形成的《白鹿原》是一部以中国传统民间生活为依据的文化反思性的乡村小说。作家的文化目光不仅投射到了以往乡村小说所关注的民情风俗上，而且投射到了思想层面上，更重要的是在人物塑造上，小说没有刻意地去描述每个人物的性格特征，甚至没有描述人物的肖像，而是着力开掘特定地域和特定时代中人物的文化心理结构。尽管读者几乎没有看到人物的外形，但每个人物都能活生生地呈现在眼前，人物之间的差异主要依靠文化心理的不同来识别。这在乡村小说的写作传统中可以说做到了极致，因为，无论是鲁迅的阿Q，还是韩少功的丙崽，或是赵树理的小二黑、柳青的梁生宝都未能省下肖像描写的笔墨。从文化心理的角度对一个人物的刻画，到了可以完全取代性格描写和肖像描写的程度，足可以见出《白鹿原》文化视角之成熟。

审美视角同样是《白鹿原》观照乡村的一个重要层面。《白鹿原》的写作有着充分的艺术准备，而且作家在艺术手段和形式问题上做过深入的探索。这种探索表现在多个方面，但给人印象最深的不是那种沈从文式的淡雅的诗意和文人情调，而是从多个层面上同时展开的审美行为，而这些层面又和谐地统一于同一个艺术结构之中。绵密浓郁的民间生活趣味、恢宏壮阔的历史风云画卷、曲折而充满悲剧意味的文化心理冲突、展开于阴阳两界的魔幻奇观、奇妙而富有诗意的象征意象等等，构成了《白鹿原》

① 陈忠实：《关于〈白鹿原〉的答问》，见《中国当代作家选集丛书·陈忠实》，人民文学出版社，2002年，第533页。

② 同上，第541页。

天地人神鬼多层次的艺术结构和审美空间。这种艺术结构在中国小说史上，除《红楼梦》等名著外并不多见。可以说，《白鹿原》不仅没有因为凸显文化反思层面而淡化了审美意识，反而使中国乡村小说的审美视角得到了充分的延伸。

与此同时，《白鹿原》虽然不满足于停留在社会现实及其历史变化的层面来观照乡村世界，却也没有放弃对现实视角的把握，而是充分调动了作家对乡村生活的实际体验，将这一层面还原到真正有血有肉的民间生活层面。尽管《白鹿原》叙述的是民国年间的乡村，但陈忠实对乡村民间生活的大量体验和长达数年的对各相关区县地方志的研究，使他对多年来被过分强调的所谓“现实”有了全新的把握。从赵树理传统形成以来，乡村的现实一直是在意识形态遮蔽下的观念化的“现实”，似乎从四五十年代开始，乡村社会所延续的始终是政治运动，农民的心理和言行全部围绕政治展开。事实上，政治的确是这一时期农村最重要的因素，但农民对政治的理解和接受，始终是按照自己的生活需求和文化习惯进行的，乡村的民间生活在任何一次政治运动中都是按照自己的方式顽强地延续着。因此，揭开意识形态阴影下民间生活的真相，成了80年代中后期以来新写实小说、新历史小说以还原生活的“原生态”为口号，立志实现的一个写作目标。《白鹿原》的构思和写作也是发生在这一时期。从小说的真实情形看，《白鹿原》不仅没有舍弃现实层面，反而将赵树理传统中的所谓“现实”深化到民间生活的真相中去了。

现实历史层面、审美层面和文化层面的同步展开和同构性统一，使《白鹿原》结束了20世纪乡村小说单一视角的历史，将作家的目光延伸到了更加开阔、更加立体的空间。

（三）开放而敞亮的乡村叙事

乡村叙事到了《白鹿原》的时代可以说进入了一个多项选择的时期，而且每一项选择都已经历过深入的反思和深化。一直作为当代文学主流的现实主义，不仅经历了80年代初期的拨乱反正，而且经历了80年代中后期向民间生活的原生态的还原；来自西方现代主义的各种叙事手段，也已经过80年代中期以来的多种实验，逐步完成了汉语化的过程；那种诗意化的、充满浪漫情调的乡村叙事，在汪曾祺、贾平凹的笔下已臻于纯熟；过去盛极五六十年代的史诗性追求，在经历了80年代发生于诗界的东方史诗写作和小说界的寻根文学，以及全社会性的文化思潮之后，显出了其历史局限性，一种对史诗的全新认识鼓舞着新一代作家。

《白鹿原》在开篇位置引述了巴尔扎克的名言，“小说被认为是一个民族的秘史。”此言不仅道出了陈忠实对小说的理解，也透露了《白鹿原》叙述乡村世界的基本方式，那就是写史。写史的意识在鲁迅和沈从文传统中似乎并不明确，但却是赵树理传统的基本追求。然而，由于历史的和文学自身的原因，乡村小说的史诗性叙事，到《白鹿原》中才算真正完成。而且，即使在80年代末到90年代的诸多小说巨制中，《白鹿原》仍然是最具史诗特质的一部。《白鹿原》的史诗性叙事是从三个层面上展开的，而且每一个层面都对应着一种不同的叙事策略和方法。

第一个层面是物界。在作品中指现实历史层面上的叙事。在这一层面上，《白鹿原》立足并发展了现实主义的叙事策略。作为陕西作家，陈忠实不可能不受到以柳青为代表的“十七年”小说中现实主义传统的影响，事实上，陈忠实是带着对《创业史》的崇敬走上文坛的，但他对柳青式的现实主义进行了否定性的延伸。在《白鹿原》中他基本摆脱了意识形态笼罩在现实历史上的阴影，没有简单地将现实和历史的真实性建立在抽象的“本质”基础之上，而是建立在了对新中国成立前后关中农村的民间生活细节和人性基本现实的叙述之中。可以说，在对意识形态化的现实向“生活的原生态”的还原上，《白鹿原》与新写实小说和新历史小说的叙事策略是一致的。小说中呈现的这一层面是由白、鹿两个家族之间，从族争到党争，从习俗到人性的一系列现实历史纠葛构成的。同时，在主观上，陈忠实自觉摆脱了柳青式的单一、机械、照相式地反映现实历史变革的叙事策略，力图综合地、立体地、客观地呈现乡村民间生活和人性基本现实。这显然是一种更加本质的现实主义。

第二个层面是灵界。在这个层面上，《白鹿原》采用的是象征主义的叙事策略。灵界是超越于物界之上的一个诗意化的形而上层面。在小说中，灵界的叙述是通过对象征意象"白鹿""百灵"和人物白灵，以及作为文化象征符号的"朱先生"展开的。"白鹿"和"百灵"所代表的是一个灵视的神性世界，是一种超验的和先知先觉的力量。而"朱先生"所代表的是一个由现实历史层面直接升华出来的智性的和理性的世界，同样是一种先知先觉的力量。"白鹿"和"朱先生"在《白鹿原》中的意味，有似《红楼梦》中的"玉"和"空空道人"，虽为一人一物，却照亮了整个作品，使整个现实历史层面升华到了灵视的空间。

第三个层面是魔界。在这个层面上，《白鹿原》采用的是魔幻现实主义的叙事策略。魔界是一个非理性的世界，它代表着人性中某些神秘的、不可知的和恐怖的力量。在《白鹿原》中，作家对魔界的叙述是从白嘉轩七个女人之死，田小娥灵魂附体、制造瘟疫和"化蛾"，朱先生预言的数十年之后那场噩梦般的社会运动，以及鹿兆鹏妻的发疯等环节中展开的。魔界在表面上是一个鬼魂的世界，但实质上是作家对人性中不可知现实的表现。

灵界在上，魔界在下，物界在其间，灵界与魔界虽在《白鹿原》中着墨不多，却构成了一种穿透物界（现实历史层面）的力量，使作品通向了人性、理性和诗性。这正是《白鹿原》抵达史诗性叙事特质的关键所在，事实上，一部经典的小说文本，3不管它是在何种时空中产生的，都是由这三个层面构成的，《红楼梦》是如此，《百年孤独》也是如此。二流以下的小说文本往往只能涉及其中的两个或者一个层面。本文也正是在这个意义上，将《白鹿原》视为20世纪乡村小说传统的集大成者的。

原载《陕西师范大学学报》（哲学社会科学版）2005年第3期，原文无副标题

新乡村叙事及其文化逻辑

作为乡土中国现代化进程的隐喻系统，百余年来的乡村叙事[①]无疑是中国新文学史上成就最高的领域。中国现代化与中国新文学叙事同时将其触角指向乡村，显然是由于“中国社会是乡土性的”[②]。世界上唯一五千年绵延不绝的中华文明史，是在农耕生产方式和对乡村图景的想象中建构起来的。五千年文明史留下的文化遗产，一部分在典籍中，在博物馆和各类遗址中，更大的部分则是在乡村。典籍、博物馆和遗址中的文化遗产是已经消逝的、固化的、标本化的文化，而在乡村延续的则是活态的、流动的、还在发展中的文化。因此，中国的现代化必然会从乡村开始，并以乡土中国的全面现代化为最终目标。现代化的每一个冲击波，每一种现代文化的出现，都首先会与乡村所传承的传统文化发生短兵相接的交锋，然后相互妥协、融合为一种新的文化。在这个意义上说，乡村是中国文化的子宫。在乡土中国这个文化母体上，每一种新文化的诞生，都会给乡村带来剧烈而持久的阵痛。而这种阵痛，正是文学叙事发生的重要审美机缘和文化资源。

---

① 新乡村叙事，本文用“乡村”，而非“乡土”“农村”，是由于“乡村”是指社会文化组织和人居社区的实体存在。而“乡土”是一个描述性的语词，本文只在讨论“乡土性”和引用费孝通的“乡土中国”时用之。至于“农村”是指以农业生产为唯一生产方式的生产单位，文学界曾在题材意义上用之。现在乡村的生产方式已不全是农业生产了，且本文所论之“乡村叙事”也不全是题材意义上的。

② 费孝通：《乡土中国》，中信出版社，2019版，第1页。

与乡村叙事的辉煌成就相比，学界对乡村叙事的研究尽管已积累了较为丰厚的成果，但大多停留在就文学论文学的层面，或仅在乡土性与现代性的关系中去考辨。而在中国式现代化进入冲刺阶段、乡村社会发生历史性巨变[①]，乡村叙事因面临全新历史文化语境而亟待拓展的今天，则迫切需要在更深层的文化逻辑和中国式现代化总体进程中对乡村叙事的走向展开进一步的探讨。

按照马克思主义基本原理，无论是中国现代化进程，还是作为其文化投影的乡村叙事，其更深层次的文化逻辑来自生产方式及其发展变化。[②]回溯百年来的中国现代化历程，围绕乡村社会生产方式的发展，发生了三次文化裂变：第一次是在农业生产方式内部，围绕土地所有权、农民政治地位和文化身份发生的。从新文学史提供的乡村叙事文本来看，此次裂变从新文化运动到改革开放前持续了六十多年[③]；第二次是随着改革开放和工业化进程的提速，发生在工商业与传统农业两种生产方式之间的冲突和融合过程之中，从20世纪70年代末到21世纪初持续了三十多年；第三次是在21世纪以来的中国式现代化进程中，随着第三、第四次科技革命兴起，发生于新型信息产业与刚刚形成的农业与工商业的融合体之间的冲突与再度融合过程之中。此次裂变正在持续中，正是本文所讨论的新乡村叙事赖以生成的历史文化语境。三次文化裂变主要表现为在不同生产方式转换过

① 中共中央、国务院1982—1986年、2004年至今，每年的一号文件都是关于“三农”问题的，且于2006年出台了《关于推进社会主义新农村建设的若干意见》；在新时代以来的中国式现代化进程中，又先后颁布了《国家新型城镇化规划（2014—2020年）》《乡村振兴战略规划（2018—2022年）》，其中乡村振兴战略被作为支撑中国式现代化的重大战略之一，并按“两个一百年”奋斗目标于2021年全面建成小康社会，实施了全面脱贫攻坚战，大大加速了乡村的城镇化、信息化、产业化、全球化进程。其中对乡村社会发展的具体规划和实际进展已远远超出此前乡村叙事作品中作家们的乡村想象。

② 马克思指出：“物质生活的生产方式制约着整个社会生活、政治生活和精神生活的过程。”马克思、恩格斯：《马克思恩格斯选集》第2卷，人民出版社，1995年，第32页。

③ 这期间，尽管新中国成立后中国开启了工业化进程，但除“大跃进”中的“大炼钢铁”外很少触及乡村社会，因此也未投射到乡村叙事之中。

程中乡村社会从传统生活习俗、人际关系和交往方式、语言和行为方式，到心理和观念意识的深刻变革，投射出中国乡村社会生产方式从农业（下称一产）、工商业（下称二产）到含信息产业在内的服务业（下称三产）的滚雪球般的冲突—融合、再冲突—再融合的发展历程。

作为乡土中国现代化进程隐喻系统的乡村叙事，已经在第一、二次文化裂变中形成了三种叙事传统：以鲁迅为代表的基于文化批判和文化现代性的启蒙叙事传统、以沈从文为代表的基于诗化审美视角和审美现代性的启蒙叙事传统、以柳青为代表的基于社会历史变革的史诗式叙事传统。[①] 这三种乡村叙事传统一脉相承地隐喻了第一、二次文化裂变，不仅形成了各自不同的叙事经验，为新文学史贡献了不同时代的乡村人物形象画廊，而且清晰地呈现出了乡村叙事的文化逻辑和乡土中国的现代化道路。

21世纪以来，随着中国式现代化进程的全面开启，乡村城镇化、全球化进程随之提速，特别是新型信息产业的不断升级和后工业社会表征的出现[②]，刚刚达成一产与二产相互融合的中国乡村社会，开始面临三产的冲击，以及由此引发的第三次文化裂变。乡村社会曾经给文学叙事提供的历史语境和各种文化元素都在发生转场和变异。既有的乡村叙事传统已难以为继。21世纪初出现的部分作品，也已显出作家们力不从心、进退失据的困境。而新的乡村叙事在以何种文化逻辑、叙事支点、美学特质和叙事范式，去隐喻中国式现代化进程中乡村变革的独特文化内涵与历史意义，便是本文所要讨论的新乡村叙事及其文化逻辑。

---

① 参阅李震：《论20世纪中国乡村小说的基本传统》，载《陕西师范大学学报》（哲学社会科学版）2005年第3期。

② 高科技产业、金融业和信息产业的高速发展，已使中国出现了诸多后工业社会表征，如信息化、生态环保意识、低碳生活等。按照西方社会发展逻辑，后现代文化是后工业社会的产物。中国的情况比西方复杂得多，前工业、工业和后工业形态同时并存，故目前的中国文化不可一概以后现代论之，只可参照其表征。

一、作为新乡村叙事起点的传统经验

按照文学自身规律，任何一种文学叙事的发展创新，都是对其所在传统的加入和延续。正在形成中的新乡村叙事，也必然是对文学史上已经成熟的乡村叙事传统的加入与延续。然而，诚如南帆先生所说“漫长的古典文学并未给乡村足够的关注”[①]，中国的乡村叙事是从新文学史的起点上开始的。因此，当我们讨论新乡村叙事的时候，首先必须面对的就是在中国乡村社会的第一、二次文化裂变中既已形成的三种乡村叙事传统所提供的经验。尽管学界对前述三种叙事传统已形成共识，但对其作为新乡村叙事赖以生成的基础和起点，究竟为新乡村叙事提供了怎样的经验，尚需进一步的分析和提炼。

（一）传统乡村叙事的主体立场与主体建构经验

叙事主体的建构从根本上决定着叙事的立场、视角和方法。伴随现代化进程中乡村社会发生的两次文化裂变，三种乡村叙事传统的叙事主体呈现出极其复杂的建构过程。

作为乡村叙事传统的开创者，鲁迅以强烈的现代理性精神，对阿Q们所延续的传统文化中根深蒂固的国民性、劣根性展开的批判和启蒙，建构起来的知识分子立场，是首先值得新乡村叙事借鉴的主体建构经验。而同为知识分子立场，也同为启蒙叙事，沈从文传统与鲁迅传统形成了两条完全不同的感知、书写乡村的视角和方式。鲁迅以源自进化论、欧洲启蒙运动[②]等思想资源建构起来的现代理性精神，对乡村所沿袭的传统文化展开的深刻批判，开创了文化现代性启蒙的先河。而沈从文则从审美视角，用

① 南帆：《中国当代文学史的乡村形象谱系》，载《文艺研究》2019年第6期。

② 鲁迅受欧洲启蒙思想影响的依据可参阅其早期论文《文化偏至论》，见《鲁迅全集》第1卷，人民文学出版社，2005年，第45—64页。

现代人的语言和感知方式，激活了古典文学中将乡村作为田园风光的写意画式的叙事传统，加之从废名及其老师周作人那里承袭的佛禅境界[①]，发掘出了闭塞蒙昧的乡村世界的诗意和美，开创了审美现代性的启蒙传统；鲁迅用批判现实主义精神，将其故乡——美轮美奂的江南水乡绍兴写得千疮百孔，而沈从文则用诗化的浪漫主义精神，将其故乡，穷山恶水、匪盗四起的湘西写得美轮美奂。

鲁迅传统和沈从文传统所建构的不同主体立场，均在中国现代化进入改革开放时期的第二次文化裂变中得到了承续。80年代的“寻根”作家将鲁迅的主体立场从对传统主流文化的反思与批判，延伸到了对地域文化、传统中的非主流文化的反思与批判之中。而汪曾祺、孙犁、贾平凹等则延伸了沈从文传统，继“湘西”之后，创造出“高邮”“白洋淀”“商州”等一系列著名的诗意化的乡村意象。

然而，无论文化现代性启蒙还是审美现代性启蒙，也无论在第一次还是第二次文化裂变中，鲁迅传统和沈从文传统的叙事主体都是纯粹的精英知识分子，他们不管是“哀其不幸，怒其不争”，还是诗意审美，也不管是来自欧洲的启蒙思想，还是来自东方的佛禅思想，都是站在知识分子的立场上对乡村的一种俯瞰、哀怜或批判。他们的启蒙其实是思想界知识分子的一种自我启蒙，而与其启蒙对象无关，因为阿Q不仅不知道革命为何物，更不知道启蒙为何物。阿Q是断然读不懂《阿Q正传》的。翠翠也不会知道自己有多么富有诗意。而且这种启蒙叙事在很大程度上用文化批判和诗意审美掩盖了农民在恶劣生存条件下生产生活的劳苦、饥饿、疾病、死亡等一系列实实在在的苦难。因此启蒙叙事传统对乡土中国的现代化表达，仅限于思想文化层面，而尚未触及现实生活层面。

真正将笔触深入乡村社会深处，将主体立场融入农民立场的，是以柳青为代表的史诗式叙事传统。尽管这一传统屡遭质疑，但将乡村叙事深入乡村

---

① 沈从文在《论冯文炳》中对周作人、冯文炳（废名）多有评价，并坦言受其影响。详见《沈从文全集》第16卷，北岳文艺出版社，2002年，第145—152页。

现实中，实现了主体立场与客体立场的相互融合，则是由此开始的。其原因是这一传统本身就是建立在乡村社会改良与社会革命实践基础上的。

就在鲁迅、沈从文们用文字去启蒙的同时，晏阳初、梁漱溟、陶行知等另一批知识分子开始了用身体去启蒙的乡村社会改良实践——平民教育与乡村建设运动[①]。他们深入“愚贫弱私”的乡村底层，从教育、卫生、习俗和生产等诸多具体事情做起，力图改造中国的乡村社会。改良尽管不能从根本上解决困扰中国乡村的土地所有权、农民政治地位和贫困等核心问题，但无疑是知识分子用行动完成的一种乡村叙事和文化启蒙。

以毛泽东为代表的共产党人领导的社会革命，进一步从乡村社会实际和农民的根本利益出发，通过发动农民运动、成立农会、举办农民运动讲习所、开展土改等一系列乡村社会革命，并开辟农村根据地，走“农村包围城市”的道路，最终从根本上改变了中国乡村沿袭数千年的政治制度，让农民成为土地的主人，彻底改变了农民的政治地位和文化身份。

史诗式叙事正是在社会改良和社会革命的基础上形成的乡村叙事传统。基于崇高政治理想的主体意识与乡村社会所发生的历史性巨变，让乡村叙事的视角开始由文化批判和诗意审美转向对社会历史变革的观照，让作家们的笔触深入乡村社会的深处。特别是毛泽东《在延安文艺座谈会上的讲话》发表后，作家们开始自觉深入乡村社会底层，主动将主体立场由知识分子向农民转换，形成了一条作为乡村叙事主流的现实主义道路，催生了一大批书写中国乡村社会史诗式巨变的作品[②]。新中国成立以后，作家们深入乡村，将其主体立场由知识分子立场融入农民立场，更是成为一

① 平民教育与乡村建设运动，20世纪20—40年代，一批知识分子针对中国乡村“愚贫弱私”四大病，先后在长沙、定县（现河北定州）、邹平等多地开办各种学校、实验区达千余处，试图从教育、卫生、习俗等改变乡村面貌。青年毛泽东曾以义务教员身份参与过晏阳初在长沙组织的平民教育运动，对其后开办农民运动讲习所产生过一定影响。详情参阅晏阳初：《平民教育与乡村建设运动》，商务印书馆，2014年。

② 主要指赵树理的《三里湾》、丁玲的《太阳照在桑干河上》、周立波的《暴风骤雨》《山乡巨变》、柳青的《创业史》和浩然的《艳阳天》等。

种制度化和自觉化的行为。

史诗式传统尽管实现了叙事主体立场向农民立场的转移、作家与乡村生活的深度融合，但在其主体建构中与知识分子立场的疏离，却又使其囿于现实生活层面和社会历史视角的观照，在一定程度上弱化了文化现代性、审美现代性的建构。借用王国维的话来说，史诗式叙事传统确能“入乎其内”，却难以“出乎其外”；而启蒙叙事传统始终“出乎其外”却未能“入乎其内”[①]。因而未能“入乎其内”的启蒙只能是一种知识分子在思想文化层面上的自我启蒙；而不能“出乎其外”则很难谈得上文化和审美意义上的现代性建构。

三种乡村叙事传统的主体建构虽然在进入第二次文化裂变后各自经历了一个扬长避短的自我完善过程，但真正完成则是在20世纪90年代陈忠实的《白鹿原》中。《白鹿原》既包含了对以关学为代表的中国传统文化，以及中西文化在白鹿原上短兵相接的冲突所表现出的文化批判，也包含了以象征主义手法对白鹿原历史文化的书写表现出的诗意审美，同时，又以作者对四十多年乡村生活的真实体验和对地方性知识的现实主义书写，表现出主体立场与农民立场的深度融合。可谓既能“入乎其内”，又能“出乎其外”。可以说，《白鹿原》的主体建构中汇入乡村叙事的三种传统的主体立场，标志着乡村叙事实现了从现实、文化和审美等多个层面对乡土中国现代化文化逻辑的全方位隐喻。

（二）二元对立，传统乡村叙事的文化逻辑与叙事支点

在前两次文化裂变孕育的三种叙事传统中，乡村叙事围绕现代化的文化逻辑呈现出一种共同的叙事支点，那就是从文化选择、价值判断，到思维模式和艺术结构，贯穿始终的二元对立。

① 王国维：“诗人对宇宙人生，须入乎其内，又须出乎其外。入乎其内，故能写之。出乎其外，故能观之。入乎其内，故有生气。出乎其外，故有高致。”见郭绍虞主编《中国历代文论选》第4册，上海古籍出版社，2001年，第373页。

在第一次文化裂变期，鲁迅传统的叙事支点基本上集中于现代与传统的二元对立，以及由此衍生出的中西文化、新与旧、觉醒与蒙昧等一系列二元冲突。而沈从文传统的叙事支点却是集中于美与丑、善与恶的二元对立中，这种美丑、善恶判断则源自中国人的传统伦理观和自周作人、废名延伸而来的佛禅境界。鲁迅的批判精神决定了其二元对立是悲剧冲突型的，而沈从文的诗意审美意识则使其二元关系呈现为一种潜在的、隐含的，甚至是趋于和谐的状态。从表面看，沈从文传统的乡村叙事似乎只呈现美善而未见丑恶，但没有丑恶，哪会有美善呢？因此，沈从文叙事中的丑恶的一元，是被美和善掩盖着，隐含在文本背后的。

在柳青传统中，核心的二元对立则是建立在进步与落后基础上的左与右、新与旧、公与私、好与坏等二元冲突，而传统与现代的二元对立因素被弱化了。这种进步与落后的二元选择，当然是来源于其社会历史变革的叙事视角和阶级观念。无论是对土地革命，还是对集体化的书写，作家对几乎所有人和事的价值判断都是从进步与落后出发的。特别是在集体化叙事中，人物都被分为左中右：进步的是贫雇农，落后的自然是地主富农，而所有进步的，都是新的、大公无私的、左的和好的，所有落后的又都是旧的、自私自利的、右的和坏的。这种两极人物都被脸谱化、类型化了。此类作品中最受读者喜爱的则是介于两极之间的中农群体。这是一个或新或旧、或公或私、或左或右、或好或坏的人物群像，其在二元之间摇摆不定，进步与落后的政治选择便被有效转化为复杂的内心冲突，因而戏份十足，类似于戏曲中的丑角。作家们也多会为其加戏，如在不同作品中，中农都会被起类似“糊涂涂”“铁算盘”“弯弯绕”等标志性绰号。

这种二元对立逻辑在第二次文化裂变中，得到了进一步的延续。由于第二次文化裂变的核心根源是一产与二产之间的冲突与融合，在乡村社会具体表现为工商业化过程。所以，乡土中国现代化最根本的二元对立现代性与乡土性，在此次裂变中不仅延续了中西、新旧文化的冲突，而且衍化出农业与工商业、城市与乡村、开放与保守、文明与愚昧、贫与富、洋与土等一系列新的二元对立范畴。三种乡村叙事传统的作家均未能越出这些二元对立范畴。无论是延续了鲁迅传统的韩少功、阿城等寻根作家，还是延续了沈从文传统的汪曾祺、贾平凹等新乡土作家，抑或是延续了柳青传统的高晓声、路遥等着力呈现城乡冲突的作家，概莫能外。

二元对立本是一个哲学概念，指矛盾双方的对立统一，且广泛指涉事物、思想、观念中的辩证关系。20世纪以来乡土中国的现代化，也的确存在着诸多二元对立因素。作家们以此为叙事支点完全符合这一基本现实，也符合乡土中国现代化的文化逻辑。问题在于，当二元对立变成一种思维定式和叙事模式的时候，便会导致严重的类型化、脸谱化倾向，而这又是文学叙事的一大忌讳。同时，就作为哲学概念的二元对立来说，矛盾双方也不尽是对立，还有统一和转化。事实上，两个范畴的对立与冲突，最终导致的恰恰是第三范畴的诞生。这正是本文将要讨论的新乡村叙事所要面对的文化逻辑。

（三）崇高美学，传统乡村叙事的审美经验

基于二元对立的文化逻辑和叙事支点，第一、二次文化裂变中形成的三种乡村叙事传统呈现出的审美经验尽管各有不同，但本质上都是由乡土中国现代化进程中的一系列悲剧性冲突构成的壮烈的崇高美学。

崇高作为一种美学形态，是在巨大的悲剧性冲突中产生的，而悲剧本来就是由二元冲突构成的。无论黑格尔、恩格斯，还是尼采、鲁迅，都是在二元冲突模式内来定义悲剧的。在传统乡村叙事所讲述的一系列二元对立中，任何一元都代表着“普遍的伦理力量”[①]，都是“人生有价值的东西”[②]，也都曾代表着“历史的必然要求”[③]，所以任何一方的失败，或者

---

① 黑格尔：《美学》第3卷，朱光潜译，商务印书馆，2017年，第284—286页。

② 鲁迅在《再论雷峰塔的倒掉》中说“悲剧将人生有价值的东西毁灭给人看，喜剧将那无价值的撕破给人看。”见《鲁迅全集》第1卷，人民文学出版社，2005年，第203页。

③ 恩格斯在致斐迪南·拉萨尔的信中提出了“历史的必然要求和这个要求的实际上不可能实现之间的悲剧性的冲突”的论断。见《马克思恩格斯全集》第29卷，人民出版社，1972年，第586页。

不能够实现，都能构成深刻的悲剧性冲突，进而构成一种崇高美学形态。

这种由悲剧性冲突构成的崇高美学特质，在文化现代性启蒙叙事传统中表现得非常显著，无论是阿Q、祥林嫂，还是丙崽，都已是著名的悲剧形象。需要讨论的是，在审美现代性启蒙叙事传统中，人们似乎感受到的是和谐，是优美，无论是《边城》《受戒》，还是《鸡窝洼的人家》无不散发着浓郁的诗意，而诗意的构成不是冲突而是和谐。然而，如果将这些作品置于乡土中国现代化的总体进程中，或者将这些作品的人物和故事置于其所在的现实环境中，却能给人一种更加透彻的悲剧感：翠翠之美与湘西封闭、恶劣的生存环境之间本来就存在却未被说出来的悲剧性冲突；明海尚未成年却要去庙里剃度当和尚，尽管其与英子未绽放的情愫和场景都被写得极其优美，但其背后潜藏的却是悲剧，是无知的欢愉迸发出的泪光；鸡窝洼里人们的日常习俗当然具有恬静自足的怡然，但将“鸡窝洼”放在正在启动的现代化背景下，它不是一个悲剧意象又是什么?！

至于在史诗式叙事传统中，社会历史的进步当然是“历史的必然要求”，而社会历史的每一寸进步都同时意味着另一种“历史的必然要求”实际上没有能够实现，或者另一种“普遍的伦理力量”的消亡。无论是梁三老汉代表的旧农民的生活愿景，还是刘巧珍、田润叶们淳朴的爱情，哪一种不是“普遍的伦理力量”？哪一种“普遍的伦理力量”的消亡不是悲剧性的，同时，社会历史在复杂冲突中的哪一种进步，不构成壮烈的崇高感?

总体而言，乡土中国现代化整体上就是一个数千年形成的乡土性走向消亡的过程，也是不同时代的进步力量战胜一切落后、封闭力量的过程，更是一个古老民族走向新生的伟大历史进程。因此，无论哪一种乡村叙事传统，本质上都是一种壮烈的崇高美学传统。

复杂的叙事主体建构过程、二元对立的文化逻辑和叙事支点，以及整体上的崇高美学特质，应该是乡土中国现代化在第一、二次文化裂变期孕育的三种乡村叙事传统为新乡村叙事留下的主要经验，也是新乡村叙事的基础和起点。

二、第三次文化裂变与乡村叙事语境的转场

如果说在20世纪的现代化进程中，乡村社会经历了两次文化裂变，形成了农业与工商业相互融合的生产方式的话，那么在21世纪以来中国式现代化强力推动下，由第三、第四次科技革命[①]引发的信息产业的勃兴、全球化进程的加快，以及国家乡村振兴战略和脱贫攻坚进入最后决战，则将乡村社会推向了又一次生产方式变革之中，立足未稳的农业与工商业融合的乡村社会，再一次面临信息产业和全球化浪潮的冲击，面临以民族复兴和中国式现代化为使命的新时代的洗礼。第三次文化裂变由此开启，乡村叙事的历史文化语境也由此开始转场。

（一）信息化与全球化：乡村社会的第三次文化裂变

在中国，西方第一、二次科技革命以来二百多年的工业化历史是用改革开放的前二十年走完的。及至21世纪初，中国开始迎接第三次、第四次科技革命，并逐步走向世界前列。

以计算机及信息技术为标志的第三次科技革命在中国只有二十多年的历史。尽管中国早在1994年就接入互联网，但互联网和信息技术的全面普及和产业化则是21世纪初才真正开始的[②]。互联网开启了信息传播全球化、全民化的历史。同时，中国加入WTO将经济贸易纳入了全球一体化轨

① 四次科技革命：第一次指18世纪中后期的蒸汽机革命，第二次指19世纪70年代的电气革命，第三次指20世纪中后期以计算机为标志的信息技术革命，第四次指正在进行的以算法和信息产业为核心的人工智能革命。中国从第三次开始追赶，到第四次已赶超。第三、四次科技革命中许多高新技术已经进入乡村，正在给乡村社会带来前所未有的冲击，成为推动乡村文化裂变的重要因素。

② 国内主要IT企业均成立于世纪之交：腾讯1998年11月，新浪网1998年12月，阿里巴巴1999年3月，百度2000年1月。其发展均在2000年之后，2008年被认为是“移动互联网元年”。微信出现于2011年。

道[①]。由此信息化与全球化成为乡土中国进入21世纪的两扇大门。而进入这两扇大门的不仅有中国的城市，也有中国的乡村。随着宽带、移动互联网、电子商务、智能手机、直播带货进入乡村并逐步普及化，乡村社会一步步加入信息传播、商品贸易，乃至观念意识的全球化行列，致使乡村社会变成了融一产、二产、三产三种生产方式为一体的社会组织。这种新型社会组织急速而剧烈的生成过程，在乡村引发了第三次文化裂变，构成了乡村叙事前所未有的历史文化语境。

在第三次文化裂变中，乡村社会的基本矛盾发生了根本性变化。随着与信息化社会同步到来的乡村振兴、脱贫攻坚战略的全面铺开，乡村社会的基本矛盾不再是农业规则与工商业规则的矛盾，也不再是村民对文明生活的追求与乡村落后的生存环境之间的矛盾，而是无论务农、务工还是经商都如何适应突如其来的信息化社会的问题。作为中国社会基本矛盾的不平衡、不充分发展，以及脱贫致富问题，在较发达的乡村社会表现为适应信息化社会的快慢与早晚的问题，在欠发达地区表现为文化教育程度的低下与信息化社会高技术、新观念要求之间的矛盾。在精神层面，乡村社会的基本矛盾主要表现为根深蒂固的农耕文化心理、宗族伦理、生活方式和风俗习惯，与城乡界线、职业界线打破后人口的离散，以及新的社会形态之间的相互适应问题。

社会基本矛盾的变化当然是叙事语境转场的根源所在。而乡村话语的渐变，也是叙事语境转场的重要因素。乡村话语的渐变已经表现出两种明显的迹象。一是随着生活生产内容的变化，村民口语中的日常话语和关键词语随之而变。譬如微信、视频通话、抖音、朋友圈之类过去做梦都梦不出来的语词，已成为今天村民的日常口语。二是随着城乡交往的日趋频繁，或者乡村家庭中有人长期在城市务工，加之电视、网络、手机信息的传播与基础教育的普及，普通话开始大面积进入乡村，各地方言的生存与

① 中国加入WTO（世界贸易组织）的时间是2001年12月11日，在时间上与信息产业同步。

传承正在面临巨大威胁。而无论是乡村日常生活生产话语，还是方言，都是乡村叙事的重要元素。因此乡村话语的渐变也给新乡村叙事语境拓展出新的空间。

（二）乡村文化元素的变异

在这一正在转场的语境中，乡村叙事的一系列关键的文化元素都在发生根本性的变异。

1.“农民”身份的变异：历史转场中“熟悉的陌生人”

几千年来，农民一直是乡村社会的主体。除了教师、乡医和僧尼等少数角色外，在乡村居住的人都可以被称为农民。其所从事的生产基本上都是农耕。而在第三次文化裂变中，“农民”的身份正在发生变异，或者说，目前在乡村居住的人已经不全是农民了。他们中间至少已经出现了大量从事营销的商人，从事技术工作的科技人员，从事乡村旅游、农家乐、生态农业、现代养殖业等各种产业和服务业的经营者，其身份正在变为董事、经理、工人、导游、演员、网络主播、服务人员等等。在部分发达地区的乡村，一些在企业化、机械化的农业工厂从事农业生产的人，事实上已经变成了农业工人。更重要的是，今天的乡村居民包括老年人，绝大多数都已是网民和手机用户。他们不再是那种追着从北京回来的人问“你在北京见毛主席没有”的农民，也不再是离开土地无法活命的农民，不再是阿Q、白嘉轩、梁生宝、陈奂生，也不再是高加林、孙少安、刘高兴，而是可以直接从手机上了解村外发生的各种新闻和资讯、讨论中美俄新三国演义、分析第五代战机哪个国家最先进的人，可以通过网络营销、直播带货，将自己的农产品卖向世界各地的人。总而言之，数千年不变的农民在短短一二十年中，变成了人们不认识，作家不知该怎样书写的一些“熟悉的陌生人”。

2. 土地，从“命根子”到多元化的生产要素

土地，曾是农民的命根子，在第一次文化裂变中曾是乡村社会所有矛盾和社会革命的焦点。从数千年“耕者有其田”的梦想，到20世纪的土地革命、土改、集体化、人民公社、联产承包责任制，土地所有权一直是中国的核心问题。多少人为了获得土地、守住土地赴汤蹈火付出了生命代价。在第二次文化裂变中，中国农民围绕“守土”与“离土”的问题面临着痛苦的选择，以至成为乡村叙事的核心支点，演绎出高加林们大量令人揪心的故事。

而在第三次文化裂变中，土地在集体所有的制度下，已成为一种多元化的、可以“流转”的生产要素。土地的基本用途当然首先是保证粮食生产，但生产的方式和其他用途，随着生产需求的变化和生产能力的提升得到进一步的拓展。当今乡村的土地随着大批农民进城和现代化生产技术，在提高产能和产量基础上，可以通过“流转”，去开发旅游业、养殖业等各种企业。人与土地的关系已不再是一条生命线。土地也不再能够主宰人的命运，更不可能是人的“命根子”，而是高技术环境中多元化的生产要素。

土地属性的拓展、人与土地关系的改变，正在冲击着乡村的传统格局，为新乡村叙事留下了巨大的书写空间。部分作家的笔触已深入其中，如在关仁山的《麦河》中，土地流转、土地集中已成为乡村变革的焦点问题，并孕育出了曹双羊等新型土地经营者形象。

3. 粮食：从食品到商品

粮食，是传统乡村的主要财富和生产范畴，由于其与人的生命的密切联系，曾经衍生出异常丰富的精神现象。从20世纪30年代叶圣陶的《多收了三五斗》，到80年代刘恒的《狗日的粮食》，以及在很多书写饥荒的作品中，粮食一直是人的生命能否延续、人的尊严和价值能否存在的最大考验，也成为作家们写作中极具挑战性的极限体验。在《狗日的粮食》中，瘿袋为了一家八口能够活命，不顾羞耻去偷窃粮食，最终又因丢了购粮证而自寻短见。在这个延续了数千年的农耕社会中，粮食的盈亏已成为个人、家庭和国家盛衰的标志。因此，附着在粮食身上的是生命信息，是人的尊严和价值，是生的无奈或死的勇气。

然而，在融入了工商业和信息产业的当今乡村，粮食的物质意义和精神意义都已经发生了根本性的变异。尽管它依然具有食品的基本属性，但其更重要的属性则变成了商品。其原本附着的生命信息和精神价值，已为商业价值所取代。粮食的价值正在从人的生命线转移到商品流通线，通过网络电商、国际贸易等渠道走出村庄，走进工厂的深加工流水线，走进城市，走向世界上的其他地方。当然，不能否认某些偏远的山村依然存在粮食的原始生产、自给自足，甚至自给不足的状况，但无论从今天绝大部分中国乡村现状，还是从未来走向看，粮食的属性由食品转为商品已成事实。因而文学中的粮食叙事必然会发生根本性的变化，或消失，或被其他元素所取代，均未可知。

4. 农具：从工具到展品

随着现代化的推进，曾经作为乡村社会主要生产资料的农具，如铁锨、镢头、犁铧、镰刀、石碾石磨，以及那些既作为活物又作为农具的耕牛、毛驴等等，这些伴随着中国农民数千年的生产工具，是农耕文明的见证，附着世世代代中国农民的汗水、辛劳、苦难和对生存的希冀，而在今天已被各种机器所取代。刘亮程的《凿空》生动地展示了这些作为农具的器物和动物与机器对峙的情景。阿布旦村民祖祖辈辈用来耕种，也用来打洞的坎土曼，因为大批挖掘机的出现而被废弃，以至成了文物专家热心研究的对象。阿布旦人好用而忠实的毛驴，尽管一次次试图与拖拉机、三轮摩托、汽车比拼叫声的高低，但最终还是被这些既不吃草又跑得快的家伙彻底淘汰出局。李锐的《太平风物——农具系列小说展览》以十六篇用农具命名的短篇小说组成了一个纸上的“农具博物馆”，并以图片、史料、文言与白话、历史与现实，“拼贴”出了当代中国的乡村史和数千年的农耕文明史。而就在这个纸上“农具博物馆”的生发地吕梁山区的黄河对岸，陕北佳县一个叫赤牛洼的有着八百多年历史的小山村，开办了一个实体的“农具博物馆”，收藏并展出农具四万多件，每年参观者达三十万之众。无论是在作品中，还是在现实中，这种被送进博物馆去展览的行为，标志着这些被沿用数千年，与土地、与农业、与农民命运生死与共的农具，已从现实生产中退场，进入了人们的历史记忆。

5. 宗族伦理及其人际关系结构的离散：虚拟化与仪式化

在乡村文化元素的诸多变异中，最核心的当然是以宗族伦理为根基的人际关系结构的离散，及其虚拟化和仪式化。这种以血缘关系和姓氏符号为依据建立起来的宗族伦理，不仅是乡村人际关系的结构原则，也是整个乡土中国延续数千年的宗法制度的根基。乡村社会的现代化和文化启蒙，便是从打破这种宗族伦理和宗法制度开始的。但事实上，乡村的宗族伦理并不是靠作家们的启蒙叙事打破的，甚至也不是靠工商业的冲击打破的。20世纪末期兴办的很多乡镇企业都是家族企业，可以说是乡村宗族伦理的工商业翻版。真正打破了乡村基于宗族伦理的人际关系结构的，是城市化进程。

费孝通先生曾深入考察并论述过乡村社会以生育制度为基础形成的家庭—家族—村落一圈圈扩大的“单系的差序格局”。[①]按费先生所言，所谓“单系”是指家族“是以同性为主，异性为辅的单系组合”[②]。所谓“差序”是指“以‘己’为中心，像石子一般投入水中，和别人所联系成的社会关系，不像团体中的分子一般大家立在一个平面上的，而是像水的波纹一样一圈圈推出去，愈推愈远，也愈推愈薄”。[③]而这个“己”与愈推愈远的水波之间的联系就是血缘，以及长期在同一块土地“生于斯、死于斯”的“熟悉”[④]。这种先天的血缘和后天的熟悉正是构成乡村社会像水波一样的宗族伦理和人际关系的根源。从现实来看，真正打破这种“单系的差序格局”和宗族伦理及其人际关系结构的，是城市化进程中大批村民移居城市。21世纪以来，在大多数乡村中，一个家族或家庭的成员，移

① 费孝通：《乡土中国》，中信出版社，2019年，第56页。

② 同上，第65页。

③ 同上，第34页。

④ 同上，第6页。

居不同城市，或同一城市不同区域的已很普遍。他们不再聚居同一院落、同一村落，而且各自从事不同的工作，获取来自不同渠道的劳酬。由此，传统家族从作为劳动协作体和利益共同体，到因密切接触和相互熟悉而形成的稳定的人际交往圈，均已不复存在。因而乡村社会延续了数千年来的“单系的差序格局”事实上已经离散。

值得关注的是，随着信息技术的迅猛发展，乡村社会原有的宗族伦理和人际关系，并未随着家族成员的离散而完全消失，而是由实体空间转向了虚拟空间，由日常行为转化为仪式行为。分散在乡村和不同城市的家族成员，通过用手机电话、微信视频的日常沟通和年节的团聚来维系彼此的关系。近年在陕西许多村庄出现的“姑娘回娘家现象”极具代表性。在一些仅剩少数老人留守的村庄，有人通过微信群相互串联，通知所有从本村嫁出去的姑娘，在约定的时间内集体回娘家聚会。于是无论六七十岁的老姑娘，还是刚出嫁的小姑娘，纷纷携丈夫子女，从不同的城市、村庄回到娘家。一时间数百男女老少齐聚一个行将荒芜的村庄。大家各有辈分，也彼此知晓，却并无日常交往，有的甚至因隔代而并不相识，但以约定规则，按AA制交够份子钱，便一起大吃大喝、狂歌狂舞、通宵达旦，狂欢数日后各自离去。这种在虚拟空间中的交往和实体空间中的盛大仪式，正在成为乡村社会宗族伦理和人际关系的新型存在方式，传统乡村叙事曾描述过的家族成员间的亲密接触、彼此信任，与利害冲突、情感纠纷，一起被弥散在了虚拟空间和仪式的狂欢气氛之中。

（三）二元对立的化解与叙事支点的转移

如前所述，二元对立逻辑在乡村叙事的三种传统中被作为悲剧冲突的主要结构方式，更是几代作家的思维定式。但在第三次文化裂变中，几乎所有层面的二元对立都在被化解。

当中国的主流话语给中国式现代化注入“中华民族伟大复兴”的含义时，传统与现代、乡土性与现代性的二元对立事实上已经被化解。作为现代化核心二元对立的乡土性与现代性的冲突，以及由此衍生出来的传统与现代、中与西、新与旧等冲突，都在历史文化语境转场中形成了新的关系。数千年累积起来的优秀传统文化，不仅被作为民族复兴的重要内容和提炼核心价值观的主要依据，而且被提升到中国式现代化推进的精神动力层面。至于中西文化，在经历了一个多世纪的剧烈冲突之后，事实上已经实现了深度融合，特别是在马克思主义中国化、科技文明等方面，已实现很高的融合度。在倡导不同文明交流互鉴，共存共荣及人类命运共同体等主流话语创造的新的文化语境中，中西文化除了在社会制度和意识形态层面尚存差异和冲突外，更多的层面是趋于融合而不再是对立。

同时，伴随改革开放以来乡村叙事始终的一产与二产的二元对立，以及由此衍生出来的城乡、土洋冲突，正在随着三产的到来和城镇化的提速而得到化解。三产进入乡村社会，尽管会对传统伦理结构形成冲击，但并不存在类似于工商业那样的抗拒心态，而是由于带来了更多的就业机遇、信息渠道和生活便利而受到欢迎。只要看看乡村的老头老太太如何欢欣鼓舞地在朋友圈发短视频，如何半夜三更还用微信与城里的儿女视频聊天，便会知道村民对信息化的接受态度。因此，三产不仅不是以对立的姿态出现在乡村社会的，而且在很大程度上促成了一产与二产、城市与乡村、人与人之间的深度融合。至于在城乡、土洋之间，尽管差别犹在，但已谈不到对立与冲突。今天的村民进城不仅不再需要付出高加林、孙少平、刘高兴那样的代价，而且依照国家政策可以大规模进城安居乐业，像城里人一样生活。同时，乡村也成了城里人旅游度假、享受绿色食品和观赏田园风光的地方。随着交通的改善，城乡之间的交往越来越日常化。乡村曾经的粗茶淡饭，也成了城里高档酒楼的名贵菜品。在如此情景中，城乡、土洋已谈不到对立，更不能构成乡村叙事的支点了。

此外，进步与落后的对立早已随着工作重心向经济建设的转移而化解，文明与蒙昧的对立随着乡村社会整体教育水平和文明程度的提高而被淡化。至于美丑、善恶的冲突则是人类社会和文学艺术的永恒主题。不过，就目前文学叙事的整体水平来看，也没有哪位作家会简单地将美丑、善恶对立起来，更多的是要揭示美丑、善恶在人性中的复杂性，美丑、善恶的二律背反多会被相互转化、相互渗透的书写所取代。

二元对立的化解，意味着曾经支撑乡村叙事的文化逻辑与叙事支点已经转移。新乡村叙事又将以何种文化逻辑和叙事支点去讲述今天的乡村故事，便成了一个需要探讨的问题。

三、新乡村叙事的文化逻辑和叙事支点

21世纪以来，随着国家崛起和民族复兴进程的加快，中国式现代化开始全面推进。乡村振兴作为支撑中国式现代化的重大战略之一，在为乡村叙事打开了全新语境的同时，也将呈现出新的文化逻辑和叙事支点。

（一）乡村叙事的文化逻辑：从线性的二元对立到立体的多元共生

从正在消逝的传统村落，到正在诞生的信息化、现代化的美丽乡村之间，潜藏着远非二元对立所能概括的叙事结构。新乡村叙事的文化逻辑由传统乡村叙事的二元对立发展为更具立体化和多层次的多元共生图景。这种文化逻辑投射到作家的心理和叙事中，会衍化出更多的叙事支点。

同时，21世纪以来乡村叙事文本也在大量涌现，其中已有部分作家开始关注当下乡村境况，并呈现出某些新的文化逻辑和叙事支点，但也反映出作家们书写一、二、三产融合形态下的当今乡村社会的局促与无奈。贾平凹在与批评家郜元宝关于《秦腔》的对话中，明确表示他不知道自己书写了数十年的故乡下一步将向何处去，他说，“我所目睹的农村情况太复杂，不知道如何处理，确实无能为力，也很痛苦。实际上我并非不想找出理念来提升，但实在找不到”[①]。作为坚持乡村叙事的代表作家，贾平

① 贾平凹、郜元宝：《关于〈秦腔〉和乡土文学的对谈》，载《上海文学》2005年第7期。

凹的困惑带有一定普遍性。也有一些作家表现出了书写乡村振兴的极高热情，但其拿出的文本却多为概念化的、“席勒式的”时代的传声筒，明显对新时代的乡村振兴缺乏深入的实际体验、理性思考和艺术升华方式。因此，新乡村叙事将在何种程度、以何种方式去顺应中国式现代化的文化逻辑，去呈现乡村振兴中这种立体化的多元冲突，还需作家们深入乡村变革的现场中去，找到更多、更恰当的叙事支点。

（二）文化“乡愁”：在正在消逝与正在诞生之间

就文化而言，最有价值的便是正在诞生的和正在消逝的部分。对中国式现代化进入冲刺阶段，深处第三次文化裂变中的乡村社会而言，正在诞生的便是信息化、全球化及其所带来的具有现代甚至后现代表征的种种文化观念、生产生活方式和“美丽乡村”。而正在消逝的则是乡村社会数千年来建构起来的宗族伦理、文化规则、风俗习惯、生产生活方式及其存在空间——村庄。

处于正在诞生的与正在消逝的之间的作家们，首先表现出来的是理性判断与情感选择之间的矛盾。从理性判断而言，没有哪一位作家不知道“消逝”是现代化的必然结果，是无法抗拒的历史趋势和文化逻辑。而从情感选择上，又对即将消逝的文化无法割舍、难以释怀。这种心理上的纠结、无奈和悲情，酿成了21世纪以来蔚为壮观的村庄叙事。

作家们敏感地意识到了作为乡村社会实体的“村庄”，已不再是数千年来中国农民生产生活的家园和灵魂安放之地，也不再是轰轰烈烈的革命根据地和土地改革、集体化运动、联产承包等热潮的旋涡，而成为一个逐渐远去的文化背影。在现实中，村庄正在以两种方式快速消逝：一种是僻远落后地区的村庄由于大批劳动力进城而成为老幼病残的留守之地，一种是相对发达地区的村庄正在向城镇演变。国家一再出台的新农村建设、城镇化和乡村振兴政策，事实上都是在加速村庄向城镇发展。由此，作为家园，作为乡情、亲情和宗族伦理生成地的村庄正在解体。正是由于村庄成为一种正在消逝的文化，新乡村叙事中才集中爆发出了从未有过的书写“村庄”的热潮，大量真实记述某个特定“村庄”的作品蜂拥而出：刘亮程的“一个人的村庄”和阿布旦村，阿来的机村，贾平凹的清风街，铁凝的笨花村，孙惠芬的上塘村，梁鸿的梁庄，等等。作家们尽管风格各异，但却不约而同地开始与自己的村庄做最后的告别，有的甚至直接将作品命名为《即将消失的村庄》（赵本夫）、《最后的村庄》（曹乃谦）。值得关注的是，这批书写村庄的作品，已不再是将村庄作为城市化、西化和工商业化的对立元素而展开二元对立的演绎，而是以不同的方式表达了留住村庄的情怀，并由此生发出文化“乡愁”主题。

贾平凹明确说他写《秦腔》是“为了忘却的回忆”，是要“为故乡树起一块碑子”[①]；阿来用“拼图”和“花瓣式”结构组装起来的《空山》，是为了给他生活了三十多年的藏区家乡机村写一部当代村落史；铁凝的《笨花》完整记录了冀中平原上一个乡绅自治状态下的传统村落及其生产生活、民情风俗，以及村民的勤劳、善良、愚昧和保守；孙惠芬的《上塘书》记述了上塘村的地理、政治、交通、婚姻、文化、历史等方方面面，给上塘村的历史地理留下了一张完整的纪念照……作家们在以自己的方式与自己的村庄做最后的告别，并以对乡村社会失去整体想象后的破碎心境和碎片化叙事，为正在消逝的村庄，唱出最后的挽歌。

这曲多声部的挽歌，唱出的是具有深远历史回音的“乡愁”主题。这个时期的乡愁，既不同于鲁迅所说的百年前在北京那批“侨寓文学的作者”们“隐现着”的“乡愁”，也不同于余光中远离故土而不能归去的“乡愁”。鲁迅所说的那些“侨寓”北京的作家们对故土的“胸臆”，只是居住在城市里的人对故土的怀恋和想象，诸如“蹇先艾叙述过贵州，裴文中关心着榆关”[②]，事实上，也应包括沈从文之于湘西。而其时的

---

① 贾平凹：《秦腔·后记》，作家出版社，2005年，第563页。

② 鲁迅：《〈中国新文学大系〉小说二集序》，见《鲁迅全集》第6卷，人民文学出版社，2005年，第255页。

贵州、榆关、湘西都还是完好无损地存在着、延续着的乡村社会，他们“愁”的只是自己主观上的怀恋、想象和与他们生活的城市之间的文化反差。所以说，那时的乡土文学与其说是在写乡土，不如说是在写作家自己的“胸臆”。至于余光中诗歌中的“乡愁”则包含着人所共知的政治意涵和对文化母体的归属感，与今天大陆作家们的“乡愁”更不可同日而语。谢有顺先生曾用“‘存在’的乡愁”来区别先锋派作家们与此前乡土作家们的“‘文化’的乡愁”[①]。而事实上，在第三次文化裂变中，无论是先锋派，还是传统的乡土派，抑或是其他什么派，大家面对的乡村社会，都是一个正在消逝的文化背影，不管作家们用何种方式与之作别，树碑立传也罢，真实记录其苦难史也罢，将其神化、美化甚或丑化也罢，都是一种文化意义上的“生离死别”，这才是真正的文化乡愁。与“生离死别”相比，以往的乡土文学所道出的乡愁，只能算作“为赋新词强说愁”了。

进一步的问题是，作家们以彻骨的文化乡愁告别了正在消逝的传统“村庄”之后，又将以何种姿态去迎接正在诞生的，城镇化、信息化了的“美丽乡村”呢？

（三）生态关怀：自然与人文的双重焦虑

无论是在何种程度，抑或何种角度来说，在三种生产方式交织的乡村社会，在被工业化和商业化导致了人与自然、人与人、人与自我的关系严重恶化的后工业时代，生态问题都必然地会成为乡村振兴必须面对的重大问题，“人与自然和谐共生”必然地被中共二十大报告列为中国式现代化五个方面的中国特色之一，因此，生态关怀也必然地成为新乡村叙事的一个重要支点。

尽管生态恶化与现代化的悖论始终存在，但生态问题在20世纪的三种乡村叙事传统中并没有成为核心的叙事支点，直到中国开始承受工业化、

---

① 谢有顺：《从“文化”的乡愁到“存在”的乡愁——先锋文学对乡土文学的影响考察之一》，载《文艺争鸣》2015年10期。

商业化带来的严重后果的21世纪以来，触及生态问题的作品才日渐增多。较早关注到生态问题的作品当属贾平凹的《怀念狼》（2000年）。其后姜戎的《狼图腾》、张炜的《刺猬歌》、陈应松的《猎人峰》《人瑞》等一批作品陆续出现。这些作品虽然不全是在书写当下中国乡村社会，但都是作家们站在现代工商业文明带来严重后果的时代，对自然生态和人文生态恶化的警觉和反思。

贾平凹的《怀念狼》讲述了秦岭深处人与狼从相互残杀到狼成为被人保护的动物，以及保护生物多样性的必然要求与人对狼的传统仇恨之间的复杂关系，表达了作家对生灵、物种等自然生态的关切与悲悯，以及对人的生命、欲望、人性等人文生态的反思与批判。姜戎的《狼图腾》尽管立足点不在乡村叙事，而是对中华传统文化中“狼性”和“羊性”的反思，但却是一部深刻反映草原上人与自然关系、呼唤生态保护的作品。张炜的《刺猬歌》用极度浪漫的寓言化叙事，讲述了在商业利益驱动下，“棘窝镇”演变为“鸡窝镇”的过程，揭示了乡村自然生态和由传统伦理构成的民间生活被摧毁的严峻现实。陈应松的《猎人峰》《人瑞》等神农架系列小说，以与城市构成强烈反差的神农架这个特殊环境为背景，记述了人与自然最后相处的情景：人与兽、人与山、人与人、人与自我的惨烈厮杀，揭示了人性的矛盾、迷失和扭曲，发出了回归自然伦理的呼声。

这些作品均已表现出明确的生态关怀和对自然与人文的双重焦虑，而且触及了中国乡村社会自然与人文生态的双重危机，为新乡村叙事找到了新的叙事支点。然而，以乡村为背景的生态与环保主题的书写，尚存巨大的叙事空间。全球气候危机的加剧、工业化的生态恶果，人们对低碳生活、健康生命的追求和对大自然更深层次的回归愿望，必将与乡村社会残存的传统伦理、人性的贪欲，与乡村现代化的进程产生新的矛盾冲突，从而构成乡村叙事新的文化逻辑，由此而产生的一系列叙事支点，将会为新乡村叙事拓展出更加广阔的空间与前景。

（四）新乡村人物形象的书写

在新文学史上，乡村叙事的每一次发展，都是以富有典型意义和时代特征的人物形象的诞生为标志的。鲁迅的阿Q、祥林嫂，沈从文的翠翠，柳青的梁三老汉，陈忠实的白嘉轩等，不仅是公认的中国传统农民的典型形象，而且已成为乡土中国的文化符号；梁生宝、王金生、萧长春，都已成为新中国出现的新农民的标志性形象；路遥的高加林、孙少平也已被作为改革开放以来，在城乡之间奋斗着的新一代农民的代表形象。可以说，创造出足以代表一个时代的乡村人物形象，是乡村叙事成熟和成功的标志。因此，如何以第三次文化裂变的文化逻辑，去创造中国式现代化进程中的新型乡村人物形象，便成为新乡村叙事的作家们亟待发力的叙事支点。

21世纪以来，随着中国式现代化的提速和第三次文化裂变的加剧，已有的乡村人物形象已经无法代表乡村社会新的时代精神和文化内涵。因此，作家们开始探索书写新乡村人物形象的路径。而无论作家们在艺术上选择哪条路径，都必须首先深潜到正在发生第三次文化裂变的当下乡村现场，去认识目前还没有被认识的矛盾纠葛中的那些“熟悉的陌生人”。

周大新的《湖光山色》是较早尝试书写新乡村人物的作品。其中的楚王庄是一个集一产、二产和三产为一体的乡村，也是一个正在被急速现代化的、具有深厚楚文化传统的乡村。作家以“乾卷”“坤卷”及“水、木、火、金、土”的叙事结构所描写的楚王庄，是一个集梦想、欲望、权力、资本、历史文化等于一体的乡村。正是这个有着某些第三次文化裂变特征的环境，孕育出楚暖暖这一既代表时代精神，又具有复杂文化内涵的新型乡村人物形象。这是一个完全不同于祥林嫂、翠翠、刘巧珍的新型乡村女性形象。她既有传统中国乡村女性勤劳、善良的品质和伦理观念，又有现代女性敢爱敢恨敢决断的性格，以及在权力、资本和欲望交织的男性世界中奋力抗争的勇气，同时还有城市打拼经历、营商才能和适应产业化社会的能力和智慧。她以“楚长城”遗址为依托，经营“楚地居”“楚国一条街”，吸引国内外游客，获得了乡村旅游产业的成功经验。这一人物形象不仅反映出作家对乡村产业开发中资本与伦理、权力与法治、欲望与道德等一系列问题的深入思考，而且对乡村现代化有着广泛而深刻的启示。

关仁山沿着浩然的足迹，一直执着地书写河北乡村，连续出版了一系列长篇小说，推出了一批新型乡村人物形象。其中具有第三次文化裂变的某些表征的有《天高地厚》中蝙蝠村的女青年鲍真、《麦河》中鹦鹉村的曹双羊、《日头》中日头村的第三代金沐灶和权国金、《金谷银山》中白羊峪的范少山。这些人物大都来自当今乡村社会文化裂变的现场，或被置于城市、乡村与三种产业形态相互拉动的乡村发展模式中；或被置于梦想、欲望、权力、资本与传统伦理的复杂冲突中，表现出比传统农民形象复杂得多，甚至让高加林、孙少平们无法想象的时代精神和文化内涵。

第三次文化裂变正在随着中国式现代化的推进中乡村振兴战略的实施，给乡村社会带来诸多始料不及的新问题、新挑战，新乡村叙事的文化逻辑和叙事支点仍在作家们的探索过程中，既已出现的部分作品只是作家们在探索的道路上留下的一组清晰的脚印，更多、更能代表新乡村的典型人物形象还需作家们进一步去发掘、去创造。

四、新乡村叙事的美学形态与叙事范式

中国式现代化进程和第三次文化裂变中乡村社会的变化和叙事语境的转场，不仅使乡村叙事所依据的文化逻辑与叙事支点发生了根本性的变化，而且其美学形态和叙事范式也将随之改变。

（一）基于多元冲突—融合—共生的崇高美学

尽管在第三次文化裂变中乡村叙事的语境已经转场，但其基本美学

传统和审美经验依然会在新的叙事语境中延续下去。一个有着五千多年文明史、十几亿人的国度迈进现代化社会，艰巨性和复杂性前所未有，会蕴含着复杂激烈的矛盾，呈现出宏大而壮丽的景观，必然会表现出深刻而崇高的美学内涵。因此，无论是在已经经历的两次文化裂变中，还是处于正在发生的第三次文化裂变中，乡村叙事的基本美学形态都是崇高型的。不同的是，基于第三次文化裂变的新乡村叙事与之前的乡村叙事有着根本区别。

其一，新乡村叙事首先是由多元冲突构成的。无论是从文化逻辑推论，还是从已经出现的部分文本来看，仅仅以二元对立方式已经不足以表现新乡村叙事所面对的复杂现实。就文化逻辑而言，第三次文化裂变中乡村发展所面临的冲突因素，至少包括这样几个层面：一是同时并存的多种生产方式所延续的不同文化诉求之间的冲突；二是共存于乡村社会的大自然的恩威、人性的善恶、乡村所延续的传统文化心理与城市所代表的现代生活方式之间的系列冲突；三是同时冲击乡村社会的权力、资本、市场、技术，以及人的梦想、欲望等因素之间的系列冲突。新乡村叙事无论从哪个层面展开，都不只是二元冲突，而是多元冲突。而且，随着现代化的进程，这些冲突必然在新的时代语境中和更高的文化层面上走向融合，最终形成多元共生的格局。或许正是这种正在变化生成的多元冲突—融合—共生的景观，才使一些作家面对乡村时感到言说的困难。

目前出现的一些乡村叙事文本已经试图呈现这种多元冲突的局面。如陈应松的《猎人峰》同时呈现的有人与兽的大战、人与人的冲突，还有人类自身的善恶之战、城乡冲突等。其中任何一种冲突都是悲壮而崇高的。周大新的《湖光山色》、关仁山的《金谷银山》展示的都是梦想、权力、资本、技术、欲望、文化等复杂因素的多元冲突。至于这些因素在经历冲突之后，如何在新的文化层面上实现融合与共生，呈现美学意义上的崇高境界，则是作家们触及同类主题时需进一步探索的方向。

其二，新乡村叙事的多元冲突更多的是深入生命伦理、自然伦理、人性本质、日常生活和生产等层面，并通过这些层面的冲突去发掘和呈现文化的深度裂变、融合和共生，从而在美学意义上抵达崇高境界。这是因为从乡村社会整体上来说，原来的现代性与乡土性、城与乡等二元对立，不仅已经面临着语境意义上的变化，而且也在艺术层面产生了审美疲劳。作家们的感知与体验，也随着现代化和文学叙事的同步推进而更多地沉入生命与自然、生活与生产的层面，如描写新兴信息技术、生产技术对乡村社会的冲击，以及资本、欲望不断扩张对自然伦理、生命伦理和文化伦理构成的冲击，等等。

其三，新乡村叙事总体上应表现出复合形态的崇高美学特征。新乡村叙事与传统乡村叙事在美学形态上的区别如同交响乐与小夜曲之分。小夜曲一般是单一主题、单一视角、用单一乐器演奏的单声部乐曲，适合于表达单一的、静态的、个体的情感诉求。而交响乐则是由不同类型的弦乐器、木管乐器、铜管乐器、打击乐器等组成的多声部音乐，通常为四个乐章，音乐主题和各种不同的声音元素在差异中实现和谐，在起承转合中不断发展转化，共同表达复杂的、动态的、群体的精神共鸣。因此，在美学上小夜曲多表现为单纯的悲切、缠绵，或优美、委婉；而交响乐则表现为一种复合的、波澜壮阔的崇高之美。新乡村叙事书写的是第三次文化裂变中，不同生产方式、不同产业形态、不同文化心理、不同伦理观念，以及权力、资本、欲望、技术、法制、媒介等等各种元素相互交织的乡村社会，这些元素不再是线性的二元对立，而是像交响乐中的不同声音元素一样，在诸多差异和冲突中相互融合，最终实现多元共生，奏响新时代中国乡村的交响乐。其中蕴含的冲突的复杂性、现象的丰富性、人物的生动性、意义的深刻性，必然会孕育出可歌可泣的故事、鲜活感人的人物群像，以及各种社会文化元素的发展变化。这种触及数千年农耕文明史、数亿乡村人口集体走向现代化的文学叙事，必然需要作家们具有更强的艺术表现力，更高的思想境界，更深入的生活体验和积累，更大的视野和更大的气象，因而，也必然会呈现为一种复合形态的崇高之美。

（二）作为美学原则的“真”与非虚构策略

当作家们面对在第三次文化裂变中变得陌生的乡村社会时，他们既已建立起来的理性判断和美学原则几近失效，故而便大面积出现了贾平凹式的无奈。在此种主体迷失的境况下，“真实记录”成了作家们唯一可靠的叙事策略。于是“真”便被当作一种似乎超越了传统意义上的“美”和“善”的美学原则。在求“真”被作为最高美学原则的驱动下，部分新乡村叙事文本呈现出的是多种方式的非虚构策略。

1. 小叙事：琐碎的细节真实与地方性知识书写

第三次文化裂变导致了传统乡村的破碎和消逝，也击碎了部分作家曾经执着书写的探求某种普遍规律和本质真实的大历史观，以及由此形成的宏大叙事。于是，一些作家暂时放弃理性反思和思想建构，用碎片化的小叙事来“真实记录”裂变中的乡村景观。这种以琐碎的细节真实和地方性知识书写展开的小叙事，正好成为缝合传统乡村破碎与叙事主体迷失的一种有效方式。贾平凹在《秦腔》中用绵密而富有质感的细节书写，掩盖了仁义礼智等老一代家族和乡村主导者退场后，以及土地是种植还是商用两难之境中，对乡村去向的迷茫。阿来的《空山》用“花瓣式”拼图方法，连缀起的正是机村的碎片。这种细节化、微观化和碎片化的小叙事，在客观上是对宏观意义上的普遍规律和本质真实的消解，也是对乡村生活真相的一种还原和祛魅。在此情景中，更多的作家开始了对传统乡村的客观记录。李洱的《石榴树上结樱桃》、海男的《乡村传》、林白的《万物花开》等作品使这种客观记录，“真”到了令人触目惊心的地步。当然，不可否认，小叙事也具有建构大历史的可能，但此时的小叙事是大历史迷失的结果，是作家们对利奥塔尔所谓的大叙事或元叙事[①]的一种自觉或不自

① 参阅让-弗朗索瓦·利奥塔尔的《后现代状态：关于知识的报告》。此著目前国内有两种译本：一种是岛子译本，湖南美术出版社1996年出版；一种是车槿山译本，南京大学出版社2011年出版。

觉的规避，也是以“真”为美的美学原则的直接体现。

2. 深入“田野”与口述实录

口述实录是非虚构写作的主要方式，从文学界和新闻界两个途径走进了人们的视野。文学界的口述实录体写作源自西方。中国最早的口述实录作品当属1985年张辛欣、桑晔的《北京人》。在乡村叙事中，最早、最有影响的口述实录作品是梁鸿的《中国在梁庄》和《出梁庄记》。作为学者的梁鸿以社会学的田野调查方式，深入她的家乡梁庄和多个城市，走访并记录了梁庄几乎所有留守的和外出务工的村民，却没有像社会学家那样预设一个宏大的社会问题，而是真实地记录这些村民的生存境况和喜怒哀乐。梁鸿的非虚构写作，既是对养育了自己生命却正在走向离散和消亡的梁庄的一种挽留和情感回馈，也是对“真”在美学意义上的一次致敬，更是与第三次文化裂变中的乡村现状相契合的一种叙事策略。林白的《妇女闲聊录》也是一部口述实录体的非虚构作品，是继《万物花开》之后，对王榨村女性生活的又一次真实记录。作者以218个片段讲述了乡村女性隐秘的私人生活，以纯客观的记述掩盖了自己的主体立场，凸显了“真”的美学原则。

这种基于田野调查和口述实录体的非虚构写作，无论是对真实记录时代、留住乡村的情怀，还是对处于主体迷失中的新乡村叙事，无疑是一种有效的叙事策略。但口述实录最终与虚构的再度融合，可能会是新乡村叙事值得探索的一个重要方向。

3. 方志体与史传体

21世纪以来，方志体与史传体成为乡村叙事的又一道景观。铁凝的《笨花》、孙惠芬的《上塘书》、海男的《乡村传》等，或用方志体，或用史传体，或为村庄立传，或为村民立传。阿来的《空山》尽管未用史传体，而是用“花瓣”“拼贴”的方式，但作者的意图也是为其生长的藏族村庄立传。贾平凹在用《秦腔》为清风街“树碑”之后，又在《山本》《秦岭记》中试图为秦岭记录植物志、动物志、风物志、人物志。

这种基于地方志和史传的方志体和史传体，在中国有着很深的历史根基，可以上溯到《左传》《史记》和各地历代的地方志书写，其基本规则和目的就是真实记录一个地方或一个国家的历史、人物与风物。而在新乡村叙事中，集中地出现这样一批记史、写志、树碑、立传之作的根本原因，除了对基于普遍规律的宏大叙事的回避之外，还在于“真实记录”，在于对“真”的美学原则的一种自觉凸显。

此外，与这种总体上属于虚构作品的方志体和史传体异曲同工的是，近年来在脱贫攻坚和乡村振兴中各地出现的大量纪实、报告文学作品，同样在凸显着“真”的美学原则。

（三）叙事范式的重构

在初步呈现出的美学原则和叙事策略基础上，新乡村叙事的叙事范式也在作家们的写作中开始了种种探索。本文所要讨论的叙事范式不全是在“人是讲故事的动物”这样的西方泛叙事学意义上的，也不仅仅是在话语理论和沃尔特·费希尔提出的修辞学意义上的叙事范式，而是指叙事主体、叙事视角和叙事对象三者的重建、调整与相互协调，最终要明确新乡村叙事所讲述的中国乡村故事，到底是谁，在用何种方式，讲给谁听的问题。

1. 叙事主体重建：“好理由的逻辑”

如前所述，三种乡村叙事传统的叙事主体建构，经历了从知识分子立场出发，到知识分子立场向农民立场的转化，最终实现了知识分子立场和农民立场的相互融合。而在第三次文化裂变中，知识分子立场与农民立场本身已有不同含义。从事新乡村叙事的作家已不仅仅是对蒙昧、麻木、贫困的农民持“哀其不幸，怒其不争”态度的启蒙知识分子，也已不仅仅是持佛禅境界吟唱乡村田园牧歌的审美知识分子，更不是融合了渴望土地、渴望吃饱饭的农民立场的知识分子，而应该是能够充分进入全球化语境，熟悉城乡一体化和三种产业形态相互融合的新乡村形态，充分了解传统与现代既已融合，以及新技术、新媒介渗透下的社会环境、人文生态、自然生态和人性现实的新型叙事主体。如果不具备这些知识背景和观念意识，作家不仅无法讲好新乡村故事，而且无法认知，甚至会落后于当今的乡村社会和新型村民。如果一个作家不熟悉在城乡一体化和三种产业形态相互融合的格局中，以工业化方式生产出来的农产品，通过网络营销卖到国内外的整个流程，以及这一流程中涉及的农业、工业、权力、市场、资本、技术，还有这些因素冲击下村民观念、心理和人性的变化，那么，他将如何去讲述这一流程中发生的乡村故事？果真如是，该被“哀其不幸，怒其不争”的恐怕不再是农民，而是作家自己！当然，本文并非要求作家一定要成为社会学家、经济学家或者科技工作者。但一个不争的事实是，所有形而上的精神层面、审美层面的创造，都必须是在对世俗的、形而下的现实层面充分熟悉的基础上才是可能的，否则皮之不存，毛将焉附？！

从21世纪以来乡村叙事已经呈现出的主体立场来看，作家们对第三次文化裂变中的乡村社会的理性判断和情感表达，并没有与乡村社会的发展保持同步，或者表现出对乡村社会发展变化的深度体验与批判能力，更多的是站在过去的观念和情感基础上去感知、想象和表现乡村的。有学者对近二十年来乡村小说的主体情感归纳出三种类型：“悲愤、伤感、嘲讽”[①]。这三种情感虽不能代表新乡村叙事的全部主体立场，但至少带有一定普遍性。而作家们除了因旧乡村的即将消逝而产生的悲愤、感伤，以及对第三次文化裂变中出现的种种问题予以嘲讽外，很少从历史唯物论和中国式现代化的文化逻辑和必然趋势，对中国乡村正在走向信息化、产业化、城镇化和全球化的趋势，做出应有的理性判断和情感表达。

因此，新乡村叙事范式的最终形成，首先必须完成叙事主体的重建。这一重建的核心内涵，当然首先是确立在马克思主义与中国传统文化相结合、与中国式现代化和中华民族伟大复兴的必然要求相结合基础上的价值观、文艺观。同时，必须重新建构适应于新的时代和社会发展，以及新

① 李勇：《近二十年乡村小说叙事的危机与前景》，载《郑州大学学报》（哲学社会科学版）2019年第4期。

乡村现实环境的知识谱系。价值观、文艺观与知识谱系，对新乡村叙事范式来说，正是西方叙事学强调的叙事理性。借用叙事范式理论提出者沃尔特·费希尔的说法，叙事理性作为“好理由的逻辑”（the logic of good reason），包括两个方面：一是叙事的可能性，二是叙事的真实性。[①]而合理的价值观、文艺观和适应于新乡村环境的知识谱系，正是构成新乡村叙事可能性和真实性的“好理由的逻辑”。

2. 叙事视角：从单一到多维

传统乡村叙事已经形成的叙事视角，无论是基于理性的文化批判，还是基于诗性的审美，抑或是基于革命和改革的社会历史观照，基本上都是单一视角。而面对第三次文化裂变中乡村社会的发展变化，单一视角既不能全面表达作家的主体立场，也很难反映新乡村社会的现实。因此从单一视角向多维视角的拓展，成了新乡村叙事范式形成的必然趋势。

当然，从文学叙事发展的内在规律而言，已经形成的任何一种叙事视角自然是不会被废弃的，而且其各自所遵循的“好理由的逻辑”也会依然存在。文化批判的理由当然是存在的，特别是站在中国式现代化的立场上对乡村社会文化的发展依然需要做深入的理性判断；而审美永远是文学叙事最好的“理由”，任何时空中的乡村叙事都首先必须具备审美视角；至于社会历史视角，在新乡村叙事中恐怕不是要被放弃，而是要进一步加强。因为基于中国式现代化和第三次文化裂变的中国乡村社会历史的变革，将会是更加深刻、更加史无前例，应该出现更加厚重的史诗式叙事。因此，无论在作家们的写作中叙事视角具体将会怎样去调整，但有一点是可以确定的，那就是从单一视角向综合化、立体化的多维视角的演变。

这种综合化、立体化的多维视角的叙事，并不是本文一厢情愿的主观构想，而是有着充分的历史经验的。《红楼梦》的叙事视角就不是单一的，之所以“经学家看见《易》，道学家看见淫，才子看见缠绵，革命

① 参阅邓志勇：《叙事、叙事范式与叙事理性——关于叙事的修辞学研究》，载《外语教学》2012年第4期。

家看见排满，流言家看见宫闱秘事”[①]，就是因为它是多维视角叙事的结果。在传统乡村叙事中，本文之所以认为《白鹿原》是乡村叙事的集大成者，正是由于它融合了文化批判、诗意审美和社会历史变革等多种叙事视角。

在新乡村叙事中，部分作家已经开始尝试从多个视角去体验和表达正在变迁中的新乡村社会。关仁山自21世纪以来的“中国农民命运三部曲”（《天高地厚》《麦河》《日头》）、《金谷银山》等系列长篇小说，已经融合了基于文化和人性的双重批判视角、基于对中国现代化进程深入反思的社会历史视角，以及力图展示中国乡村变革的史诗性审美视角等多种维度的叙事视角。这些尝试应能引发更多作家的探索与实践。

3. 叙事对象的时空扩展：从“传世”到“跨世”

随着国人文化选择的多样化和审美品格的不断提升，以及全球化进程的提速，文学的叙事对象从品质到范围都在扩展，中国故事不仅是讲给同时代的中国人听的，更是讲给未来时代和世界上更多地方的人听的。新乡村叙事尽管一定是立足于中国式现代化进程中的中国语境和中国乡村本土元素的中国叙事，一定是中国文学艺术中最中国的部分，但一部经典作品的接受对象和传播范围从来都不是局限于自己所处的时空的。特别是在今天这个全球化和“世界文学”已经到来的时代[②]，人们对文艺经典的要求已经不仅仅是在本土范围内的“传世之作”，还要加上国际意义的“跨世之作”。因此，在新乡村叙事范式的探索中，叙事主体与叙事对象的相互寻找与相互调适，正在成为新的叙事理性建构的重要使命，按照沃尔特·费希尔的理论，这也是关乎叙事对象是否相信叙事真实性的关键问题。

---

① 鲁迅：《〈绛洞花主〉小引》，见《鲁迅全集》第8卷，人民文学出版社，2005年，第179页。

② 歌德、马克思和恩格斯先后宣布过“世界文学”的到来。详见：《歌德谈话录》，爱克曼辑录，朱光潜译，人民文学出版社，2000年，第104页；《共产党宣言》，见《马克思恩格斯选集》第1卷，人民出版社，2012年，第276页。

当然，从事新乡村叙事的作家们并非一定要为外国人写作，更不是要为诺贝尔奖写作，但中国本土语境与全球视野的融合，让中国的乡村故事成为世界文学的重要组成部分，则是全球化时代的中国新乡村叙事应有的自觉意识。因此，新乡村叙事范式的建构必须在主体与对象之间建立某种新的叙事理性，从而实现新乡村叙事更大的可能性和真实性。这一目标的实现还需要在作家们的写作和批评家们的阐释中去进一步探寻。

如前所述，新乡村叙事无论在作家们的写作中，还是在学术界的阐释中，都是一个尚在形成中的概念。本文试图从中国式现代化的时代语境和马克思主义的基本理论，以及一、二、三产融合中乡村社会的第三次文化裂变出发，从文学流变、文化裂变与社会生产方式变革的内在联系，分析了新乡村叙事出现的内在根源，提出新乡村叙事的文化逻辑由传统乡村叙事的线性的二元对立演变为立体的多元冲突，并初步形成文化乡愁、生态关怀、新时代标志性乡村人物形象书写等新的叙事支点，呈现出基于多元冲突的崇高美学、以“真”为美学原则和非虚构策略等新的美学形态，以及以叙事主体重建、多维度叙事视角和叙事对象的时空拓展构成新的叙事范式。这些思考是从中国式现代化文化逻辑和已出现的部分具有新乡村叙事特征的作品所作的初步探讨。而新乡村叙事无论作为一种文学现象，还是作为一个学术概念，真正走向成熟和完善，尚需作家们和学界同人的深入实践和探索。

原载《中国社会科学》2023年第7期，人大复印资料《中国现代、当代文学研究》2023年第11期全文转载，《文学研究文摘》转摘

当代汉语文学话语生态分析初步

个人话语作为一个意义世界，文学作品是由某些有组织的话语系统构成的。而构成文学的这些话语绝不是一种单个的孤立的存在，而是在某种特定的生态环境下生长着的。也就是说，文学作品的意义是在其所在的话语生态中生成的。因此，要认识并阐释文学作品的意义，乃至一个时代或一个地域的文学精神，必须首先回到其赖以生长的话语生态中来。如果不熟悉话语生态，要对文学作品的意义，哪怕是一个具体的语词的意义有所认识，都是不可能的。譬如，当一个欧洲的汉学家第一次面对“四面楚歌”这个语词时，他无论如何都不可能从他所学到的汉语知识中了解到它的真实含义，而必须在他了解了楚霸王项羽的历史故事之后，才能初步明白这个语词的含义，而如果他要彻底明白这个词的含义，并最终使用这个语词，还必须进一步了解项羽故事所包含的“仁”“义”“气”“礼”等这些汉语文化的基本要素，以及“楚歌”的音乐特点。同样，一个不知道李白的人，很难说他能够知道“月亮”这个词的中国含义。一个不了解“文化大革命”的人也很难搞清“封资修”是什么意思，更不可能将“尾巴”这个意象与“资本主义”这样的政治话语联系起来。事实上，任何一个语种、任何一个时代的语言习惯中的文学话语都有它存在的来自传统的理由和文化渊源。文学话语就像某种植物一样，生长在适于自己生长的水土、气候和养分之中。这种适于某种文学话语生长的文化条件，及其对文学话语的规定性，便是本文所要讨论的话语生态。

一、当代汉语文学话语生态的生成及其复杂性

对话语生态的关注，在当今习惯了大而无当的宏观把论的文学研究领域，还是一种被忽视的角度和方法。这种忽视，恰恰使人们失去了从根本上考察、认识进而研究、解决一系列文学根本问题的可能性。因为，话语生态是文学意义生长的土壤，也是理解和阐释这种意义的基础，更是化解许多重大的文学观念之争的有效途径。

譬如，对20世纪汉语文学中发生的大量陌生的、为传统汉语文学所无法纳入自身传统的意义，人们总是从社会历史或意识形态的变化来加以解释，这些解释说到底不是一种文学自身的解释，就像我们仅仅用气候的变化企图说清一种植物生长的全部道理一样。这种类似气候的社会历史和意识形态的变化，对文学来说，它的意义首先在于话语生态的改变，只有在对话语生态的分析中，后世的或者异域的人们才能真正领会并阐释这些全新的文学意义。道理很简单：文学是一种语言艺术。

譬如，贯穿20世纪汉语文学始终的殖民化与本土化之争、横的移植和纵的继承之争，也不是一个在普泛意义上的不同文明的交流与碰撞，或者是不同意识形态的交锋与融合的层面上能够正确判断的问题。人们之所以一再地做出非此即彼的绝对选择，正是由于这种大而化之的思维模式所致。而这些争论背后的真相，其实正是不同话语生态之间发生的抵触和渗透。要化解这些争议，就必须回到对话语生态的分析中来。

再譬如，20世纪末期发生的“口语”与“书面语”之争、“个人话语”和“公共话语”之争、“民间立场”与“知识分子写作”之争，也都导源于当代汉语文学的话语生态中一些不同因素的发展与变异。对当代汉语文学的写作与研究来说，话语生态的问题是至关重要的，因为当代汉语文学是在一个极其复杂的话语生态的土壤中生长出来的。

整个20世纪的汉语文学，是在固有的话语生态被打破、新的话语生

态逐步生成过程中发生的。这一生成过程经历了从“五四”白话文运动前后，到“文化大革命”后文学的回归，六十多年的时间。在这期间，各种来自不同话语生态的语汇被整合在同一个写作平台上，形成了一种复合的、混杂的甚至相互抗逆的话语生态。这种可以被认为是多元的话语生态中，至少包含了这样几对相互抗逆的因素所构成的张力场：

第一，从以古代书面语为标志的文言话语生态向以现代口语为标志的白话话语生态的人为转换。事实上，新文化运动和“五四”文学革命，对汉语文学最本质的意义，就在于它带来了这样一次话语生态的变革，其他意义都将随着时代的发展而消失，但这种话语生态的变革对汉语文学的影响却是根本的和深远的。这场话语生态的变革，在表面上是废弃了文言文这样一种语言书写系统，但在话语生态的意义上，文言文所赖以生长的原有话语生态并不会被废弃，而是变成了白话文话语生态的一部分，从而使现代汉语文学话语具备了天然的纵深感。而白话文的被倡导则使汉语文学的话语生态延伸到了现代口语的领域，或者说激活了现代口语作为文学话语的生态意义，从而使现代汉语文学写作在思维、表达和书写几个层面上达成了同步。

第二，外来话语生态和民族民间话语生态的交替。“五四”文学革命以来，按照鲁迅的表述，当一种旧文学死亡的时候，新的文学往往会从外国文学和民族民间文学中汲取营养。再加上这两条营养补给线，顺应着现代中国思想文化发展的两种基本趋向，一条顺应着清末以来洋务派所代表的西化倾向，另一条顺应了主张社会革命的平民思想。因此，源自欧美的和东洋的话语生态，随着大批作家诗人的留学和大量译著译作的出版，而逐渐被移植到中国的土地上。于是许多作家诗人的写作，事实上在植根本土的话语生态的同时，也享有着外来的话语生态。如胡适、郭沫若、徐志摩、李金发、艾青等人的诗歌写作，以及鲁迅、茅盾、巴金、曹禺、郁达夫等人的小说、戏剧写作，而且这种倾向在后来的文学中越来越明显。与此同时，早在“五四”时期，以刘半农、刘大白、叶圣陶等人为代表的文学写作就已进入“引车卖浆之徒”的话语空间之中。其后，经过左翼立场的强化，大批作家、诗人更以享有民间话语生态为荣。深入民间话语生态中去既被作为一种语言立场，也被作为一种政治姿态而得到认同。及至1942年毛泽东《在延安文艺座谈会上的讲话》中对“民族化”“大众化”的强调，以及“向人民群众学语言”的号召，民间话语生态在“解放区文学传统”的写作中上升到了主流位置。

这两种话语生态在20世纪的汉语文学写作中，以“崇洋”和“恋土”的对立倾向而彼此消长。尽管在这两种不同生态基础上的文学写作发生过多个回合的争斗，但在客观上，却使此间的汉语文学写作的话语生态得到了丰富和扩展。

第三，以政治运动为基础的公共话语生态，与以个人经验为基础的个人话语生态，构成了现代汉语文学写作的第三个张力场。每一个时代、每一个地域都有自己的公共话语。严格地讲，公共性质是所谓话语生态的重要属性之一，然而文学写作在本质上是对话语的公共性质的一种逆转和对个人性质的助长。如果一种文学写作是对公共话语的重复组合，那么它必定是失败的。“五四”以来的新文学中，个人话语却始终受到某种政治倾向的抵制，表现为新文学史上长期对李金发、徐志摩、戴望舒，以及林语堂、周作人、梁实秋、张爱玲等右翼诗人和作家的回避或批判。而左翼作家则被一次又一次的政治浪潮卷进了以政治概念为主的公共话语的洪流中。1949年之后，随着文学写作在诸多方面的一体化和“规范”化，作家们逐步失去了个人话语的言说能力，就像“太太”“小姐”“女士”“夫人”等一系列具有特异性的指称，统统被叫作“同志”一样，作家、诗人们所动用的文学话语的个人性质几乎全部被公共性质所取代。

经历了六七十年的破坏、转换、移植、碰撞、融合，及至“文化大革命”后的八九十年代，汉语文学的话语生态形成了一个既相互抵触、对抗，又相互依存、彰显的多元共生的局面。这种局面决定了当代汉语文学一系列特殊的性质。它既不完全属于传统的汉语文学，也不能简单地等同于西方文学；既具有一定程度的现代性，又保留了民族文学的某些努力；既持有相当规模的探索性和实验性，又受制于种种规范和戒律；既有前卫的一面，又有守旧的一面。加上90年代以来以港台文化和商业文化为背景的新的话语生态的渗透，使当代汉语文学整个呈现出一种不明不白、不三不四的状态。

可以说，这种复杂的话语生态，使当代汉语文学不仅在汉语文学自身的历史上，而且在世界文学史上都成了一个特例。其所有的特异性，以及所有的问题和争议，都是由其话语生态决定的。因此，本文有必要将当代汉语文学所赖以生长的这种复杂的话语生态作一初步分析。

二、幽深的成语和老不死的古典语文

作为一种古老的书写形式的文言文已经被废除了，曾经用文言文写作的古典文学已经离我们越来越远了。但我相信，每一位当代汉语文学的写作者，都会明显地感觉到，中国的古典语文还活着。因为，他们所用的大量文学话语都在向他们提醒着古典语文的存在，而且正是离他们很远的古典语文使他们今天的话语富有了幽深的内涵和特殊的表现力。古典语文作为当代汉语文学的一种重要的话语生态，会在多种层次上影响当代作家们的写作。在这里，我们权且不说那种玄而又玄的种族集体无意识和文化遗传，也不说文学观念上的传承，仅就文学话语的层面而言，这种影响也是不可估量的。

古典语文作为一种话语生态，对当代作家最直观的影响是通过成语实现的。需要说明的是，这里所说的成语，不仅仅是指成语词典中的那些语词，而且包括经典的诗句，古文中的名句、名段，甚至包括古典戏剧和小说中的经典人物形象、对白和唱段等等。譬如，今人在写作或日常交谈中时时会用“真是不识庐山真面目！”这样的句子来表达当局者迷的意思；或者用“没想到天上掉下个林妹妹”来表达喜出望外的意思。当然，这样的表达在狭义的成语中是最集中的。譬如“刻舟求剑”“削足适履”“守株待兔”等是对各种不同的教条主义的生动表达；譬如“东施效颦”一词中就隐藏着两个女人、一个美妙的动作和一个可笑的心理与行为；譬如“三人行必有我师”七个字可以呈现出一种治学精神和一个可供想象的情景；等等。

在当代作家中，从孙犁、刘绍棠、汪曾祺到阿城、贾平凹等表现出了深厚的古典语文的功力。这些作家尽管没有刻意地借助文言写作，他们所用的甚至是纯正而简洁的现代白话，或者民间口语，但从其作品的话语方式和整体语境中，仍可以看出他们与古典语文之间保持着某种血脉相连的关系。这种用白话传达出古典语文的语境，为我们证实了古典语文作为当代汉语文学的话语生态的潜在影响力。

古典语文对当代文学话语的影响，既是通过种族无意识中的文化遗传实现的，也是通过后天教育形成的。无论是古代中国人，还是现代中国人，几乎人人都在幼儿时期就开始接受一些古典语文的教育，如背诵古诗、讲述古代寓言故事和历史故事，到了小学和中学还要学习一定篇目的古文和古典小说。这一教育过程正处于人的个人无意识的形成阶段，其影响力根深蒂固，贯穿一生。可以说这是一个种族的文化记忆传承的基本方式，这种方式通过一代一代个人无意识的接力，延续着一个种族的无意识。更可以说，这是一个话语生态培植和延续的基本方式。

在这一延续过程中，古典语文不仅给当代文学话语带来了不可替代的意义深度和生动性，而且内在地影响着当代作家的哲学思想、文化和价值观念、宗教观念、审美观念，乃至思维、认知和话语方式。因此，古典语文并不会由于文言文的被废弃而死亡，它会成为汉语文学永远不死的话语生态，从而生长出一代一代的汉语文学。我们甚至可以这样理解：与其说古典语文活在当代作家们的写作中，不如说当代作家的写作在古典语文中获得永久的生命力。

三、活着的口语和不断流淌的民间语文

一个种族的语言文化的传承从来都是通过两个渠道进行的，一是通过书写，一是通过口语。对语言来说，一旦进入书写的形式，它就已经僵死，语言的真正生命力活在人们的口耳之间。“五四”新文化运动和文学革命，就是从放弃一种远离人们口耳的、僵死的书写形式，用现代口语复活语言的生命力开始的。在任何时代、任何地域中，最富表现力、最生动的便是民间口语。被今天的人们推崇备至的“四大古典名著”的主要叙述语言，其实就是当时的民间口语。汉语的民间口语源远流长，丰富多彩，而且形成了异常深厚的民间语文传统，历代的神话故事、民歌民谣、民间传说权且不说，即便是在民间语文基础上形成的文人作品也已浩若烟海：诗词曲赋、志怪志异、精变传奇、说书话本等等。民间语文实属历代文学之母。

在当代，虽然随着教育的普及化和普通话的推广，民间语文在很大程度上受到了规范，许多光彩之处因规范而被削弱。但民间语文依然是当代汉语文学重要的话语生态。“口语写作”和“民间性”一再成为当代诗人、作家们激活自己写作的机缘和源泉。在小说领域，从“十七年”中赵树理、柳青、周立波，到80年代前期以刘绍棠、高晓声、汪曾祺、贾平凹、路遥为代表的乡土小说，以冯骥才、邓友梅、陆文夫、刘心武为代表的市井小说，以及以韩少功、李庆西、李杭育、郑义为代表的寻根小说，都是以“民间性”和大量使用民间口语著称的。其中，赵树理在晋南方言基础上的写作，使民间口语直接成为当代文学最重要的话语因素，并以此形成了自己鲜明的写作特色。贾平凹的“商州”系列，将陕南原始的民间生活当作自己写作的话语生态，形成了朴拙而又富有灵性的话语特征。有人认为他90年代以来以《废都》为代表的几部长篇中的话语方式，是来自《金瓶梅》《红楼梦》等古典小说，他自己却纠正说，他其实是在尝试一

种以西安一带存有大量古语的民间口语为基础的写作，同时，在这些长篇中，贾平凹大量吸纳了被今人叫作“段子”的民间谣谚。这些使贾平凹成为80年代以来以民间语文为话语生态的最具典范性的作家。如果说贾平凹是从身边的、日常的民间生活中寻找到了一种民间口语形态的古典语文的话，那么韩少功从《爸爸爸》到《鞋癖》，再到90年代的《马桥词典》的写作则一直试图从蛮荒的民间生活中寻找到这种民间口语形态的古典语文，从鸡头寨到马桥都居住着一些直接从民族祖先传承下来没有经过现代文明改造的原始人类，他们的话语方式保留着民族母语的残存状态，成为韩少功们所要寻找的“根”的直接表象和见证。这种写作的探索性和研究性质可以被看作是当代作家寻找属于自己的话语生态的自觉实践。

在当代诗歌领域，以日常口语和民间方言为话语生态的写作，经历了两个阶段和两种形态。第一个阶段是四五十年代主流文学对“民族化”“大众化”的倡导，促使诗人们学习和借鉴民族民间语文，造就了李季、贺敬之、张志民、阮章竞、闻捷等一批民歌体诗人。由于更多的是出于某种意识形态的动机，以及当时文学观念的局限，这个阶段对民间语文的学习和借鉴，停留在模拟和仿制民间歌谣的句式、节奏和方言的层次上，而未能将民间歌谣转化为诗人内心的话语方式，因此还没有形成真正具有创造性的文学话语。但这种努力至少凸显了民间语文作为当代诗歌的话语生态的可能性。第二个阶段是80年代中期以来，一批从民间诗歌社团和民办诗歌报刊中涌现出来的、号称“第三代”的诗人，自觉进行的“口语写作”实验。如以韩东、于坚为代表的“他们文学社”、以李亚伟为代表的“莽汉主义”诗人、以尚仲敏等为代表的大学生诗人。这些诗人以流传于当代人口耳之间的活的口语作为自己的话语生态，并将其内化为属于自己的诗歌话语。这批诗人以“口语化”取代了以“今天派”为代表的“朦胧诗人”的意象经营方式，给当代汉语诗歌话语开辟了另一种可能性。及至90年代，这种口语化的方式基本上成了诗歌探索的主流，以至有人直接打出了“民间立场”的旗帜。

事实上，以口语化为标志，享有和运用民间语文这一话语生态，一直是新文学努力的一个方向。从新文学产生之前，黄遵宪提出的“我手写我口”，到新文学革命中对白话的倡导，到对四五十年代对“民族化”“大众化”的强调，再到八九十年代的“口语写作”和“民间立场”，20世纪汉语文学的话语方式一次一次逃离僵死的书面语言，去寻找活的口语，其最根本的动因，就在于让汉语文学皈依具有生长力的话语生态——民间语文。

四、一个时代的公共话语和集体无意识

公共话语是当代汉语文学无法避免的话语生态。

任何一个时代的公共话语都是这个时代流行文化的产物，或者说，是由这个时代的集体无意识造成的。流行文化是一个时代的人们产生共同记忆的基础，譬如，一首歌，或者一部文学作品，常常可以点燃对一个时代、一个区域，或一种过去的生活和生活中的人与事的记忆，这种记忆便构成了一个时代的集体无意识。根据弗洛伊德的说法，无意识作为一种被遗忘的记忆，是以“词表象”的形式储存在人们头脑中的。因此，所谓公共话语就是集体无意识的存在形式。

按照上述理解，每个时代都会有自己的公共话语。

当代中国主要的公共话语形态，是在两个不同阶段的流行文化基础上形成的。

第一个阶段是从20世纪40年代末期到70年代末期。在这一阶段中，中国占主导地位的流行文化应该是政治。由于新的社会制度的确立，中国人以前所未有的热情投入崭新的政治潮流之中，加上这一政治潮流从观念到行为都在追求一体化的集体主义精神，在反对贫富不均的同时，也反对从思想到言行的个人主义和自由主义，以及人的个别性和差异性。这样的文化氛围比在其他文化氛围中更容易形成集体无意识和话语的公共性质。这

种公共性质发展到“文化大革命”期间，进入了极端膨胀的状态，出现了全国6亿人口重复一个人的话语、传唱八台戏的奇观。这一阶段形成的公共话语至少成为三代中国人的集体无意识的存在形式，统治了三代以上中国人的思想和话语方式。作为当代汉语文学基本的话语生态之一，它至少左右了三代中国作家、诗人们的写作。

第二个阶段是从“文化大革命”后的70年代末期至今。在这一阶段中，中国占主导地位的流行文化主要有两个方面：其一是中国逐步走向市场经济过程中形成的商业文化，其二是在港台文化影响下日渐发达起来的大众文化。其他文化形态在这一阶段也都有所发展，但与这两种文化相比，都不属于流行文化。商业文化和大众文化因在消费性质、娱乐性质、物化性质等多方面的内在联系，而最终融为一体，形成了这一阶段占主导地位的流行文化潮流。在此基础上，中国人正在或者已经形成继以政治话语为中心的公共话语之后的又一种新的公共话语，一批全新的语汇裹挟着浓重的港台味、广东味、西洋味，以及感官快乐和商业气息，铺天盖地而来，使人们无法不承认当代汉语文学的一种全新的话语生态已经形成。这种作为话语生态的新的公共话语，已成为新一代作家诗人的写作无法回避的语言现实。

当代汉语文学所面对的这两种公共话语，对几代作家、诗人的写作发生了相当复杂的影响。对政治性的公共话语来说，一方面它成为五六十年代及以前起步的几代作家、诗人们努力适应、学习和运用的语言基础；另一方面，又成为七八十年代起步的几代作家诗人们刻意抵制、扬弃和剔除的语言负赘；更成为90年代起步的新一代作家诗人们无法理解、竭力逃避，或用以游戏的语言怪物。对商业性、大众性的公共话语来说，一方面，它是90年代以来起步的新一代作家诗人们进入文学写作的基本话语生态；另一方面，它又是前几代作家诗人们避之唯恐不及的语言垃圾。

其实，公共话语与文学写作，尤其是当代汉语文学写作的关系的复杂性远不仅于此。公共话语与文学写作之间存在着一种既无法离弃，又相互对立的关系。众所周知，文学写作是以追求话语的个人性为语言目的的，这在很大程度上取决于对公共话语的抵制与消解，而且人们在阅读一部文学作品时，对其话语方式的感知也往往是建立在其与社会流行的公共话语的差异性基础上的。而作家诗人们根植于公共话语的生态之中，既无法排除大量渗透在其意识和思维中的公共话语的深刻左右，也需要借助公共话语的参照系统和反冲力来凸显自己的个人话语。事实上，80年代以来带有语言实验性质的先锋文学，正是在不断剥离残存在其记忆中的“文化大革命”时期的公共话语的过程中形成自己的语言个性的，同时，先锋文学在语言上的成就，也正是在以其与“文化大革命”前具有浓厚政治色彩的公共话语基础上的文学写作的参照和差异中显现出来的。这一点从马原、残雪、莫言到余华、苏童、格非等小说家，以及韩东、李亚伟、杨黎等诗人的写作中都可以得到证实。

公共话语与汉语文学写作关系的复杂性还在于中国传统文化的某些特点。中国历代处于正统地位的儒家文化始终是以突出群体因素、政治的集权化和文化的一体化，以及淡化个体因素和差异性为特征的。因此，在传统文化中公共话语的力量远远大于个人话语。而文学写作的特性正好与之相反。在这个意义上说，当代汉语文学写作中对公共话语的清除与个人话语的被认可，本身具有一种反文化、反传统的难度和意味。

五、移花接木的殖民话语和后殖民语境

在一定程度上说，外来语的介入已成为20世纪汉语文学的一个重要变革因素。随着翻译文学、留学行为、外夷入境和群众性的学外语运动而潜入的外来语，在与本民族母语的相互撞击和融合中，逐渐融入正在发生变异的话语生态之中，成为汉语文学话语中一个新的生态因素。

关于这一因素对汉语文学写作的影响，既不能仅仅视为语言意义上的“欧风美语”予以抵制，也不能以一句“全盘西化”上升到意识形态的高

度加以批判，而应将其当作20世纪汉语文学发展中无法避免的和客观存在的一个话语生态因素，它对汉语文学写作的意义，实质上是对一种新的语境的拓展。用以往的观点来看，它是汉语文学从封闭的古典的民族文学向世界现代文学过渡的一个标志。因此，对外来语的认可承担了民族文学向世界文学过渡的所有观念上和习惯上的难度和冒险。

外来语的介入几乎是与白话文的兴起同步进行的，它与白话文一起构成了对汉语文学原有话语生态的颠覆，使汉语文学经历了一个在话语生态完全失衡状态下的发展阶段。这一阶段的汉语文学写作，因在精神上传达出前所未有的意义而被视为对新文学传统具有开创性意义的“五四”文学的同时，却在作为文学之本的语言上，几乎经历了一种濒死的危机。这种危机在被称为中国现代主义诗歌开山鼻祖的诗“怪”李金发的诗歌写作中表现得异常突出。李金发融文言、白话与外来语于一炉的诗歌写作，可以说是汉语文学在话语生态失衡状态下最具代表性的一个标志。他的写作既涉及几种不同时代和不同地域的话语生态，又未及使其实现新的平衡与成熟，因而被人们视为不文、不白、不土、不洋的怪物。卞之琳先生认为他“对本国语言（无论是白话还是文言）没有感觉能力”[①]，还有人认为他“法文不大行”，“中国话不大会说，不大会表达，文言书也读了一点，杂七杂八，语言的纯洁性没有了。引进象征派，他有功，败坏语言，他是罪魁祸首”[②]。其实这种状态在那个时期的许多作家诗人的写作中都程度不等地存在着，即使鲁迅、郭沫若、胡适的一些作品也不例外[③]。可以说这是汉语文学在话语生态转换与裂变时期的共同特征，李金发只是表现得极端了一些。这种状态虽然不会影响到这些文学先驱们的历史功绩，但在客观上造成了话语生态平衡被打破的情况下，文学写作出现濒死症状的事

---

① 卞之琳：《人与诗：忆旧说新》，生活·读书·新知三联书店，1984年，第8页。

② 孙席珍观点。转引自周良沛编：《李金发诗集·序》，四川文艺出版社，1987年，第10页。

③ 在鲁迅的《狂人日记》、郭沫若的《女神》、胡适的《尝试集》中大量存在文、白、洋混用的情形，这与李金发的诗歌语言没有本质的区别。

实。就像一株树要被从一个地方移栽到另一个地方一样，在离开土壤、水分和营养这些最基本的生态因素时，必然会面临枯死的危险。

经历了这个艰难而危机的裂变过程，及至当代汉语文学中，外来语已成为其赖以生长的话语生态的不可缺少的阳光和水分，而且随着对异域文明的进一步了解，国人对外来语早已没有了陌生和隔膜之感。譬如人们说到“天方夜谭”“潘多拉的盒子”“伊甸园”“诺亚方舟”这样的语汇，不会比“四面楚歌”“刻舟求剑”“守株待兔”“朝秦暮楚”这些纯粹国语感到陌生，甚至会感到用一些外来语可以表达国语不能到达的意义。

对此，本文认为，外来语的介入对汉语文学原有的话语生态来说，同样提供了一种语义延伸的可能性，应该被视为一种合理的、有益的补充和扩展，而且谈不到破坏汉语的纯洁性的问题，因为汉语自身也是一个需要不断丰富发展的语言系统，国人不可能永远用最早的汉语去说话和写作。而问题在于，人们总是不能以自然的、健康的心态来面对外来语对当代汉语文学写作的意义。根据二十多年来当代汉语文学发展的实际情形，人们对此形成了这样两个误区：要么以维护汉语的纯洁性为理由，刻意排斥外来的话语方式，试图用古汉语的方式写作，其结果是搞得自己不文不白、阴阳怪气；要么出于对西方文明的迷恋和对自己的写作得到西方承认的渴望，试图在西方人的话语生态中写作，有的作家或诗人刻意在自己的作品中大量排列西方的历史典故、人名、地名，以求率先“走向世界”，甚至在国内以“流亡诗人”自居，其结果是在中国用汉字写出了一些远离本土话语生态的西方文学作品。这两种倾向貌似背道而驰，实则同出一辙，其共同的误区在于人为地离开了当代汉语文学所处的活的话语生态。

在当代，不管你做何评价，殖民语境已经是汉语文学话语生态的重要组成部分，外来语仅仅是这种殖民语境的一些具体的标识。这是事实，也是历史的必然。对文学写作来说，问题已不在于怀疑这一事实的真实性，而在于能不能去面对这一事实，能不能在你所面对的话语生态中生长出具有个人特异性的话语方式来。

综上所述，当代汉语文学的话语生态是由古典语文、民间语文、公共话语和外来语等几种因素，经过多半个世纪的碰撞与渗透，融合而成的一个多元的复合构成。本文所以对此进行讨论，其目的首先在于提请文学批评和研究能够从话语生态的意义上来认识当今的文学写作，以及当代文学至今面临的一系列有争议的问题。这个角度的提出不仅有助于人们理解文学语言内在的意义空间，而且有助于人们理解当代汉语文学发展中的一些带有普遍性和规律性的现象。其次，也想提请仍在坚持写作的作家、诗人们回到当下的话语生态中来，自觉寻找和选择适应于自己作品生长的语言的气候与水土，并将各种话语生态真正转化成个人经验和个人无意识，从而创造出真正属于自己的、具有特异性的个人话语，创造出属于我们时代的汉语文学。因为，回到当下的话语生态，是一切语言创造的起点。

原载《陕西师范大学学报》（哲学社会科学版）2006年第2期，《中国社会科学文摘》2006年第4期、《高校文科学术文摘》2006年第5期全文转载

典型建构论：从艺术形象到文化符号

——拓展典型及典型理论的一点尝试

众所周知，关于典型理论的讨论，在西方已有几百年的历史，在中国，则是从“五四”新文化运动以来才从西方引进的，至今也已有百年历史。我们今天在典型理论百年之际，重新讨论“典型”这个话题，其意义似乎应该不仅仅是引经据典地回顾前人对“典型”的论述，或者梳理典型理论在中国走过的百年学术史（这项工作应该早在叶纪彬先生的《中西典型理论述评》[①]，以及饶芃子、王一川等学者在20世纪八九十年代的著述中就基本上完成了），更重要的是应该站在百年来新的文艺实践基础上，结合当下的历史时空、文化语境和媒介环境，去发现并拓展典型理论新的认识空间和学术视野，从而催生更多的新时代的典型形象。基于此意图，笔者尝试提出自己拓展典型理论的一点思路，姑且称之为“典型建构论”，并以此就教于学界同人。

一、典型的诞生：从原创到建构

以笔者陋见，从西方引进的典型学说，基本上是在哲学和美学视域

① 参阅叶纪彬：《中西典型理论述评》，华东师范大学出版社，1993年。

内对某个特定时空中，某部特定文艺作品塑造的某个特定人物形象，在艺术构成方式和美学意义上的一种分析与概括。无论是偏重共性的类型说，还是偏重个性的特征说，抑或是个性与共性统一说，乃至黑格尔的“这一个”[①]、恩格斯的“真实地再现典型环境中的典型人物”[②]、别林斯基的“熟悉的陌生人”[③]等精妙概括，都是建立在对某个作品中的某个人物形象的分析基础上的，概莫能外。而在越来越丰富的文艺实践中，一个典型形象的诞生及其意义，却往往不是在某个作家艺术家的某部作品中一次性完成的，而是在漫长的建构过程中逐步完成的。其构成方式和意义也不仅仅是哲学的或者美学的，更应该是文化的。

笔者认为，典型形象的诞生，或者说典型的创造，是一个从原创出发，不断延伸、不断积累的建构过程。现有的典型理论所观照的只是典型创造的原创环节，是典型建构的起点和出发点。笔者完全认同个性与共性统一说和黑格尔的“这一个”、恩格斯的“典型环境中的典型人物”、别林斯基的“熟悉的陌生人”等学说。但我们对一个艺术形象的典型性的认知，仅仅建立在塑造它的那位艺术家所处的特定时空、特定艺术形式和特定媒介之中是远远不够的，其意义仅仅限于美学和艺术的层面也是不够的。换句话说，一个艺术形象无论是其个性还是其共性仅仅属于其所处的时代和区域，而不具备时空超越性，不能成为特定时空中的一种文化符号，就很难说它具有多高的典型性和文化价值。

事实上，我们目前所认同的典型形象，基本上都不是一次性完成的，而是经过长期跨时代、跨区域、跨媒介、跨文体、跨艺术门类的再创造，与理论家、批评家们的阐释与再阐释，以及社会公众的文化习俗、审美习惯、想象力和公众舆论共同建构出来的。这一建构过程从理论上讲应该是

---

① 黑格尔：《精神现象学》上卷，贺麟、王玖兴译，商务印书馆，1979年，第65、68、73页。

② 恩格斯：《致玛格丽特·哈克奈斯》，见《马克思恩格斯选集》第4卷，人民出版社，2012年，第590页。

③ 别林斯基：《别林斯基选集》第1卷，满涛译，上海译文出版社，1979年，第191页。

没有终点的，但在客观上有一个可以被人们认同的结果和目标，那就是，当一个具有典型性的艺术形象通过多种渠道、多种方式的建构，被约定俗成一个为公众所共识、共用、共享的文化符号的时候，才可以真正被视为典型。

人类艺术史已经创造出了数不尽的艺术形象，但真正成为典型的并不是很多。因为可以被称为典型的是那些被人们在口头或书面表达中不断重复的、被文化符号化了的人物形象。比如，欧洲人把虚伪的人叫“答尔丢夫”，把忧郁而优柔寡断的人叫“哈姆雷特”，把沉溺于幻想之中而不切实际的人叫“堂吉诃德”；中国人把粗莽之人叫“猛张飞”或“黑旋风”，把女汉子称为“母夜叉”或“孙二娘”，把巾帼英雄称为“花木兰”，把多愁善感的女子称为“林妹妹”，把神通广大、翻云覆雨的人称为“孙猴子”，把神机妙算的人称为“诸葛亮”，把信仰坚定、意志刚强的女性称为“江姐”，一个人心胸狭窄会被描述为“武大郎开店”，等等。这些活在人们口头上或笔墨中的人物，大多不是来自历史或现实，而是来自文艺作品中的艺术形象。这些形象都是在作家艺术家原创的基础上，经年累月，被人们建构成为约定俗成的文化符号的。这种由艺术形象上升为文化符号的过程，就是笔者所说的典型建构。

典型建构是人类艺术创造被纳入人类文化总体进程的重要环节之一。文化有数百种定义，但不管哪一种定义，有一点是明确的：文化是特定民族、特定时代，人们按照共同遵循的生产、生活秩序与规则，所创造的一切成果的总和。人们从事创造活动的领域分门别类，但各个领域的创造，只有成为人们共同遵循的生产、生活秩序与规则的一部分，才有可能被纳入创造成果的总和，也就是说才可能被称为文化。所有领域的创造行为，诸如文学艺术、科学技术、发明创造等等，概莫能外。在科技领域，从事科学技术的人不计其数，成果也多如牛毛，但真正能够被纳入人类文化总体进程的，却只有伽利略、牛顿、爱因斯坦等不多的一些科学家；文学艺术领域同样如此。那么，在文学艺术创造的艺术形象中，能够被纳入全人类，或者至少是特定民族、特定时代的文化总体进程的人物形象，自然也是凤毛麟角。只有这部分艺术形象，才能够真正被称为典型。而那些只在一时一地产生过某方面影响，但很快被历史所遗忘的艺术形象，只能被认为具有一定程度的典型性。

如果按照上述理解确立的标准来认定“典型”的话，那么，至少可以得出这样的结论：第一，典型不是某个作家艺术家一次性创造完成的，而是被长期建构出来的；第二，典型是作家艺术家所创造的所有艺术形象中，最终被建构为一定范围的人们约定俗成，并共识、共用、共享的文化符号；第三，作为文化符号的艺术形象，被人们共识、共用、共享的时空范围越大，其典型性就越强，其审美价值、艺术价值和文化价值也就越大，反之亦然。

二、典型建构的内在因素及其建构逻辑

一个艺术形象要被建构为一种文化符号是一个复杂而漫长的过程，且在理论上讲，是一个没有终点的过程。其复杂性，除了对原创艺术形象的典型性的认知与把握外，还关乎一系列复杂的内在因素、建构逻辑和建构主体。这里就其中的核心因素及其建构逻辑作一初步分析。

（一）典型建构中的时代因素

任何一个艺术形象都是特定时代的产物，都会留有其赖以产生的时代的印记。时代因素应该是恩格斯所说的“典型环境”中的核心因素。这里所要强调的是，在典型建构论的意义上，一个艺术形象一旦诞生，就开始经历时代的流变，就必然要与不同时代的新的时代因素不断相遇，并受到新的时代因素的冲刷与重塑。正是在这个意义上说，时代因素也是典型建构过程中的核心因素。

正如克罗齐所说，所有历史都是当代史。典型建构的过程，是艺术形

象不断被其遭遇的新的时代因素重塑的历史。花木兰是南北朝时期的乐府长诗《木兰辞》中塑造的替父从军、战功显赫的女英雄形象。尽管那个时候的中国还没有典型理论，但花木兰的确是那个时代的典型环境中诞生的典型人物。如果我们站在典型建构论的角度来看，《木兰辞》中花木兰只是一个尚待完成的、具有一定典型性的艺术形象。这个形象的典型建构过程经历了一千五百多年的历史，直到今天仍未结束。《木兰辞》所处的那个需要“替父从军”的时代的各种因素，早已消失在历史的尘埃之中，而花木兰的艺术形象却在这一千五百多年中，经历了不同时代的不同形式的文学作品及各种舞台剧、影视剧、动画片的建构与再建构、复活与再复活的过程，以至于成为家喻户晓的，标志着中华民族巾帼英雄的文化符号。

需要进一步探究的问题是，类似花木兰这样的艺术形象，在与不同时代相遇时，会与新的时代因素构成怎样的关系。这一关系决定着一个艺术形象能否成为不同时代的人所共识、共用、共享的文化符号。

每一个时代都有自己特定的时代因素，包括所面临的问题、所形成的时代精神和所承载的历史使命，并由此提出的时代的必然要求。一个艺术形象如果不能顺应、满足这种要求，那么它就有可能会在这个时代被忽略或者被遗忘，反之，则会被建构为更具典型性的艺术形象。这种关系会衍生出艺术形象与时代因素之间复杂的排列组合：有的艺术形象与时代因素的关系是顺应型的，有的则是逆反型的，有的是部分顺应部分逆反型的，有的则在这个时代是顺应型的，而在另一个时代却是逆反型的，如此等等。而任何一个时代对既有典型形象的建构逻辑，都是要力求光大顺应型的一面，抑制或改造逆反型的一面，最终以此去回应和满足自己所处时代的必然要求。还以花木兰为例：《木兰辞》和古代文人为其撰写的碑文、民间为其建造的庙宇等，都将花木兰建构为一个“忠孝”“勇武”的巾帼英雄，而在现代的各种舞台剧、国产影视剧中，其作为女性有着强于男性的“勇武”的一面，与现代中国所需的保家卫国的革命精神、战斗精神相融合，形成了与时代精神的顺应关系。而“忠孝”的一面则因带有某些封建意识而被改造为现代意义上的爱国主义和家国情怀。

一个真正有魅力的艺术形象，是凭借其不断被建构的典型性去超越不同时代的。同时，不同的时代因素又在不断地丰富、扩展、刷新其典型性的魅力。不断更新的时代因素与具有魅力的艺术形象，就是如此循环往复地重组出不断更新的典型意义，直至将其建构为一个时代所共识、共用、共享的文化符号，然后再去迎接下一个时代的到来。

（二）典型建构中的民族因素

民族因素，包括特定民族的文化性格、文化习俗、文化心理及文化价值观，是所有典型形象生成的重要根源，更是典型建构过程中与时代因素同等重要的决定因素。民族因素与时代因素一样，应该是恩格斯所说的“典型环境”的重要组成部分。

一般来说，任何一个具有典型性的艺术形象都是从特定时代、特定民族生长出来的。然而，如果从典型建构论来看，一个艺术形象一旦诞生，不同时代、不同民族都有对其进一步建构的权力和可能性。事实上，这样的建构行为从古至今、从西方到中国，一直都在进行中。元代剧作家纪君祥在《赵氏孤儿大报仇》中原创的艺术形象赵氏孤儿，先后被法国思想家伏尔泰[①]、意大利歌剧作家塔斯塔齐奥[②]、德国诗人歌德[③]建构为欧洲版的“赵氏孤儿”，一个来自中国战国时期的历史人物被容纳进了欧洲人的爱恨情仇；一个中国元代公主“图兰朵”的艺术形象，经由阿拉伯人的《一千零一夜》、波斯诗人菲尔多西的《列王纪》、意大利剧作家卡洛·戈齐和弗兰科·阿尔法诺，以及意大利作曲家贾科莫·普契尼[④]的不

---

① 伏尔泰于1753—1755年间将《赵氏孤儿大报仇》改编为剧本《中国孤儿》。

② 塔斯塔齐奥于1748年将《赵氏孤儿大报仇》改编为歌剧《中国英雄》。

③ 歌德于1783年将《赵氏孤儿大报仇》原剧本后半部改编为剧本《埃尔泊若》。

④ 1926年4月25日在米兰斯卡拉歌剧院首演的三幕歌剧《图兰朵公主》，是作曲家贾科莫·普契尼、弗兰科·阿尔法诺根据意大利剧作家卡洛·戈齐创作的剧本改编而成。在该歌剧中，普契尼部分采用了中国民歌《茉莉花》曲调。

断建构，成为一个驰名中外的中国文化符号。2009年，图兰朵，这个国际知名的中国文化符号，又经中国导演张艺谋的改编，由意大利“图兰朵”拉法艾拉·安吉丽缇和中国“卡拉夫”戴玉强联合主演，回到了中国，唱响在刚刚开完奥运会的鸟巢。

当然，不同民族因素在典型建构中是一种异常复杂的现象。不同民族之间民族性格、文化心理和价值观的差异，会给这种建构行为带来诸多变数。可以确定的是，任何一个民族的艺术家在建构异域民族的艺术形象时，都必然会是从本民族的文化性格、文化心理和价值观出发的。如法国人伏尔泰改编的“赵氏孤儿”形象，不仅将作为中国人的赵氏孤儿改编为作为他者形象的“中国孤儿”，还要给这个中国的复仇者形象强加上法国式的浪漫爱情。

这种从本民族因素出发的典型建构行为是无可厚非的。但从实际效果来看，则常常会出现两种截然相反的情形，一种是建构，一种则是解构。二者的分水岭便是建构主体的价值观。如果一个艺术形象在被异域民族进行典型建构的过程中，被加入了建构主体所属民族的某些文化元素和文化心理，应该属于正常情况，只要不改变原创艺术形象所标志的原民族文化价值观，就是正常的典型建构行为；相反，如果改变了原创艺术形象所标志的原民族文化价值观，便会成为一种解构行为。这种解构行为最有代表性的案例就是美国影像艺术家杜撰出来的中国艺术形象。譬如，在中国深受人们喜爱的、具有反抗意识和叛逆精神的美猴王孙悟空形象，在美国却成了一个无法无天的捣乱、破坏分子形象，完全篡改了中国人的文化价值观；在中国流传一千多年的“忠孝”“勇武”的巾帼英雄，又被现代艺术家们赋予了爱国主义和家国情怀的花木兰形象及与其相关的中国文化元素，在迪士尼大片《花木兰》中被“他者化”为一种供人玩赏的娱乐元素，并被装进了一个莫名其妙的鹰人合体“女巫”代表的女权主义价值观之中。这些都应该属于彻底的解构行为。

异域建构主体携带着异域民族文化因素的介入，尽管使典型建构行为变得复杂而不确定，但不可否认，异域民族因素具有丰富、拓展和传播原创艺术形象的典型性的作用。这里只强调一个最基本的原则，那就是任何一个民族的艺术家，在建构异域民族的艺术形象时，必须尊重这个艺术形象所代表的民族及其文化价值观。

（三）典型建构的媒介逻辑

在典型建构中，还有一个不可忽视的因素，那就是媒介。因为典型建构的实际过程，大多是由跨媒介叙事和跨媒介传播构成的。

跨媒介叙事和跨媒介传播能够借助不同媒介的特异性能、叙事功能和传播效能，有效扩大或强化艺术形象的典型性。如八七版电视连续剧《红楼梦》用真切的视听语言强化了小说《红楼梦》中贾宝玉、林黛玉、薛宝钗、王熙凤等一系列艺术形象，不仅没有改变小说形象的基本性格，而且使其典型性特征更加鲜明、逼真。特别是八七版电视连续剧《红楼梦》中的《枉凝眉》《葬花吟》等一组歌曲，更加凸显了小说《红楼梦》中人物的性格和命运，让人们在声音中感受到了比在文字中更加透彻的穿透力，更加动人心魄。总体而言，央视于20世纪末期主导的“四大名著”改编，用视听媒介的特异性能和叙事方式，有效强化了“四大名著”中的一组组人物形象的典型性，并通过大众传播特有的渠道和规模，使其比在原著中更加深入人心，可以被视为目前最成功的跨媒介叙事与跨媒介传播，也可以被视为目前最成功的典型建构行为。

不同媒介具有不同的特异性能，也就具有不同的叙事功能和方式。而不同的艺术形象也是各具姿态、各具魅力、各有各的典型意义。因此，媒介因素介入典型建构，必然会遵循与艺术形象双向或多项选择的逻辑，即特定媒介的特异性能与特定艺术形象的独特魅力之间的双向或多项选择。1964年，空政歌舞团从小说《红岩》中改编出本土歌剧《江姐》，就是这样的一种选择的结果。编剧闫肃和作曲羊鸣对这种选择的理由做过详细说明[①]。他们认为，小说《红岩》中只有“江姐”这个形象最适合用歌剧去表现。因为“江姐”是个女人，而且是个从小就失去了父母，中途丈夫又被敌人杀害且头颅被挂在城楼上示众，年幼的孩子又不能在自己身边。一个身高只有一米四几的女人，但她革命意志异常坚定，在如此孤苦的情况下还要坚持与敌人斗争，在被叛徒出卖被捕后，经受各种酷刑而坚贞不屈。女人本来就是情感的化身，而江姐的孤苦与坚强又使她成为一个具有巨大情感含量的女人。同时，歌剧是唱出来的，因而是一种比其他艺术需要更大、更集中的情感因素的艺术。这是由歌剧的媒介（声音与剧场—舞台）决定的。歌唱需要情感的强度，而剧场—舞台需要情感表现的集中度。因而江姐便成为小说《红岩》中最适合成为歌剧主角的人物形象。

无论是“四大名著”中的人物形象，还是《红岩》中的江姐形象，经由不同媒介的建构后，都比在原著中更加鲜明，更加真实可感，更加具有典型性。事实上，这些人物形象都是通过视听媒介才从读书人的想象力中走向公众视野的。而且这些人物的典型性，不管是个性特征，还是共性意义，都得到了有效的强化。虽然有人因痴迷于原著，无论如何改编都要叫骂，但这显然是由于他们忽视了不同媒介的特异性能及其叙事功能。

因此，特定媒介在介入艺术形象的典型建构时，建构主体必须遵守一个基本逻辑，那就是：既要尊重原著，又要尊重媒介。

三、典型建构的途径与方式

一般来说，典型建构的主体不仅仅有不同门类的文艺家，还应该包括理论家、批评家、媒体—自媒体工作者、社会公众等等。因此，典型建构的途径和方式是多种多样的。本文择其要者简述之。

---

① 参看2007年2月26日CCTV10“重访”栏目《红梅飘香四十年》。

（一）跨文类、跨文体书写

典型建构意义上的跨文类书写与跨文体书写是两个不同的概念。跨文类书写是指文学文体之外的其他各文类对特定艺术形象的书写，包括史书、论著、方志、碑文、家谱、日记、书信等等；跨文体书写是指文学中不同文体对特定艺术形象的书写，包括诗歌、散文、小说、剧本等。

不同文类的书写参与典型建构的对象多侧重非虚构类作品中的人物形象，或者有历史或现实原型的人物形象。譬如《三国演义》《水浒传》中的许多具有典型性的人物形象，在小说成书前后的各种史书、论著、方志等文类中有大量记述。还如前述的花木兰，不仅在历代史料中多有记载，而且被认为是花木兰故里的河南商丘市虞城县建有木兰祠，且留有祠碑两座[①]，均对花木兰其人有记述。此外，《河南通志》《商丘县志》中也都有关于花木兰的记述。这些记述对文学文本中所讲述人物的原型，从体貌特征、家世、履历、功绩、个性等等进行了程度不等的记载。尽管这些记载的内容有的来自史料，有的来自民间传说，但这种来自非文学文本的记载，会给人们以“合法”的真实感。其与文学文本形成的互文关系，有助于人们对这些人物的认识与理解，从而成为这些人物形象典型建构的合理组成部分。

跨文体书写对典型建构的作用则更加直接，多表现为诗歌、剧本对小说或叙事体诗歌中人物的再书写。由于同为文学作品，跨文体书写并不拘泥于非虚构人物形象。此类情形多不胜举，如果还以花木兰为例的话，那么历代诗人咏颂花木兰者已有很多，如唐代诗人白居易的《戏题木兰花》、杜牧的《题木兰庙》都对花木兰有独到的书写。至于剧本中的花木兰形象，在明清以来的几百年间，包括戏曲、舞台剧、影视剧、动画剧的剧本多不胜数，仅新中国成立以来排演过花木兰的剧种就有豫剧、京剧、

① 一座名《孝烈将军祠像辨正记》碑，立于元代；另一座名《孝烈将军祠辨误正名记》碑，立于清代。

秦腔、越剧、汉剧、昆曲、评剧、黄梅戏等二十多种，特别是由常香玉主演的豫剧《花木兰》更是成为著名的爱国主义剧目。

跨文类、跨文体书写对典型建构的作用显而易见，无须赘述。需要强调的是不同文类、不同文体的书写对典型建构的不同意义。一般来说，不同文类的书写多为对历史或现实中有原型的人物形象的记载，对人们认识和理解该形象赖以产生的典型环境，以及该形象的真实性具有重要意义。而不同文体的书写则根据不同文体的不同特性对典型建构具有不同的意义。譬如诗歌是高度抽象、概括、凝练的文体，更多地侧重于提炼人物形象的典型特征；舞台剧剧本是为舞台艺术准备的文学台本，与小说相比，其人物形象和环境的典型化过程更为集中、浓缩；影视剧剧本是为影视艺术准备的文学台本，由于影视是要演的，是用来看的，所以必须突出人物和环境的画面、细节和动作，这样会使人物形象比在小说或叙事体诗歌中更加直观、真切。那么仅从文学的意义上，一个艺术形象如果经历了多种文类、多种文体的书写、建构，其典型性自然要比在单一作品中更加丰富、更具魅力。

（二）跨媒介叙事与跨媒介传播

尽管跨媒介叙事是在数字媒介高度发达以来的2003年才被作为一种基于协同创作和集体智慧的内容创意理念和文化活动而提出来的①，但跨媒介叙事行为一直都存在。特别是语言—文字媒介与剧场—舞台媒介、影像—视听媒介的跨媒介叙事早已十分普遍，且为典型建构做出了巨大贡献。跨媒介叙事作为一种协同创作，在典型建构中通过不同媒介的特异性能形成的特有的叙事效果，聚合并扩展着艺术形象的典型性。随着数字媒介迅猛发展，跨媒介叙事将更加丰富、更加普遍、更加具有对典型性的聚合力和扩展力。

跨媒介传播作为跨媒介叙事产生的传播效应，通过不同媒介的融合与

---

① 跨媒体叙事（Transmedia Storytelling）由麻省理工学院教授亨利·詹金斯于2003年首次提出。

协作，从不同的传播渠道和传播范围，将艺术形象的典型意义扩散到不同的受众群体。在典型建构的意义上，跨媒介传播不仅发挥了不同媒介对典型的建构功能，而且还将不同媒介的庞大受众群变成了典型的建构者、分享者、传播者，从而从根本上终结了典型创造只是个别文艺家的专属权的历史。

跨媒介叙事与跨媒介传播作为同一行为的两种不同效应和两个不同的考察视角，为典型建构打开了辽阔的视野和多样化的方式。同一个或同一组人物形象通过跨媒介叙事和跨媒介传播，其典型意义会产生巨大的溢出效应。

陈忠实的长篇小说《白鹿原》自1993年出版后，不仅吹响了陕军东征的号角，也不仅获得了茅盾文学奖，更重要的是创造了跨媒介叙事和跨媒介传播的奇观，由此也成为典型建构的一个范例。《白鹿原》作为一部以创造典型环境中的典型人物的现实主义为基调的小说，推出了一组具有典型性的人物形象。从2000年起，《白鹿原》的这批人物形象开始在各种媒介中绽放。姿态各异的白嘉轩、鹿子霖、鹿黑娃、田小娥开始进入公众视野。首先是李小超的大型陶塑《白鹿原》系列作品推出了雕塑版的白鹿原人物群像，紧接着是西安市秦腔一团的秦腔《白鹿原》，由孟冰改编、林兆华导演的北京人艺版话剧《白鹿原》，陕西人艺版话剧《白鹿原》，西安外事学院版话剧《白鹿原》，首都师大的舞剧《白鹿原》，李志武的连环画《白鹿原》，电影《白鹿原》，光中影视的电视连续剧《白鹿原》，等等。这些不同媒介的《白鹿原》中的人物形象，绝大部分能够在尊重小说原著中人物的性格逻辑和文化品格的基础上，充分发挥各自媒介的特异性能和叙事方式，按照人物原有的性格逻辑进行了扩展和延伸，使人物的某些个性特征得到了更加充分的彰显。在这些不同媒介的人物塑造中，最为成功的是电视连续剧《白鹿原》。该剧充分发挥了视听媒介的特异性能和叙事手段，将小说中人物个性、文化心理的许多过于概括、过于抽象，或者一笔带过的部分，置于充满动作、细节和冲突的故事情节之中，让人们直观、生动、强烈地感受到这些被语言文字定性了的个性和心理特征。譬如电视剧对白嘉轩死了六个老婆后，娶第七个老婆仙草的桥段的设计，既按照电视的媒介逻辑增加了故事曲折的戏剧性、传奇性，又比原著更加凸显了白嘉轩“仁义”的品质和仙草的个性特征；再譬如该剧对作为交农号令放三响铳子这一桥段的设计，在小说中，只是简要说了交农事件以三响铳子为号令，而在电视剧中则被视听化为白嘉轩与鹿子霖之间的一场斗智斗勇，竟至两人扭打在地上，结果是在鹿子霖的老父亲鹿泰恒抢过铳子后不小心被自己正在抽的老旱烟给点着了，这样第三响铳子才被如约放响。这就是电视剧的做法。电视剧所依仗的视听媒介，就是要能够让人看的、听的。可以说电视剧《白鹿原》在将语言—文字媒介所能够达到的想象力，用视听媒介真实地展现在了观众眼前，而且人物的性格逻辑和文化特征不仅没有被改变，反而被强化了，可以说，既尊重了原著的本义，又尊重了媒介的特性。

在数字媒介迅猛发展的今天，跨媒介叙事与跨媒介传播正在成为典型建构最重要的途径和方式，许多具有典型性的艺术形象必将会在日趋智能化的数字媒介强大的叙事功能和传播效能中获得新生，拥有成为被更加广泛共识、共用和共享空间的文化符号的可能性。

（三）作为建构主体的理论家、批评家和社会公众

长期以来，典型形象的创造一直被当作文艺家个人的事。而在典型建构论的意义上，典型建构的主体不仅包括了更多的作家艺术家、更多的媒介经营者，而且还应该包括理论家、批评家和社会公众。

理论家、批评家应该是典型建构的重要参与者，而且途径很直接。一般来说，理论家、批评家是从两个途径参与典型建构的。

一是已有的文艺理论、文艺批评成果对作家艺术家塑造人物形象的影响。大凡有一定品位的作家、艺术家，都会自觉阅读一些与自己的创作思路相关的文艺理论批评论著。这些论著中的一些观点、理念、思想会对作

家、艺术家的人物塑造形成直接影响。前述的小说《白鹿原》的作者陈忠实生前曾多次通过书面或口头披露过他在写《白鹿原》之前的阅读情况。他直言，写作《白鹿原》的很多思路和人物塑造的方法来自他的阅读，其中包括对理论批评论著的阅读。其他的作家、艺术家大致也有同样经历。这样，理论家、批评家的观点、理念和思想自然会在作家、艺术家的阅读过程中潜在地参与到典型形象的建构之中。

二是一代又一代的理论家、批评家对某些已经具备典型性的艺术形象的不断阐释与再阐释。与不同文类、不同文体、不同媒介对已有艺术形象典型性的丰富和扩展一样，理论家、批评家对已有艺术形象典型性的论述、阐释，会对典型意义的发现、认知和扩展，具有直接的作用。事实上，宝、黛的典型意义固然来自《红楼梦》这部作品，但在很大程度上也是由脂砚斋、胡适、俞平伯、李希凡等各个历史时期的红学家、批评家发掘和阐释出来的。而这些来自理论家、批评家的论述与阐释，会直接影响这些艺术形象典型性的再建构。譬如20世纪80年代，央视组织拍摄电视连续剧《红楼梦》的时候，特意请出一批红学家对所有演职人员进行了历时数年的讲解和培训。可以说，八七版电视连续剧《红楼梦》之所以成功建构了小说《红楼梦》中的一批典型人物，理论家、批评家们功不可没，因而是当然的典型建构主体之一。

社会公众对典型建构的作用是潜在的，而且似乎从来未被人们承认过。然而，这是一个很大的盲区。社会公众的文化习俗、审美习惯、对艺术形象的想象力及其形成的口碑效应、舆论效应，都会直接或间接地影响到作家、艺术家的典型创造。

社会公众本身就是一个文化场，也是一个审美场，还是一个舆论场，不同时代、不同族群的社会公众对艺术形象会形成比较稳定的审美倾向，而且会诉诸舆论和口碑的影响力。西方人所谓“一千个人心目中有一千个汉姆莱特”，很多中国人口语中的“天上掉下个林妹妹”等等所蕴含的巨大想象力，会以某种隐形的方式发挥其潜在的影响力。作家艺术家作为社会公众中的一员，不可能不受此影响。无论是在一个艺术形象诞生之前的原创中，还是诞生之后的建构与再建构之中，这种影响力会一直弥散在作家、艺术家和媒介的周围，潜在地决定着这个艺术形象的初创、建构和成为一个文化符号的方向与路径。

所以说，理论家、批评家和社会公众，既是典型建构的参与者，也是典型形象的欣赏者，更是艺术形象被建构为一种文化符号之后的共用者和共享者，是当然的建构主体。

四、典型建构论的当下意义

本文谈论典型建构问题，特别是典型由艺术形象到文化符号的建构因素、逻辑和路径的一些思路，试图去拓展人们对“典型”及“典型理论”的现有认识，虽难免存在粗疏之处，但笔者以为这是一个极具当下意义的话题。

（一）典型建构论与开放的现实主义

从西方到百年来的中国，传统典型理论都是围绕某个特定的艺术形象及其个性特征和普遍意义的辩证关系的分析展开的。经典理论家们，特别是黑格尔、恩格斯、别林斯基等对典型的论述，为人们认识典型的本质，为现实主义文艺的发展发挥了重要作用，至今具有重要的指导意义。典型建构论是在充分认同这些经典论述的基础上，将典型形象的创造置于不断流变的、动态的时空场域中，将典型创造的考察视角从单个作家艺术家的一次性行为，扩展为不同时代、不同区域的不同作家艺术家、不同媒介，乃至理论家、批评家和社会公众的协同行为；将典型创造的意义从单纯的文艺和美学层面，扩展到文化建构层面。如果能够在这样的视域中来认识典型形象的话，那么，典型创造就已经不再是某个作家、艺术家的专属权，而是由更多的人、更多的媒介参与的协同行为，是不同时代、不同区域的艺术形象的传承与发展。尽管典型形象在建构过程中有着不同的命运，大部分被更加丰富和丰满了，也有一部分本来具有一定典型意义的形象却受到了损害，有的甚至被恶搞、被解构了。但承认这一建构过程，不仅完全符合各类典型形象发展的实际（我们目前认识的典型形象几乎不存在没经过这样的建构过程的），而且对当下和今后的典型形象创造，以及人们对典型形象的认识，具有重要意义。

众所周知，典型理论与现实主义精神和方法有着天然的内在联系。现实主义文艺无论是目标，还是过程、方法，都是要“真实地再现典型环境中的典型人物”。尽管文学艺术史上对现实主义有过不同的理解和做法，如自然主义、批判现实主义、社会主义现实主义、与革命的浪漫主义相结合的革命的现实主义，乃至魔幻现实主义、现代现实主义等等，但“真实地再现典型环境中的典型人物”一直是现实主义文艺的基本原则和目标。然而，如果人们能够在此基础上，从典型建构论的意义上来认识现实主义的话，曾经有人大声疾呼过的现实主义道路才能真正广阔起来[①]。因为，建构论意义上的“典型环境”已经不限于原创作家艺术家所描述的彼时彼地的典型环境，而是融合了不同时代因素和不同区域的民族因素的、不断流变的和复合的典型环境了。在这种流变的、复合的典型环境中生成的典型人物及其“个性”“共性”，经由不同文类、不同文体、不同媒介，以及不同文艺家、理论家、批评家、社会公众的协同建构，已经具有了某些跨时空的意义，“个性”会更加彰显，“共性”会更加具有跨时空的普遍性。这样的“个性”与“共性”构成的“典型人物”，必将使现实主义不仅成为一条更加“广阔的道路”，而且会成为一条完全开放的道路。在这条开放的现实主义道路上，也将不再是单个作家、艺术家踽踽独行，而是操持着不同艺术、不同媒介、不同观点、不同想象力的人们结伴而行，协同创造一个又一个的典型形象，并一批又一批地将这些形象推入文化软实

① 何直：《现实主义——广阔的道路》，载《人民文学》1956年第9期。

力提升、民族文化建构的总体进程，凝聚成群星璀璨的文化符号。

（二）自觉发掘、建构已有艺术形象的典型性

三千多年持续不断文学艺术史[①]，让中国文化中潜藏着世界上最丰富、最绚丽多姿的艺术形象。这些艺术形象大都具有不同程度的典型性。但由于经历了太久的历史风尘，很多艺术形象早已无人问津，只有极少数的艺术形象进入了当代人的典型建构视野。这批潜藏在历史烟云中的巨量的艺术形象，一方面是中国传统文化的重要组成部分和精华所在，理应在新时代实现创造性转化和创新性发展；另一方面又是当代文艺创作最大的IP资源库。所以如果能够让作家艺术家、专家学者自觉地协同发掘这部分资源，并用以当代文艺创作和典型建构，将会对国家文化软实力的提升发挥十分重要的作用。本文提出典型建构论的现实意义之一，就是提请人们重视这部分潜藏在历史烟云中的艺术形象的价值与意义，并发挥其在当下文艺创作和国家文化软实力提升中的作用。因此，本文期望典型建构论能够唤起当今的作家、艺术家、理论家、批评家和各类媒介运营者，以及广大社会公众自觉加入对已有艺术形象典型性的深度发掘和重新建构中来，并由此创造出具有新的时代精神的典型形象。

当然，典型建构行为一直都在进行中，但大多属于自发的艺术创作、学术研究和文化传播，有的甚至属于商业运作行为。建构者并不完全具备自觉的典型建构意识。从数量和规模上来说，目前的典型建构行为的参与者还属于少数专业人士，还需要更多有能力投入典型建构的人士加入进来，大量的媒介手段还没有真正动员起来去投入典型建构行为。从建构方式和建构目标来看，更多的建构者并不明确该如何发掘具有典型性的艺术

---

① 中国有世界上唯一五千年绵延不断的文明史已是国际学界共识。这里所说的三千多年的文艺史，是从西周初年周公旦制礼作乐算起。西周建朝于公元前1046年，周公旦推行礼乐制度的时间是公元前1040年，中国最早的文艺类、思想类典籍《诗》《书》《礼》《乐》《易》就是在礼乐文明基础上形成的。其时距今确为三千多年，而且是世界上唯一连续不断的文艺史。

形象，更不明确如何将这些艺术形象提升到文化建构的总体进程中来，成为人们共识、共用和共享的文化符号。因此，本文讨论这一话题的意义，也在于提高人们参与典型建构的自觉意识。

黑格尔曾经说过："历史的事物只有在属于我们自己民族时，或者只有在我们可以把现在看成是过去事物的结果，而所表现的人物或事迹在这些过去事物的连锁中，形成主要一环时，只有在这种情况下，历史的事物才是属于我们的。单是同属于一个地区和一个民族这种简单的关系还不够使它们属于我们的，我们自己的民族的过去事物必须和我们现在的情况、生活和存在密切相关，它们才是属于我们的。"[①]同理，今天的作家、艺术家要真正复活那些消散在历史烟云中的艺术形象，只有把现在的艺术创造看成过往那些艺术形象的结果，并使其与今天的"情况、生活和存在"密切关联在一起，才有可能真正拥有那些过往的艺术形象，才有可能完成对其典型性的重新建构。

可以期望，如果有更多有能力、有条件从事典型建构的人士和媒介，自觉地投入发掘、建构已有的艺术形象中来，让潜藏在三千多年中国文艺史上繁多的具有典型性的艺术形象，无论哪个朝代、哪个时期的，都能够在我们这个时代复活，那么，该会是一次何等壮观的文艺复兴！

（三）自觉创造新时代的典型形象

今天，典型创造和典型建构又遇到了新的时代因素和历史使命，中华民族伟大复兴和中国的全面崛起进入了关键的历史时期。中国的社会—文化，从城市到乡村，从物质到精神，正在发生着急速的转型与巨变。因此，中国文艺领域不仅迫切需要，而且完全可能孕育出一批新时代的典型形象。

然而，目前中国文艺发展的现状离时代的要求还存在不小的距离。习近平总书记曾明确指出：

---

① 黑格尔：《美学》第1卷，朱光潜译，商务印书馆，1979年，第346页。

在文艺创作方面，也存在着有数量缺质量、有“高原”缺“高峰”的现象，存在着抄袭模仿、千篇一律的问题，存在着机械化生产、快餐式消费的问题。在有些作品中，有的调侃崇高、扭曲经典、颠覆历史，丑化人民群众和英雄人物；有的是非不分、善恶不辨、以丑为美，过度渲染社会阴暗面；有的搜奇猎艳、一味媚俗、低级趣味，把作品当作追逐利益的“摇钱树”，当作感官刺激的“摇头丸”；有的胡编乱写、粗制滥造、牵强附会，制造了一些文化“垃圾”；有的追求奢华、过度包装、炫富摆阔，形式大于内容；还有的热衷于所谓“为艺术而艺术”，只写一己悲欢、杯水风波，脱离大众、脱离现实。①

这些问题尽管已受到文化管理部门的一再管控和社会公众的普遍抵制，但依然顽固地存在着，而且几乎每一条都与典型建构的方式和质量有关。的确，今天的中国文艺界各类文艺作品产量巨大，但许多作品塑造的是满天飞的明星、天价的片酬，却塑造不出几个能够深入人心的、家喻户晓的，有可能成为人们共识、共用、共享的文化符号的典型形象。甚至一些已经具备某种程度的典型性的艺术形象，被改编或翻拍进了“神剧”“狗血剧”之中，严重糟践了原创艺术形象的典型性；许多新生的艺术形象由于缺乏时代精神内涵和民族文化根基而昙花一现；许多艺术创作和生产并不是在创造艺术，而是在创造利润，无心建构典型形象，而是在建构自己的商业帝国。

这或许正是我们今天重新讨论典型理论的意义所在，也正是本文提出典型建构论的实际价值所在。

正如习近平总书记《在中国文联十大、中国作协九大开幕式上的讲话》中指出的：“典型人物所达到的高度，就是文艺作品的高度，也是时代的艺术高度。只有创作出典型人物，文艺作品才能有吸引力、感染力、

① 习近平：《在文艺工作座谈会上的讲话》，载《人民日报》2015年10月15日。

生命力。”[①]

的确，典型，无论在原创意义上，还是在建构意义上，都是艺术创造的品格和质量的标志，都是对作家艺术家以及所有典型建构主体的思想水平、艺术素质、媒介素养、想象力和创造力的至高要求，都是对文艺工作者的历史使命感、社会责任感、艺术良知和艺术理想的严格检验。

综上所述，本文提出典型建构论，除了尝试拓展人们对典型及典型理论的认识等学术目的外，还试图呼唤更多有可能参与典型建构的人士和媒介，自觉地去重新建构已有的具备一定典型性的艺术形象，让消失在历史烟云中的巨量的艺术形象随着时空跨越而不断复活，不断获得新生；更重要的是，期望文艺界聚集所有文学艺术资源，自觉地去创造新时代的典型形象，从而促进新时代中国文化的繁荣发展。

原载《中国文艺评论》2021年第7期，《中国社会科学文摘》2021年第11期全文转载。原文无副标题

（本文系与李牧泽合作）

① 习近平：《在中国文联十大、中国作协九大开幕式上的讲话》，载《中国文艺评论》2016年第12期。

中国当代文学主流传统中的陕西经验*

无论从何种意义上说，陕西都是中国文化地理版图上较为独特的地方。[①]就中国当代文学艺术而言，陕西不仅是始发地，而且也是最具代表性的实践区域。因此，本文所要讨论的陕西经验，绝非一个地方性话题，而是一个从中国最主要的历史文化传统和中国当代文艺主流传统中生长出来的文学艺术现象。陕西的作家、艺术家们不仅为中国当代文艺贡献了一大批精品力作，而且其文艺实践所生成的陕西经验，对中国当代文学艺术的发展有着广泛而深远的启示意义和借鉴价值。

一、中国当代文艺主流传统的生成与陕西实践

中国当代文艺经历了八十多年的发展[②]，形成了多种不同层面、不同

* 本文为国家社会科学基金重大项目“数字媒介时代的文艺批评研究”（19ZDA270）阶段性成果。

① 中国大地原点，承担着国家标准时间（北京时间）的产生、保持和发播任务的国家授时中心均在陕西关中。这一时空原点，与作为中华文明原点的炎黄等人文初祖生息之地，以及中国历史上最重要的周秦汉唐等十三朝古都，在陕西的土地上重合。因而，陕西自然成为中国传统文化的主要发祥地和传承地。

② 关于中国当代文学的起点有三种说法：一说为新中国成立的时间（1949年10月1日）；一说为第一次全国文代会（1949年7月2日—19日）；一说为毛泽东发表《在延安文艺座谈会上的讲话》的1942年5月。本文采用第三种说法，即1942年5月，故已有八十多年历史。

形态的传统和经验。但众所周知，中国当代文艺的主流传统是从陕西开始并延续下来的。20世纪三四十年代在陕西延安展开的文艺实践，以及作为延安文艺实践指导思想和理论总结的毛泽东的《新民主主义论》和《在延安文艺座谈会上的讲话》（以下简称《讲话》），无疑是中国当代文艺主流传统的起点。1949年7月在北平召开的第一次全国文代会，将《讲话》精神确立为新中国文艺发展的基本纲领。从此，中国文学艺术各领域基本上是沿着《讲话》精神在发展，尽管其间经历了六七十年代的极“左”思潮、80年代的西化思潮，以及90年代的市场化、21世纪以来的全球化和媒介化等多次浪潮的冲击，但中国当代文艺的主流传统依然以各种不同的方式贯穿始终。进入新时代以来，中国当代文艺的主流传统一以贯之，且得到了进一步的彰显和发展。

在中国当代文艺主流传统的实践中，陕西的作家、艺术家们一直是备受瞩目的一支劲旅。究其历史渊源，显然是延安文艺传统在陕西当代文艺中的延续。其直接根源是，新中国成立后一批延安时期的作家、艺术家和文艺机构留在了陕西，成为这一传统的火种，点燃了陕西当代文艺的热潮。延安时期民族化、大众化文艺实践最主要的践行者，狂飙诗人柯仲平，新中国成立后在担任中国作协副主席的同时，还先后担任西北文联主席、中国作协西安分会主席，其间他始终坚持写作最终因种种历史原因未能完成的现代史诗巨作《刘志丹》[①]；延安时期的陕北籍作家、曾以《种谷记》《铜墙铁壁》著称的柳青，于1952年回到陕西长安黄甫村，开始了后来成为新中国文学代表作的《创业史》的写作；延安时期西北野战军的随军记者杜鹏程，新中国成立后就职于中国作协西安分会，于1954年出版了当代文学史上第一部战争题材的长篇小说《保卫延安》；延安时期任西

① 据杨绍军所著《狂飙诗人——柯仲平》介绍，柯仲平写长诗《刘志丹》从1837年到1953年，四易其稿，最长的一稿达一万四千多行。但因受李建彤小说《刘志丹》事件影响，最终未能完成。参见《狂飙诗人——柯仲平》，云南人民出版社，2017年，第76—79页。

北文艺工作团编剧、团长的王汶石，新中国成立后任中国作协西安分会秘书长、副主席，从1953年起先后在渭南、咸阳农村深入生活，发表了《风雪之夜》《新结识的伙伴》《黑凤》等小说，成为新中国中短篇小说的代表作家之一；延安时期在鲁艺任职，新中国成立后以《七月的战争》《大进军》著称的“七月派”诗人胡征，经由西南军区、《解放军文艺》杂志社辗转回到陕西；延安鲁艺学员、诗人戈壁舟，新中国成立后曾一度留在陕西，在西北文联、中国作协西安分会任职；延安时期参加过文艺座谈会的作家李若冰，新中国成立后在中国作协西安分会、陕西省文联担任领导职务，长期深入西部矿区，完成了《柴达木手记》《在勘探的道路上》等一批散文作品，成为新中国散文代表作家之一；同样在延安参加过文艺座谈会的评论家胡采，以评论集《从生活到艺术》直接将延安文艺精神传递到了当代陕西文坛，影响了几代陕西作家。这一批从延安来的作家和评论家后来被认为是第一代文学陕军的代表。此外，延安时期陕甘宁边区民众剧团的主要编剧马健翎、画家石鲁等一批艺术家也都留在了陕西，成为陕西文艺各领域的领军人物。同时，西北文艺工作团、陕甘宁边区民众剧团等机构留在了陕西，发展为后来的陕西省歌舞剧院、陕西省戏曲研究院。此外，中国作协西安分会与延安时期的陕甘宁边区文艺界救亡协会，《陕西日报》与延安时期的《群众日报》也有着一定程度的渊源关系。

以柳青、杜鹏程、王汶石、李若冰、胡采等一批30年代以前出生的作家为代表的第一代文学陕军，将延安文艺的种子，直接播入三秦大地，成为中国当代文学践行延安文艺精神的典范，也成为陕西经验的开创者和奠基者。他们的作品《创业史》《保卫延安》《风雪之夜》《柴达木手记》《从生活到艺术》等，被列入中国当代文学最早的一批代表作名录，是中国当代文艺主流传统在新中国的历史文化语境中延续和发展的标志性作品，也是陕西经验生成的奠基之作，直接影响了第二代、第三代文学陕军，以及后来的陕西戏剧、影视、音乐等艺术门类的发展。

以路遥、陈忠实、贾平凹等一批四五十年代出生的作家为代表的第二代文学陕军，起步于七八十年代，成长于八九十年代。他们的文学实践是伴随着改革开放逐步展开的。尽管他们所处的历史文化语境和时代精神，与第一代文学陕军有着很大差异，但从文学观念和创作道路上，依然是沿着第一代文学陕军的路线前行的。可以说，他们的文学实践是第一代文学陕军的文学道路在新的历史文化语境中的进一步延伸与发展。特别是柳青及其《创业史》，对路遥、陈忠实、贾平凹的影响是直接的、全方位的。这一点已被很多史料所证实，此处无须赘述。他们在观念和方法上所取得的诸多进步与发展，是新的时代内涵和新注入的中外文学经验所赋予的，但其所延续的第一代文学陕军的文学道路并没有改变。路遥的《人生》《平凡的世界》，陈忠实的《白鹿原》，贾平凹的《秦腔》等一系列作品，不仅是改革开放以来中国当代文学的代表作、茅盾文学奖获奖作品，也是新的历史时期陕西经验走出的一行扎实而深厚的足迹。

以杨争光、红柯、陈彦等一批五六十年代出生的作家为代表的第三代文学陕军，起步于20世纪90年代，成长于21世纪以来的二十多年。尽管第三代文学陕军引入了更多的时代因素，在观念和方法上发生了更大的变化，但陕西经验的核心因素依然在他们的作品中延续。杨争光早期的《老旦是一棵树》《从两个蛋开始》，红柯的《西去的骑手》《太阳深处的火焰》，陈彦的《装台》《主角》《喜剧》《星空与半棵树》等一系列作品，携带着陕西经验，进入了更加开阔的视野、更加新异的写法和更加深入的反思领域。杨争光有着深厚的诗歌写作和影视编剧经历，陈彦有着丰富的戏曲编剧和行业经历，红柯有着多年的新疆民族地区的生活经历，他们为文学陕军注入了与前两代作家不同的体验方式和叙事方法，但这些方式与方法并没有与前两代作家相悖逆，而是以不同的时代内涵、区域文化和行业经验，以及更加新锐的观念，进一步丰富和扩展了陕西经验的内涵。

以70—90年代出生的作家组成的第四代、第五代文学陕军，正在争议和选择中成长。他们的写作尽管遭遇着城市流行的时尚文化、网络原住民和Z世代[①]的生存与写作方式等一系列冲击，但这两代文学陕军正在构成与文坛上代表性的“70后”“80后”“90后”有着明显差异的独特风貌，正在形成“陕西的70后”“陕西的80后”“陕西的90后”等独特现象。之所以会构成这样一些独特现象，正是由于他们背后有着强大的陕西经验在形塑着他们。在这个意义上说，他们终将以不同代际的方式赓续和丰富陕西经验的深厚内涵。

经历了几代作家的接力，伴随着中国当代文艺主流传统的生成，文学陕军的文学实践已经形成了自己既独特又具有普遍性的陕西经验，并在某种意义上成为中国当代文艺主流传统的重要标识。

二、陕西经验：内涵与启示

缘起于延安时期，经过几代文学陕军前赴后继的实践而形成的陕西经验，之所以能够成为中国当代主流文艺传统的重要标识，是因为陕西经验集中体现了延安文艺以来，中国共产党关于文艺问题的历次重要论述的基本文艺思想和文艺路线，并以此对中国当代文艺的发展形成广泛的启示意义。

（一）始终坚持“深入生活，扎根人民”

自《讲话》以来，文艺与人民的关系、文艺与现实生活的关系就成为中国文艺发展、文艺主体改造与建构的核心问题。经由几代党的领导人的不断强调和深入论述，与几代作家艺术家的自觉实践，文艺为人民大众的方向、文艺反映现实生活，并由此形成的“深入生活，扎根人民”（以

① 网络用语，指1995—2009年出生的一代。参照欧美对人口代际的划分及中国实际情况，按照十五年为一个世代周期，中国将1965—2010年间出生的人口分为X世代（1965—1979年间出生）、Y世代（1980—1994年间出生）和Z世代（1995—2009年间出生）。X世代、Y世代进入文学写作的时候，正是Z世代的成长阶段，Z世代的生存方式显然在观念、话语和行为上也对他们的写作构成了冲击。

下简称“深扎”）的实践，已成为中国当代文艺的主流方向和重要传统。尽管这一传统在各地的作家艺术家中都在延续，特别是在延安时期和20世纪五六十年代相当普遍，如赵树理长期住在山西老家、李季举家迁到玉门油田等，但在陕西，不仅集中出现了柳青“深扎”长安皇甫村十四年写出《创业史》，杜鹏程深入西北野战军战地采访写出《保卫延安》，陈忠实在白鹿原老家西蒋村居住四十年写出《白鹿原》，路遥、贾平凹本身自幼有着艰辛的乡村底层体验，即使在进城成为专业作家后，依然每年坚持行走在各自家乡陕北陕南的山山水水、家家户户间，才有了《平凡的世界》《秦腔》等这样一批典型的“深扎”事例，而且陕西已经将“深扎”制度化、习惯化、长期化。绝大多数陕西作家都有到区县、企业挂职体验生活的经历，有的作家甚至多次深入基层体验生活。高建群在西安高新区、叶广芩在周至县、红柯在宝鸡金台区、冯积岐在宝鸡凤翔区、方英文在汉阴县、冷梦在米脂县、朱鸿在长安区等等。同时，陕西的其他艺术领域，也流传着一系列“深扎”的典型事例，作为长安画派代表人之一的赵望云在新中国成立前就有坐着毛驴车西北写生，一路风餐露宿，边走边画，一直画到新疆的经历；新中国成立后的“黄土画派”代表人刘文西，数十年坚持在陕北农村过年，成为很多陕北老乡的“家里人”；张艺谋曾为演好西影厂拍摄的电影《老井》的男主角孙旺泉，在太行山里的老井村体验生活，每天从深沟底往高山上挑水、背石板，还为学石匠活儿，亲手打出一个大马槽，数月下来，手脚肩背全是血泡和厚厚的老茧等。

作家、艺术家在“深扎”中拉近了与老百姓的关系，亲身感知了民生疾苦、具体了解了老百姓的生活细节，学习到了大量地方性知识、行业性知识，获得了在书斋里想象不到的底层体验。这就是陕西作家艺术家能够佳作迭出的真正原因，也是最重要的陕西经验。

（二）始终坚持走现实主义道路

现实主义是马克思主义唯物论的反映论在文艺思想中的直接表现，是整个中国当代文艺的主流传统。作家艺术家能否坚持现实主义精神，直面现实，尊重生活真实，揭示社会历史发展的必然规律，创造出典型环境中的典型人物，被确立为评价当代文艺的重要准则。

走现实主义道路，是几代文学陕军的基本共识。从《创业史》《保卫延安》到《平凡的世界》《白鹿原》《秦腔》，再到《装台》《主角》，当代文学各个阶段最主要的现实主义代表作品，集中出自陕西，足见走现实主义道路是陕西当代文学的基本经验，也足可证明陕西是中国当代现实主义文学的代表区域。尽管随着时代和社会生活的流变，现实主义从精神到方法都在不断深化、不断丰富、不断拓展，但其反映生活真实，揭示社会历史发展的本质规律，创造典型环境中的典型人物等基本原则却一以贯之。柳青在《创业史》中面对的是中国农民到底该集体创业，还是该个人创业的社会矛盾；路遥在《人生》和《平凡的世界》中反映的是中国农民该留守土地，还是走向城市、走向外面的世界的社会矛盾。所不同的是，柳青的结论是确定的、肯定性的，而路遥的结论是反思性的。而在杨争光的《从两个蛋开始》中，中国农民又一次回到集体创业与个人创业的社会矛盾之中，但与柳青不同的是，杨争光的结论是批判性的。尽管作家们所面对的时代和社会生活不同，因而做出了各自不同的判断，采用了不同的写法，但他们直面现实、力求揭示社会生活本质真实的现实主义原则却是一致的。同时，随着作家们的文化视野、个人经验和文学体验的流变，现实主义在不同代际的陕西作家笔下，融入了不同的元素和写法。陈忠实的现实主义中融入了一部分魔幻色彩，杨争光的现实主义融入了较多的荒诞色彩，贾平凹、红柯的现实主义融入了更多的浪漫气质，陈彦的现实主义则更多地将现实生活戏剧化、喜剧化，而陕西的“90后”作家范墩子的《抒情时代》则又将乡村社会现实的书写延伸到了超现实主义的写法。陕西经验在告诉人们，现实主义不是一种固定的写作模式，而是一种直面现实的文学精神。作家对现实所做出的不同感知和体验，以及所采用的不同写法，正是对现实主义的丰富和发展。只有在这个意义上，现实主义的道路才越走越宽广。

现实主义文学的一个成功标志，就是塑造出特定时代、特定区域的典型形象。在陕西作家越走越宽广的现实主义道路上，走出了中国当代文学人物画廊中的一大批典型形象，梁生宝、梁三老汉、高家林、孙少安、孙少平、朱先生、白嘉轩、鹿子霖、田小娥、庄之蝶、引生、刘高兴、刁顺子、忆秦娥等，都已成为深入人心的典型形象，其中有的形象已成为一个时代的文化符号。

同时，陕西文学的现实主义道路，也在不断地被延伸到戏剧、电影、电视领域，从20世纪80年代开始，陕西的现实主义文学作品持续被搬上舞台和银屏，《人生》被改编为电影；《平凡的世界》两次被改编为电视剧，近年又被改编为话剧；《白鹿原》被改编为秦腔现代戏、两个版本的舞剧和三个版本的话剧，以及电影和电视剧；《鸡窝洼的人家》被改编为电影《野山》，悲剧色彩浓重的《高兴》被改编为同名喜剧电影；《装台》被改编为电视剧；《主角》被改编为话剧、电视剧；近年来，陕西的现实主义代表作家柳青、路遥也被搬上舞台和银幕，先后出现了话剧《柳青》、电影《柳青》、话剧《路遥》等。这些改编作品是现实主义文学的扩展版，将文学中的一批典型形象扩展到了舞台和荧屏，并通过电视、网络、智能手机等大众传播媒介，被送入了更广大人民群众的视野。

此外，陕西的其他艺术门类与文学一样，坚持走现实主义道路。秦腔现代戏的创作，从延安时期民众剧团的《血泪仇》《中国魂》《十二把镰刀》，到五六十年代西北戏曲研究院的《梁秋燕》，再到21世纪的陕西省戏曲研究院的“西京三部曲”，走出了一条中国戏曲现代戏创作的现实主义道路。从长安画派反映革命历史和现实生活，到黄土画派坚持表现黄土地上的风土人情，也可视为中国画坛现实主义的代表。

几代陕西作家艺术家连续不断地推出反映不同时代现实生活的力作，塑造出不同时代、不同特质的典型形象，共同延续并拓展了现实主义的文学道路，使现实主义成为陕西经验的重要组成部分，也使三秦大地成为中国当代现实主义文艺的肥沃土壤。

（三）始终保持与传统文化的血脉联系

众所周知，陕西是中国传统文化的主要发源地和集散地。因此，陕西作家、艺术家与传统文化的血脉关系是天然的，且在其具体实践中得到了充分证实。

与传统文化的血脉联系，首先表现为陕西作家艺术家充分延续了中国传统文人的精神禀赋。这种禀赋是中国传统文人数千年来在绵延不断的“文”“道”关系中形成的强烈的社会责任感、历史使命感和铁肩担道义的精神。唐代诗人白居易的“文章合为时而著，歌诗合为事而作”，宋代关学大儒张载的“横渠四句”——为天地立心，为生民立命，为往圣继绝学，为万世开太平——便是这种精神禀赋的准确表述。在陕西的当代文学中，无论是第一代文学陕军的代表柳青的《创业史》，第二代文学陕军的代表路遥的《平凡的世界》、陈忠实的《白鹿原》、贾平凹的《秦腔》，还是第三代文学陕军的代表杨争光的《从两个蛋开始》、红柯的《西去的骑手》、陈彦的《主角》，都立足于书写社会历史的史诗式巨变，都是对乡土中国及其人的生命和命运的深重关切、对“时”与“事”的讴歌和书写，都是道义担当、文脉延续、社会责任感和历史使命感的真实写照。

在作家们的写作中，直接书写、延续和转化中国传统文化，是陕西作家的突出优势和特色，也是陕西经验的重要组成部分。

陈忠实的《白鹿原》尽管可以从不同角度去阐释，但归根到底是一部文化小说，其所讲述的是以关学为代表的儒家文化和以白鹿原为代表的农耕文明，在现代文明、社会变革的冲击下，如何一步步走向式微的历史过程，讲出了作家在这一过程中的复杂而矛盾的心理，其中有赞赏、有反思、有惋惜、有批判、有期待，因而是一部站在现代文明的视角下，对中国传统文化的一次重新审视。截至《白鹿原》出版的1993年，如此集中地反思中国传统文化的大部头长篇小说还十分罕见。①

贾平凹的写作始终是在传统文化的氛围中进行的。他对佛、禅、道，以及金石、书法和文人画的浓厚兴趣尽人皆知。他生长于号称秦头楚尾的陕南商洛，其性格本身延续着复杂的文化基因，曾自嘲“从没说过一句硬话，从没做过一件软事”，其实是融合了楚文化的灵性和秦文化的坚韧。贾平凹与传统文化的血脉联系，最重要的表现在于他对中国叙事传统的自觉加入和延续。无论是从汉字、汉语到汉诗的“立象尽意”的象征传统，佛道哲学中的静观美学与空间叙事，还是志怪、笔记、史志，以及古代的白话世情小说、文人小说等，中国传统叙事中的种种传统，都能在贾平凹的小说和散文中找到尝试的痕迹。②在当代作家中，始终自觉延续中国叙事传统者，非贾平凹莫属。

陈彦自幼进入戏剧院团，从演员到编剧，再到团长、院长，一直到中国剧协领导，其对传统戏曲的熟悉程度可想而知，其代表剧作“西京三部曲”是戏曲现代戏创作的标志性作品。尽管进入小说写作较晚，但其小说“戏曲三部曲”《装台》《主角》《喜剧》不仅以密集的行业性知识，书写了当下处于社会底层的梨园行里的人生百态，而且将戏曲这一最精粹、最典型的中国传统文化延伸到了当代小说的视阈之中，绽放出独异的光彩，且以《主角》获得茅盾文学奖。

浸润在传统文化中的作家艺术家，在陕西非独上述几位，还有众多作家以不同的文体、不同的风格和叙事方式呈现着其与中国传统文化的种种血脉联系。与此同时，陕西的画家、音乐家、导演大都有着深厚的传统文化情怀。长安画派明确以“一手伸向传统，一手伸向生活”为艺术宗旨，并以此将传统国画现代化；赵季平等陕西作曲家的音乐作品几乎都与传统戏曲音乐、民歌有着直接的渊源关系；西部电影的教父级导演吴天明在其最后一部

① 80年代初期出现的新乡土小说、新市井小说，以及中期出现的寻根小说，可以被视为文化小说，但多为中短篇。

② 参见李震：《贾平凹与中国叙事传统》，《中国现代文学研究丛刊》2019年第7期。

电影《百鸟朝凤》中发出的，是对民间唢呐艺术的现代境遇的深切忧思。

之所以如此集中地出现了这么多关注并书写中国传统文化的作家、艺术家，在很大程度上是因为他们在陕西，在中国传统文化遗存最集中的地方。因此，他们与传统文化的血脉联系必然会成为陕西经验的重要组成部分。

（四）始终坚持书写乡土中国现代化之路

陕西是中国农耕文明的起始地。史料和传说中记载的神农氏炎帝、“治五气，艺五种”的黄帝，以及作为炎黄后人和周部落祖先、“教民稼穑”的农神后稷等农耕文明的始祖，都是在陕西的土地上开始耕种的。即使在当今中国，唯一的农业高新技术产业示范区，以及被誉为“中国农业奥林匹克盛会”、定期举办的“中国农业高新科技成果博览会”也落地陕西杨凌。按照费孝通先生的说法，“中国社会是乡土性的”，而陕西应该是乡土中国的腹地。因此，几代文学陕军多以乡村叙事为主。有人甚至由此认为文学陕军是一支农民大军，缺乏现代性。但笔者认为，在当今中国文坛，真正集中书写了中国式现代化的恰恰是文学陕军。因为中国式现代化在本质上就是乡土中国的现代化，中国文学的现代性正是在乡村叙事中建构起来的。从鲁迅、沈从文到新中国成立后的文学陕军构成了这种现代性建构的一条主线。仅就文学陕军而言，如果将其书写的中国乡村社会现代化的进程，按照时间顺序连接在一起，便可清晰地呈现出一条乡土中国现代化的道路。陈忠实的《白鹿原》从废除帝制后中国乡村社会的变革写起，一直写到新中国成立；柳青的《创业史》从新中国成立写起，书写了乡土中国走上集体化道路的历史过程；贾平凹的《古炉》和路遥的《在困难的日子里》书写了六七十年代在极“左”思潮冲击下中国乡村社会的真实境况；路遥的《人生》和《平凡的世界》书写了改革开放初期乡村青年在城乡交叉地带的奋斗史；贾平凹的《秦腔》《高兴》等书写了改革开放进入深水区之后，乡村社会的深刻变化和农民与城市的关系；而杨争光的

《从两个蛋开始》则从新中国成立一直写到改革开放之后中国乡村社会的一系列变化。作家们书写的这条道路尽管弯弯曲曲，但真实地呈现了中国乡村社会一步步从传统的农耕文明走向现代文明的完整历史。这正是一条乡土中国现代化之路，其中所揭示出的中国人的心理和精神历程，蕴含着中国文学特有的现代性。因此可以说，真正完整书写了乡土中国现代化、接续了中国文学现代性的，恰恰是被视为“乡土作家”的文学陕军。

三、陕西经验生成的历史文化渊源

陕西经验生成的最直接原因，当然是前述的延安文艺和《讲话》精神，而文学陕军整体上所接续的精神禀赋和传统文脉则更加深远。中国文学史上的几大重要文学传统，几乎都积蕴在陕西的厚土之中，像岩矿一样一层一层深埋在地下，却滋养着土地上的生灵。

首先，无论是从史料还是从传说中都可获知，我们今天用以书写文学作品，且作为世界上唯一从古沿用至今的文字（权且称为汉字），就诞生在今天被称为陕西的土地上。史料和传说中，最早造字的仓颉，是黄帝的左史官，出生于陕西白水史官村。此地始建于一千八百多年前的仓颉庙至今香火缭绕。“仓颉造字”尽管是传说，却也是史料中记载的唯一关于汉字诞生的历史依据，也是汉字发展的第一块里程碑。而汉字发展的第二块里程碑也立在陕西，那就是秦始皇统一六国文字，即所谓“书同文”，完成了文字国家化、规范化的过程。

用汉字表达思想、抒发感情、书写文学作品则是从西周开始的。公元前1046年，西周王朝建都镐京（今西安），周公旦在这里制礼、作乐、修史，设“大司乐”[①]，立民间采诗制度，便有了后来被孔子编辑成书的

① 大司乐，西周初期设置的中国最早的文艺教育机构与官职，负责培养音乐人才、制作礼乐、采集民间歌谣。参见《周礼·春官》第二一“大司乐”至第四〇“司干”。杨天宇：《周礼译注》，上海世纪出版股份有限公司、上海古籍出版社，2016年，第432—463页。

《诗经》《尚书》《周礼》《乐经》《易经》中的绝大部分内容，其中《诗经》成为中国文学的第一大文脉，并由此开启了中华文脉。

以《楚辞》为代表的另一条文脉当然是缘起于长江流域，但以楚人为首的多支秦末农民起义大军，先后涌入关中，占领咸阳，最终由楚人刘邦建立了汉王朝，定都长安（今西安）。楚人入主关中，自然将缘起于长江流域的楚歌楚舞引入长安，一时长安城里，汉帝宫中，楚歌楚舞弥漫，这一情景被刻在汉画像石中，至今可见。更有甚者，当地文人纷纷仿作《楚辞》，实则是将产生于长江流域的《楚辞》与产生于黄河流域的《诗经》相融合，最终形成了一种新的文体——汉赋，由此形成中国文学史上的第三大传统。汉赋在汉初六十年被统称为“骚体赋”，即可证明汉赋是《楚辞》传统与《诗经》传统融合的产物。刘熙载在《艺概》中说：“长卿（司马相如）的《大人赋》出于《远游》，《长门赋》出于《山鬼》；王仲宣《登楼赋》出于《哀郢》；曹子建（曹植）《洛神赋》出于《湘君》《湘夫人》，而屈子深远矣。”[①]事实上，汉赋受《楚辞》影响，从宋人朱熹到近人郭沫若、陆侃如也有论述。由此可见，即使形成于长江流域的《楚辞》传统也汇入关中长安，并直接孕育了汉赋的诞生。

汉朝延续并扩大了周朝的民间采诗制度和秦朝的乐府，又加设了“太乐府”，大量从民间采集歌谣，并与文人诗歌融合，形成了中国文学史上的第四大文脉——乐府诗歌传统。这一传统赖以生成的“采诗制度”，尽管是当时的统治者为了观察民情所设，但在客观上为文人创作开辟了源头活水。这种文人创作汲取民间文艺的传统，直到延安时期才成为一种自觉的文艺思想，成为文人创作追求民族化、大众化的一条坦途。由此可以发现文人创作与民间文艺相互融合之路的几个标志性的里程碑，都树立在陕西这块古老的土地上。

汉王朝为中国文学，特别是中国文学的叙事传统，开辟的又一条重要

① 刘熙载：《艺概》，上海古籍出版社，1978年，第90页。

文脉，便是以司马迁的《史记》为代表的史传传统。被鲁迅誉为“史家之绝唱，无韵之离骚”的《史记》，尽管是一部“欲以究天人之际，通古今之变，成一家之言”的史书，却对文学叙事产生了巨大而深远的影响，以至让后世的小说、戏剧、影视的叙事艺术至今难以超越。而司马迁则是生长于陕西韩城，其任职、撰述《史记》均在长安。

及至唐朝，中国的几大文脉均臻于成熟，且又随着丝绸之路上的交流，吸纳了外来的佛教和西域文化的诸多元素，以及音乐、舞蹈、绘画、书法等其他艺术门类的养分，最终融合为一座人类历史上空前绝后的文学高峰——唐诗。仅据清康熙四十四年完成编校的《全唐诗》收录，就有诗歌四万八千九百余首，诗人二千二百余位，共计九百卷，仅目录就有十二卷。这些诗人当然出自各地，但大多云集长安，使长安成为人类诗歌文明的峰巅。

唐以后的陕西尽管随着政治中心的东移，不再孕育新的文脉，但以宋代的张载、蓝田四吕，明代的冯从吾，清代的李二曲，以及近代的刘古愚、牛兆濂等为代表的关学，不仅发展了儒家学说，开启并推动了宋明理学的发展，而且提出并践行了“横渠四句”所倡导的中国文人的责任担当和精神禀赋，制定了以“吕氏乡约”为代表的乡村自治方略，为中国乡村社会的治理与发展提供了行之有效的方案，对陕西乃至中国社会文化的发展产生了深远影响。这种影响一直延伸到了近现代。被称为近代“陕西三杰”的于右任、张季鸾、李仪祉等重要历史人物，都同出于关学大儒刘古愚门下。关学对当代的文学陕军的影响既是深层次的，也是直接的。陕西作家对乡村社会的关注和书写、对社会责任和历史使命的担当，以及陕西经验中的“深扎”传统、现实主义精神，与传统文化的血脉联系，都与关学有着深层次的、潜在的联系。陈忠实的《白鹿原》是受到蓝田四吕的《吕氏乡约》的直接启示，才萌发了写作动机的。《白鹿原》中的朱先生更是以末代关学大儒牛兆濂为原型的。

这些一层又一层的文学、文化传统，积蕴在陕西的沃土之中，形成了挥之不去的文学气场，直接或间接地形塑着当代陕西的作家、艺术家，成为陕西经验形成的重要的历史文化渊源。

四、关于陕西经验的赓续与发展问题

时代在流变，历史文化语境在不断转场，陕西经验作为在数千年历史文化演进，以及延安文艺背景下形成的稳定而深厚的文学传统，在新的历史文化语境中，能否得到赓续和延伸，已成为人们关注的一个问题。

近三十多年来，随着邹志安、路遥、陈忠实、红柯等一批文学陕军主将的相继离世，陕西文坛的上空阴云密布，人们也在为文学陕军的未来感到担忧。同时，随着中国文坛上“70后”“80后”“90后”相继登场，又有人在多地报刊发文讨论文学陕军会否“断代”的问题。[①]这些担忧和疑问，除了对文学陕军意外减员的惋惜和关切外，也包含着对陕西经验能否在后几代作家中延续下去的问题的担忧。

意外减员当然是一件让人痛心疾首，却又无可奈何的事。而关于“断代”的问题，笔者认为是由文化错位造成的。

在中国文坛，“70后”真正引起人们关注是从20世纪90年代末期开始的。其最为瞩目的代表作家是卫慧、棉棉、木子美、安妮宝贝等一批女性作家。她们以惊世骇俗的身体写作、隐私写作震动文坛，标志着与她们上几代以乡村叙事为主导、以严肃的社会问题为文学主题的作家们的根本区别。她们多居住在国际化程度较高的繁华都市，沉迷于对都市时尚生活和感官体验的书写，渲染出与上几代作家所面对的完全不同的文化气息，因而给人们造成了对“70后”的固定认知：比“60后”更加开放的、时尚的

① 青年批评家马平川于2004年9月7日在《文艺报》发表《陕西文学：寻找40岁以下的青年作家》，又于《文艺争鸣》2007年第10期上发表《文学“断代现象”分析——以陕西为例》。其后，《陕西日报》《延河》曾多次组织讨论“陕西作家是否面临断代”的问题，省内外众多评论家、作家纷纷发表意见。

一代。稍后继起的“80后”，被称为网络原住民，抬脚就踏入了网络写作的历史，其代表作家韩寒、郭敬明等以强烈的青春气息和叛逆姿态，以及天然的媒介驾驭能力和旋即转战影视娱乐圈的行为，展现出与前代作家迥然不同的风貌。

这两代作家所赖以生长的文化环境多为城市时尚文化和网络虚拟空间，与陕西的文化原色——农耕文化和传统文化——有着巨大距离和本质差异，陕西不大可能成为书写城市时尚文化和营造网络虚拟空间的代表区域，因此，也就不大可能出现被文坛定性的“70后”“80后”代表作家。

在这个意义上说，文学陕军所面临的不是“断代”问题，而是文化错位问题，是陕西的文化土壤与文坛固定认知的“70后”“80后”作家成长的文化空间之间的文化错位问题。事实上，文学陕军并没有“断代”，陕西有自己的“70后”“80后”乃至“90后”作家，而且有着与文坛上被固定认知的“70后”“80后”“90后”作家完全不同的特质。这种不同便源于在陕西深厚的传统文化土壤上生成的陕西经验。

陕西的“70后”“80后”“90后”与国内文坛上他们的同代作家有着共同的集体无意识和相近的感知方式，也大多生活在城市，浸染着程度不等的时尚生活和相似的新兴媒介环境。但他们同时生长在以农耕文明为原色，积累了深厚传统文化的沃土上，他们的前辈作家已经在这块沃土上耕耘出了一条深厚的文学传统，积累起厚重的文学经验，并由此形成了一个强大的文学气场。他们只要在这块土地上写作，就不可能走出这个气场。

在陕西，出生于20世纪60年代中后期到70年代的一批作家，在网络上被称为X世代，在陕西文学格局中，应该被叫作第四代文学陕军。其中仅以小说见长的就有寇挥、侯波、杜文娟、王妹英、周瑄璞、吴文莉、陈仓、贝西西、范怀智、陈毓、冯北仲、黄朴等在全国产生了一定影响力的作家。近年来，弋舟以专业作家身份加盟陕西，进一步加强了第四代文学陕军的阵容。这批作家的书写既有文坛上X世代作家的共同特征，如更加注重跃出大历史观的个体经验、感知世界更加丰富细微、写法更加个性化和多样化，同时，又延续了陕西经验中的种种传统，与文坛上其他区域的同代作家形成了明显的差异。譬如，他们中间很多人依然深耕乡村生活；他们也写城市，但很少写城市的时尚文化，而是写城市的底层生活，写城市人的奋斗史；他们可以写刻骨铭心的苦难、饥饿，写农耕，写中药，写戏班子，写木匠活儿，写移民史，写援藏生活，写打油井，写老年人的孤独，写其他地方的同代作家很少触及的这些生活和体验。他们和前几代陕西作家一样“深扎”在村庄、矿井、移民族群、援藏队伍、知识分子、孤独老人的群体中，尽管他们不像他们的前辈一样集中“深扎”在乡村，但不管“深扎”在哪里，都是“深扎”在了生活之中，“深扎”在了老百姓之中。他们不全是在关照乡村的现实，但不管是乡村的，还是城市的，抑或是过往的现实，都是中国社会的现实。重要的是陕西经验中的现实主义精神并没有被改变。

作为中国文学重镇的陕西，从管理层到社会公众，高度重视作家后备队伍的成长。近年来，陕西省实施的专门资助中青年作家、艺术家的“双百计划”[①]，在加强上述“60后”“70后”作家队伍的同时，也在扶持“80后”“90后”作家群体。这批被称为Y世代的作家可以整体上被视为文学陕军的第五代，其中以小说见长的就有“80后”的杨则纬、张炜炜、丁小龙、周子湘、风圣大鹏，“90后”的范墩子、王闷闷、高一宜、杨可欣、王安忆佳、孙雨婷、献乐谋、安心对阳等。第五代文学陕军尚在成长过程中，而且不断有新人加入，特别是从事网络小说写作的作家已形成了一个较大群体，并组建了陕西省网络作家协会。这批作家没有涌现出韩寒、郭敬明式的网络写作的代表作家，也很少有人从文学转战影视圈，但作为中国改革开放后生长起来的Y世代，他们的体验和感知方式比前几代作家更加轻松自由，想象力和表达方式更加开阔。他们更多地关注城市生活或

① “双百计划”，指从2016年起，陕西省委在陕西省作协实施的“陕西百名优秀中青年作家艺术家资助计划”（简称“百优计划”）与在陕西省文联实施的“陕西百名青年文学艺术家扶持计划”（简称“百青计划”）的统称。

网络虚拟世界，写作习惯更多地适应网络，有的甚至喜欢在咖啡馆写作。这些都是前几代文学陕军不可想象的。然而，他们对陕西经验的接续依然具有自觉意识。“80后”作家杨则纬在接受“文学陕军”微信公众号采访时，明确表示：“在陕西这片土地上，我学习着前辈作家的写作精神，同样我也坚守着自己的写作理想”。[①]“90后”作家范墩子依然在写乡村，写大变革时代中国乡村社会的人生百态，他依然像前几代陕西作家一样在关注着乡村现实，但写法上却执着于对超现实主义的探索。[②]

无论是作为X世代，还是Y世代，第四、第五代作家都还是文学陕军的新生代，他们中间尽管还没有出现柳青、路遥、陈忠实、贾平凹那样的标志性作家，但也都已经走进了中国当代文学的视野，有的已经频频走上了各类文学大奖的领奖台。他们的作品，无论是数量还是质量，都已经表现出强大的潜力和后发优势。特别是他们作为文学陕军的后备力量和陕西经验的传承者，在新的时代境遇和历史文化语境中，依然天然地携带着与中国文坛上被人们广泛认知的“70后”“80后”“90后”不同的风貌与特质，预示着陕西经验作为中国当代文学主流传统的文学实践，将会在后几代陕西作家们的写作中进一步延续、发酵，并成为中国当代文学的一道独特而富有代表性的景观。

原载《中国文学批评》2024年第3期，《中国社会科学文摘》2024年第10期全文转载

① 陕西省作家协会公众号“文学陕军”，原标题《杨则纬：站在阳光底下》。

② 参见范墩子：《抒情时代》，安徽文艺出版社，2021年。

柯仲平的1938

——纪念大众诗人柯仲平诞辰一百二十周年

在1949年7月2日—19日召开的“中华全国文学艺术工作者代表大会”（史称“第一次文代会”）开幕前夕，筹备委员会于6月30日举行“预备式”，时年47岁的柯仲平被推举为由十七人组成的大会常务主席团成员。在中华全国文学艺术界联合会成立后，其全国委员会于7月23日举行的第一次会议上，柯仲平当选为由二十一人组成的全委会常委，并被具体分工为指导部部长。[①]同日，中华全国文学工作者协会（1953年10月改名为中国作家协会）成立，柯仲平当选为两位副主席之一（主席茅盾，副主席丁玲、柯仲平）。同年9月，柯仲平应邀出席了中国人民政治协商会议第一届全体会议，其后又历任第一、二、三届全国人大代表。而此时柯仲平的具体工作岗位在陕西，并先后担任西北文联主席、西北文教委员会副主任、中国作协西安分会主席、西北艺术学院院长等职务，直至1964年10月20日在作协西安分会的一次会议上突然去世。

本文列举上述史实，并不是要说明柯仲平在新中国成立初期中国文艺界的重要地位和在中国当代文学开局阶段所发挥的重要作用，而是要提出一个问题，那就是：到底是什么因素决定了柯仲平在新中国文艺界和当代

① 详见《第一次文代会档案》，载《中国现代文学研究丛刊》2017年第2期。

文学史上的重要性。

柯仲平的主要文学成就在诗歌和戏剧领域，而在1949年以前的新文学史上成就斐然，且1949年还健在的诗人、剧作家，除了当选全国文联主席的郭沫若外还有不少，为什么唯有柯仲平担此重任呢？是因为他是从解放区走进新中国文艺界的吗？恐不尽然，郭沫若是从国统区走进新中国的。而当选中国作协主席的茅盾在延安也仅仅停留过五个月。况且即使从延安走向新中国文坛的诗人也还有不少。

回顾柯仲平的文学道路，并重读其作品，笔者认为，问题的答案应该是：柯仲平的文学实践在很大程度上开启了中国文艺家自觉走向人民大众，自觉与民间艺术相融合的实践，并对延安文艺传统，特别是以《新民主主义论》和《在延安文艺座谈会上的讲话》为标志的毛泽东文艺思想的形成产生了直接启示，从而在很大程度上扭转了中国文艺的方向，决定了当代文学发展的道路。

在柯仲平之前，包括新文学史在内的中国文学史上，同情底层劳动者，哀民生疾苦的诗人、作家，或者被迫沦落生活最底层的诗人、作家当然数不胜数。然而，自觉地深入人民大众，通过各种方式用人民的语言去书写人民、服务人民，而不是站在知识分子立场，高高在上地对人民大众“哀其不幸，怒其不争”的诗人、作家，当从柯仲平开始。

在中国文学史上至少从周代开始就有到民间“采诗”的规矩，也形成“国风”“乐府”等以民歌为特色的诗歌传统。但古代的“采诗”主要是统治者为了观察民情，维护其统治的一种行为。文人对民歌的借鉴也多出自文学趣味和艺术风格上的选择，在本质上属于文人雅趣。而以柯仲平为代表的延安文艺家与人民大众、与民间文艺的融合，则是自觉地从思想上、情感上、政治上和艺术上的人民立场出发走向人民大众的。

纵观柯仲平的一生及其作品与文艺活动，便可发现，他曾几度流落北京，在上海两次锒铛入狱，流浪榆林、西安，辗转日本、国内，从一位狂野的“狂飙诗人”、创造社的“小伙计”[①]，到最终成为一位大众诗人，一个标志性的转折点便是1938年。

1938年，是柯仲平到达延安的第二年，柯仲平三十六岁，是毛泽东写作《新民主主义论》[②]的前一年，发表《在延安文艺座谈会上的讲话》的前三年。这一年，柯仲平完成了他走向人民大众的三项在文学艺术史上具有标志性意义的重要实践。

一、创建民众剧团，开启文艺与人民大众自觉融合的传统

关于1938年春夏，柯仲平在毛泽东亲自授意、并出钱资助下创建“陕甘宁边区民众剧团”（以下简称“民众剧团”）的那一段史实，以及民众剧团的文艺实践情况，在艾克恩先生所编《延安文艺回忆录》[③]、王纪刚先生所著《延安1938》[④]，以及两部柯仲平传记作品等很多种文献中都有详细记载，也早已为人们耳熟能详了，这里不再重复或引述。本文所要讨论的是柯仲平创建民众剧团及其编演实践，在中国文学艺术史上的标志性意义。

首先必须澄清的一个问题是，在民众剧团成立之前，或者说在中国戏剧史上，很多戏剧班社都是民间性质的，也是在民间演出的。那么为什么说民众剧团开创了文艺与人民大众相融合的传统呢？

这个问题要从中国文艺的固有传统说起。从《诗经》开始，中国文艺便存在三大传统，即风——民间传统，雅——文人传统，颂——宫廷传

① 参见善文：《柯仲平是不是创造社“小伙计”？》，载《新文学史料》1984年第4期。

② 毛泽东写作《新民主主义的政治与新民主主义的文化》的时间是1939年年底，1940年1月9日在陕甘宁边区文化协会第一次代表大会上以此为题发表讲演，发表于1940年2月15日延安《中国文化》创刊号，同年2月20日《解放》第98、99期合刊发表时，题目改为《新民主主义论》。

③ 艾克恩编：《延安文艺回忆录》，中国社会科学出版社，1992年。

④ 王纪刚：《延安1938》，太白文艺出版社，2018年。

统。这三大传统尽管在历史上因时而异，但一直绵延至今。历史上也多有文人艺术、宫廷艺术借鉴民间艺术的先例。但如民众剧团那样直接将三者融为一体者，却十分鲜见。

从民众剧团的构成来看，提议并为民众剧团捐钱、捐物的毛泽东，以及周恩来、博古、贺龙等中共领导人，虽已不再是古代宫廷的代表，已属现代政党领袖，当时的陕甘宁边区、后来的共和国的领导人，是国家主流意识形态的代表；而作为民众剧团的实际创建者、团长和编演行为组织者的柯仲平，则是一位从昆明、北平、上海、榆林、西安、武汉，以及日本辗转延安的“狂飙诗人”、行吟诗人、一个纯粹个体的文人；而民众剧团的绝大部分演员都是来自乡村的民间艺人。这一组合，完全将风雅颂三大传统的代表者融为一体。

更重要的是，这种融合绝非基于兴趣、爱好的偶然组合，而是基于明确的政治意图、鲜明的思想感情和艺术理想的自觉行为。在这个意义上说，延续三千年的风雅颂三大传统，在延安的融合，应该是中国文艺史上的一个创举、一个标志性事件。而这一创举的核心驱动力便是：人民立场。

民众剧团的又一个标志性意义在于，它从人民立场出发，将传统与现代融为一体，或者说，将传统的民间戏曲艺术融入了现代生活，再或者说，将传统的民间戏曲现代化了。从毛泽东到柯仲平，组建民众剧团的一个重要初衷便是用老百姓喜闻乐见的民间戏曲，去表现抗战的、革命的故事和思想。这一意图促成了民间戏曲第一次从表现帝王将相的丰功伟绩、才子佳人的风流韵事，转向了表现人民群众的现实生活和追求民族独立自主、人民翻身解放的愿望。民众剧团留下来的代表剧目，都是用陕西民间的秦腔、眉户和陕北民歌，去表现老百姓支持抗战、参与革命、开展斗争的实际生活和思想感情。

民众剧团成立后，在柯仲平团长的带领下，先后排演了秦腔现代戏《一条路》《好男儿》《查路条》《中国魂》《三岔口》《血泪仇》《穷人恨》，以及眉户现代戏《两家亲》《十二把镰刀》《大家喜欢》等一大批剧目，并在极其艰苦的情况下，徒步送戏下乡，足迹遍布边区的山梁沟岔。当时的《新中华报》称赞民众剧团的首次下乡演出为“小长征”。《解放日报》后来在总结民众剧团八年来的下乡演出时，曾公布了这样一组数据：“抗战八年，下乡最多的是民众剧团，平均每8天有3天在乡下，共走了全边区31个县、市中的23个县，190余市镇、村庄，演出14750场戏，平均2天演一场，观众达260万人次以上。创作剧本45个，改编15个。”[①]这种深入人民大众中间，表现人民大众的现实生活，与人民大众融为一体的宗旨和行为，被柯仲平写在了《民众剧团歌》[②]里，到处传唱：

你从那达来？

从老百姓中来。

你又要往那达去？

到老百姓中去

…………

而民众剧团的开场演出中，火神庙的戏台上挂出的对联，更加明确地宣示了民众剧团的文艺纲领。“上联：‘中国气派，民族形式，工农大众，喜闻乐见’。下联：‘明白世理，尽情尽理，有说有笑，红火热闹’。横额：‘团结抗战’。”[③]

民众剧团不仅以人民立场，并用人民自己的文艺，表现了人民的生活和愿望，而且为中国文艺开辟了一条通向中国风格、中国气派的美学路径和民族的、大众的文化性质。这条路径在“五四”以来各文艺门类趋向于欧风美雨的大背景中，具有标志性的历史意义，形成了新文艺史上继“五四”传统之后的又一重要的文艺传统——延安传统。

毛泽东既是柯仲平创建民众剧团的倡导者、支持者，同时也从民众剧团的实践中汲取了文艺与人民自觉融合的实践经验。这种经验在当时还极

① 转引自杨绍军：《狂飙诗人柯仲平》，云南人民出版社，2017年，第58页。

② 柯仲平：《柯仲平文集·诗歌卷》，云南人民出版社，2002年，第75页。

③ 王琳：《狂飙诗人·柯仲平传》，中国文联出版公司，1992年，第161页。

为少见，特别是像民众剧团这样集中地、大规模地去实践的经验，少之又少。因此，民众剧团的实践经验，便成了毛泽东文艺思想形成的重要实践基础。就在民众剧团成立后不久的1938年的10月14日，毛泽东在中国共产党第六届中央委员会扩大会议第六次全体会议上所做的政治报告《论新阶段》中，第一次明确提出“洋八股必须废止，空洞抽象的调头必须少唱，教条主义必须休息，而代之以新鲜活泼的、为中国老百姓所喜闻乐见的中国作风和中国气派”[①]。在1939年年底写作的《新民主主义论》中，毛泽东首次提出了新民主主义的文化是“民族的科学的大众的文化”，其中“民族的”“大众的”最重要、最集中的文化实践当属民众剧团。而且民众剧团的实践是自觉的。就在1939年6月，柯仲平写了论文《介绍〈查路条〉并论创造新的民族歌剧》[②]，几乎与毛泽东写作《新民主主义论》同期，柯仲平于1939年11月发表了《论文艺上的中国民族形式》[③]，对创造文艺的民族形式提出了自己的思路。在1942年5月召开的延安文艺座谈会上，柯仲平集中介绍了民众剧团深入人民的情况：“民众剧团每到一地演出，群众总是恋恋不舍地把剧团送到很远，还送给我们很多慰劳品。要找我们剧团，他们只要顺着有鸡蛋壳、花生皮、红枣、核桃的道路走，就可以找到。”据说，毛泽东听后笑道，“你们如果老是《小放牛》，就没有鸡蛋吃了”。[④]

杨绍军在《狂飙诗人柯仲平》中记载了延安文座谈会召开的第二年秋天，毛泽东邀请柯仲平、杨醉乡、马健翎等民众剧团骨干相聚的情景：

> 他说：“邀请‘三贤’，有二位‘美髯公’，一位‘佘太君’。你们是苏区的文艺先驱，一个抗战剧团，一个民众剧团，好像两个深受群众欢迎的播种队，走到哪里就将抗日的种子撒播

① 毛泽东：《中国共产党在民族战争中的地位》，见《毛泽东选集》第2卷，人民出版社，1991年，第534页。

② 柯仲平：《介绍〈查路条〉并论创造新的民族歌剧》，载《文艺突击》第1卷第2期。

③ 柯仲平：《论文艺上的中国民族形式》，载《文艺战线》第1卷第5期。

④ 杨绍军：《狂飙诗人柯仲平》，云南人民出版社，2017年，第58页。

在哪里。”对于民众剧团，毛泽东又指出：“云南诗人柯仲平真有股犟劲，你们民众剧团比抗战剧团成立晚几年，但也是在创作力量和物质条件极差的情况下诞生的，一个时期，靠种田做工写剧本，走大众化的道路，深入根据地，大写根据地，连续创作和演出了《一条路》《查路条》《好男儿》等剧目。每到一地，一演就到天亮。这很好，既是大众性的，又是艺术性的，体现了中国气派和中国作风。”①

由此可以看出民众剧团的实践经验与以《在延安文艺座谈会上的讲话》为代表的毛泽东文艺思想的内在联系。

同在延安，也同时出席了延安文艺座谈会，后又同为陕西文艺界领导的评论家胡采曾经明确指出：“毛主席总结、研究、吸取了多方面的经验教训、情况和问题，其中也包括民众剧团的经验在内，发表了闪耀着马克思主义思想的《在延安文艺座谈会上的讲话》。”②

同样参加了延安文艺座谈会，后担任中宣部副部长、文化部副部长的文艺理论家林默涵也曾指出：“柯仲平同志和民众剧团的艺术实践，也对毛主席的文艺思想和理论的形成，提供了重要素材。”③

二、朗诵诗街头诗运动：把声音还给诗歌，把诗歌还给大众

曾以狂飙诗人著称的柯仲平一向以极具才情和个性化的朗诵闻名文坛。据多种文献记载，柯仲平曾在上海的鲁迅家中，披头散发地站在桌子上给鲁迅朗诵自己的诗歌，被鲁迅的老母误以为他要对鲁迅不利而惊慌不已。

1930年，柯仲平在上海担任《红旗报》记者时第二次被国民党逮捕，并被转送到苏州第二监狱。其间因在狱中大声朗诵诗歌，而被认定“对共

① 杨绍军：《狂飙诗人柯仲平》，云南人民出版社，2017年，第58—59页。

② 转引自杨绍军：《狂飙诗人柯仲平》，云南人民出版社，2017年，第55页。

③ 转引自杨绍军：《狂飙诗人柯仲平》，云南人民出版社，2017年，第55页。

产主义信仰甚坚，再继续反省”。

柯仲平辞去武汉由董必武给他安排的工作，急匆匆转去延安的直接原因也是因为朗诵。1937年10月19日，在武汉举行的纪念鲁迅逝世一周年的群众大会上，柯仲平登台朗诵了自己纪念鲁迅的诗歌《赠爱人》，引起很大轰动，也引来了国民党特务的盯梢，已两次被国民党逮捕入狱的柯仲平，不得不在罗烽的掩护下火速逃出会场，离开武汉，赶往延安。[①]

新中国成立后，在1960年7月22日至8月13日召开的第三次文代会上，柯仲平是以诗歌朗诵的方式发言的。在新中国成立初应邀带团出访期间，柯仲平诗歌朗诵的声音传到了波兰，传到了苏联的巴库、圣彼得堡，传到了高加索山脉和波罗的海的上空……

更重要的是，朗诵，给到延安寻求真理的诗人柯仲平打开了一条通往人民大众的又一条道路：朗诵诗、街头诗运动。这一年，也是1938。

柯仲平于1937年11月抵达延安，受到毛泽东的亲自欢迎，并听取了毛泽东关于文艺要为抗战服务、为大众服务，诗歌也可以上街的意见。12月，柯仲平便出席了陕甘宁边区文协成立大会，并当选副主任。同时，文协为了推动诗歌大众化，成立了“战歌社”，柯仲平出任社长，成为他发起朗诵诗、街头诗运动的重要平台。

柯仲平的1938是从诗歌朗诵开始的。1938年元旦之夜，柯仲平出席了陕北公学举办的庆新年文艺晚会，并大声朗诵了自己的诗歌，虽然此次朗诵并没有像在武汉那样轰动，但得到了在场的毛泽东的肯定和鼓励。1938年8月7日，柯仲平以战歌社的名义，发起了街头诗运动，并在《新中华报》发表《街头诗运动宣言》。其中宣示：“在今天，因为抗战的需要，同时因为大城市已失去好几个，印刷、纸张更困难了，我们展开这一大众街头诗歌（包括墙头诗）的运动，不用说，目的不但在利用诗歌作战斗的武器，同时也就是要使诗歌走到真正的大众化的道路上去；不但要有知识

① 详见王琳：《狂飙诗人：柯仲平传》，中国文联出版公司，1992年，第139—140页。

的人参加抗战的大众诗歌运动，更要引起大众中的‘无名氏’也多多起来参加这个运动。”①

街头诗运动的主要形式是朗诵和张贴，具体情形和其间出现的诗歌作品，已为多种史料和文献所呈现，此处不再重复或引述。本文着重对其诗学和文学史意义做一简要分析。

就诗学意义而言，朗诵是将声音还给诗歌，将诗歌还给大众的唯一方式。

无论中西方，还是世界其他地方，诗歌的本性都是一种唱出来的艺术。无论是人类早期的史诗，还是《圣经·旧约》中的《耶利米哀歌》、印度最早的诗歌总集《吠陀》、中国最早的诗歌总集《诗经》和古希腊最早的诗人卡里诺斯、萨福的诗歌，都是与音乐同体的。诗歌所谓的进化，便是一步步从音乐中被剥离，变成一种语言文字的书写格式。就诗歌的艺术本质而言，这种进化其实是一种退化，竟至退化到只能在阅读中把玩的程度。文学史上每一次诗歌革命，本质上都是向其音乐本性的一种回返。而这种回返由于最终不可能真正回到音乐中去，就只能表现为由书面语向口语的回返。这在我们熟悉的中国文学史上表现得十分清晰，如汉代以来民歌体的乐府诗对文人书面化的骚体赋的冲击，唐初诗歌对齐梁文风的超越，“五四”以来白话诗歌对文言诗歌的革命等等，都是从书面语的精雕细刻向口语的鲜活生动的回返。在“五四”以来白话诗歌的发展历程中，胡适、郭沫若等早期白话诗人极度的自由体诗歌中的自由，其实是口语从书面语的僵死中解放出来的自由。而由于人们早已习惯了古诗词格律的那种用来阅读的文字书写方式，便有人开始对这种自由产生了怀疑和不适。于是便有了闻一多等人倡导的新格律诗，尽管闻一多提出的“三美”中，也包含了音乐美，但事实上，“三美”是新一轮的对书面语进行文字雕琢和把玩的开始。其中那点“音乐美”只是可以用来打个节奏而已，而新月

① 《街头诗运动宣言》，载《新中华报》1938年8月15日。转引自杨绍军：《狂飙诗人柯仲平》，云南人民出版社，2017年，第49页。

派的诗歌能够唱起来的，除徐志摩的个别作品外，几乎没有。诗歌再度面临远离音乐甚至远离口语的可能。就在这个时候，30年代，艾青、柯仲平等人的诗歌再度打破“新格律”的藩篱，重现了口语的自由、鲜活和奔放。他们的诗歌是从内心真实的生命欲求出发的，从紧迫的社会现实需求出发的，而不是从构筑书面语精致的蜂巢出发的。这种回返口语、回返音乐性的努力，这种将声音还给诗歌的方式，便是朗诵。

从部分文献中知悉，柯仲平曾把朗诵叫作唱[①]。而到延安后组建战歌社期间，他对“朗诵”有了深入的理解，他在《关于诗的朗诵问题》一文中指出：“朗诵是在讲话和歌唱之间的、最富有律动（旋律运动）的一种声音艺术。朗诵的最初的基础是讲话，是言语。讲话是使人听懂自己所讲的内容，并且感动听者情绪，组织听者行动的作用。朗诵的第二个基础是歌唱，是音乐。完全以旋律的运动为主，传达着某种内容，能使听众忘形似的感动在旋律运动中。”[②]柯仲平对朗诵的这一解释，与本文上述对诗歌与音乐、与口语（即言语）关系的论述完全吻合。而柯仲平这篇文章进一步的论述则充分说明了30年代新一轮自由体诗歌和发生在延安的朗诵诗运动兴起的内在原因：

> 富于朗诵性的诗歌应具以下三个条件：一、内容是真实的，最能感动大众，有高度教育意义的；二、使用的语言是大众化的——一面容易使大众接受，一面却又能提高大众文化的语言；三、有富于律动的组织。[③]

这里柯仲平尽管不是在解释延安朗诵诗运动兴起的原因，但实际上却道出了当时朗诵诗运动得以兴起的真实的历史原因、艺术原因和柯仲平的

---

① 柯仲平曾在《平汉路工人破坏大队》自序中提到《赠爱人》时说“在任何时候我唱来都很有味”，见《边区自卫军、平汉路工人破坏大队》，人民文学出版社，1954年。

② 柯仲平：《关于诗的朗诵问题》，见《柯仲平文集·文论卷》，云南人民出版社，2002年，第66页。

③ 柯仲平：《关于诗的朗诵问题》，见《柯仲平文集·文论卷》，云南人民出版社，2002年，第67页。

个人原因。

1938年延安街头诗运动的兴起与诗歌的“朗诵”属性被凸显的内在的历史逻辑，一是从左翼文艺运动到延安文艺运动，一以贯之地对文艺大众化的推进，是为人民大众讴歌和服务的宗旨；二是从1937年卢沟桥事变之后开始的全民抗战动员。这两个原因是历史的必然要求，也是政治、社会、民族发展的必然逻辑。

这两个历史原因，内在地决定了那个时代对文学艺术文类和方式的必然选择。为什么在延安时期歌曲、戏剧成为最普遍与最发达的艺术，原因正在于这两种艺术可以拥有包括文盲在内的更加广泛的受众和参与空间。而依靠文字书写的文学，首先面对的便是作为被动员对象的人民大众绝大多数都是文盲，无法阅读。因此在那种历史情境中，文学的传播力和动员能力远远无法与歌曲和戏剧相比。而文学中唯一能够深入大众视听、进入大众内心的文类和方式，就只剩诗歌朗诵了。这便是朗诵被凸显的艺术根源。

从柯仲平本人的原因来看，其一，柯仲平本来就热爱朗诵、具有极高的朗诵天赋和才能。其二，柯仲平在到达延安之前，其人生一路颠沛流离，曾两度入狱，虽满腹才情，却一筹莫展。到达延安后的柯仲平得到了从毛泽东到整个延安文艺界的尊重，无论在政治上，还在艺术上均获得了高度自由和发挥空间，虽生活依然简朴，但在精神上可以说进入了他生命的高光时刻。因此，此时的柯仲平处于一种奔放激昂、内心豁然开朗、激情奔涌的状态。而作为一个诗人，其最合适的表达方式，便是朗诵。其三，柯仲平虽为文人，但他自幼经历了数不清的艰辛，对底层民众有着天然的理解和同情。因此，他无论在政治理念上，还是在艺术观念上，心向人民、走向大众，是他的必然选择。而作为一位诗人，他与绝大多数都是文盲的大众之间，唯一的联系方式，便是朗诵。

从1938年开始，在延安兴起的，以朗诵和张贴为主要方式的街头诗运动，便是在上述历史的、艺术的和柯仲平个人的原因推动下兴起的。这一运动不仅在抗战动员、文艺大众化中发挥了巨大的历史作用，而且在毛泽东文艺思想的形成，以及中国诗歌的发展道路的选择中也产生了深远的历史影响。

三、两部叙事长诗：首唱中国新型农工形象

1938年，与创建民众剧团，发动朗诵诗、街头诗运动同步融入人民大众的，是柯仲平自己的诗歌写作。这一年，柯仲平在发表了大量街头诗、短文的同时，最大的收获是完成了两部长篇叙事诗的写作：《边区自卫军》和《平汉路工人破坏大队》。

这两首长诗既是柯仲平一生的代表作，也是其作为大众诗人，真正书写人民大众的开端，更是中国新诗史上集中书写新型工人农民形象的最早的作品，因而具有多方面的重要意义。

《边区自卫军》写于5月，《平汉路工人破坏大队》写于年底。从5月到年底，正是柯仲平积极筹建民众剧团、大力推动街头诗运动的时期。因而融入、服务和表现人民大众自然便成为此期柯仲平自己写作的主导意识。如果说创建民众剧团，开展朗诵诗、街头诗运动体现了其强烈的融入和服务人民大众的意识的话，那么，这两首长诗则集中体现了柯仲平表现人民大众的强烈意识。而且得到了毛泽东的充分肯定。[①]《边区自卫军》书写了边区马福川农民自卫军配合正规抗日武装，保卫家乡，英勇抓捕汉奸特务的故事，最早以诗歌的方式塑造了边区新型农民韩娃和排长形象；《平汉路工人破坏大队》写的是平汉铁路工人自发秘密组建抗日武装（破坏大队）的情景，同样是最早以诗歌的方式塑造了抗战中，李阿根、老刘、麻子、小黑炭等一批共产党领导下的工人形象。尽管这两首长诗尚留

① “毛泽东听了他的朗诵后，给予了热情的鼓励和支持，称赞他把工农作了作品的主人，称赞他对民歌体的运用和在诗歌大众化方面所做的努力。并索阅了全稿，批下了八个字：‘此诗很好，赶快发表’。”刘锦满、王琳编：《柯仲平研究资料》，陕西人民出版社，1988年，第5页。

诸多不够纯熟的地方，且后者尚未写完，但其在仅有二十多年的白话新诗史上却有着诸多开创性的意义。

从书写两只蝴蝶飞上天开始尝试的白话新诗[①]，在1917—1938年的二十多年中，白话所赐予的自由主要被诗人们用来抒发个人内心的情志，有写如《凤凰涅槃》般强烈渴望自由、解放与新生者，有写再别康桥不带走一片云彩者，也有写雨巷中结着愁怨的丁香般的姑娘者，当然也有写引车卖浆之徒等底层劳动者的白话诗人，其中艾青的《大堰河，我的保姆》是写底层劳动者的杰作。但即使这些写底层劳动者的作品，所写的都是旧时代的传统农民和工人，都被当作文人感念和同情的对象。而柯仲平的这两首长诗所写的则是解放区的、抗战中的、被共产党组织起来加入民族解放斗争中的新型农民和工人，且柯仲平并没有站在文人立场上把他们当作同情的对象，而是以一种激动的心情，由衷地颂扬他们的英勇机智、无私无畏、自觉保卫国家和民族的精神。如果说此前的新诗，乃至整个新文学，是以一种俯视的视角在面对底层劳动者，在总体上都属于鲁迅式的“哀其不幸，怒其不争”的主体立场的话，那么，柯仲平的这两首长诗则是以仰视的视角面对底层劳动者，其主体立场已经融入底层劳动者自身的立场之中，甚至成为底层劳动者的仰慕者、赞美者、歌唱者。正是在这个意义上，此时的柯仲平已经由一位立足于表现自我的“狂飙诗人”，转变成了一位真正意义上的“大众诗人”。

与主体立场向人民立场转换同步的，是这两首长诗在语言方式上的民间口语化。

这两首长诗是杜绝了文人书面语，完全采用口语，而且是民间口语，是用劳动大众自己的语言写作的，毫无咬文嚼字之感，尽显明白晓畅、清新自然之风。《边区自卫军》开篇便将人们带到了这种明白晓畅、清新自然，且又富于隐喻意味的民间口语节奏之中：

① 胡适的《两只蝴蝶》被认为是第一首白话新诗，写于1916年8月，发表于1917年2月的《新青年》。

左边一条山，/右边一条山，/一条川在两条山间转；/川水喊着要到黄河去，/这里碰壁转一转，/那里碰壁弯一弯；/它的方向永不改，/不到黄河心不甘。①

《平汉路工人破坏大队》同样使用了这种既形象生动又明白晓畅的工人们的日常口语。如描写工人麻子和阿根的性格和做事风格之不同，一个直率，办事直截了当，一个缜密，办事周详，诗人是这样写的：

猫抓住老鼠，/爱玩来玩去；/鹰抓住山鸡，/一到爪上就得死——/麻子是个鹰，/问题是他的山鸡。//麻子和阿根，/好比两种钉：/一是普通钉，/一是螺丝钉……②

同时，这两首长诗在体式上明显借鉴了民歌体。如《平汉路工人破坏大队》中表现工人同心组建“破坏大队”的情景：

酒连酒，杯连杯，/心连心，肺连肺，/共产党把工人连成一个队！/工人一辈连一辈，/崔德寿，也满杯：/“跟上共产党，/参加破坏队，死了我不悔！”③

在《边区自卫军》的结尾处，民歌循环往复的一唱三叹式，用“一二三四——二二三四”的体操节奏展示了出来。

我们自卫军的旗手韩娃，/高举着自卫军的旗帜；/我们自卫军的排长，/喊着“一二三四——二二三四”；/我们自卫军的全体同志，/眼里飘扬着那胜利的旗帜，/跟着喊“一二三四——二二三四”。

我们的老百姓，/欢迎着我们的自卫军前进，/眼里也飘扬着那胜利的旗帜，/心里跟着喊“一二三四——二二三四。”/我们的军民都是英勇抗战的，/我们里面不容有个坏分子，/我们军民

① 柯仲平：《边区自卫军》，见《柯仲平文集·诗歌卷》，云南人民出版社，2002年，第304页。

② 柯仲平：《平汉路工人破坏大队》，见《柯仲平文集·诗歌卷》，云南人民出版社，2002年，第430页。

③ 同上，第435—436页。

一致，“一二三四——二二三四。”

我们自卫军的任务何等重大，/保卫边区——/保卫抗日根据地，/保卫西北，/保卫全中国。/为争取我们的最后胜利，/我们前进，“一二三四——二二三四！”①

这种采用民间口语和民歌体的写法，在柯仲平到延安之前，几乎没有出现过，即使一些口语化倾向明显的诗歌，也多是文人口语，而非民间口语——农民、工人的口语。这显然是他到延安后自觉学习民间口语和民歌，自觉探索“抗战的、民族的、大众的方向”的结果。这既是他个人诗歌风格的一次突变，也是中国新诗走向民间化的开端。这个时候，1938年，与这两首长诗具有同质意义的李季的《王贵与李香香》（1945年年底）、张志民的《死不着》（1947年年后）还没有出现。因此其文学史意义无可置疑。

本文写作的时候，柯仲平诞辰已有一百二十年，离世也已有五十八年了。尽管他只写了一章的长诗《平汉路工人破坏大队》最终仍没有完成，他晚年写作长诗《刘志丹》的夙愿也最终未能实现，而且他留下来的诗篇，由于是中国新诗早期和诗歌大众化的最初探索与实践，还留有诸多粗糙和不够纯熟的地方，但他在短短六十二年的生命历程中，为中国文艺的民族化、大众化，为一个民族、一个时代新的文艺道路的开拓、新的文艺思想的形成、新的文艺方向的转折，做出了开创性的贡献。这便是本文开篇时提出的，他何以在新中国初期和中国当代文学奠基时期担当重任、发挥重要影响力的原因，也是我们要永远纪念他的原因。

原载《中国现代文学研究丛刊》2022年第12期

① 柯仲平：《边区自卫军》，见《柯仲平文集·诗歌卷》，云南人民出版社，2002年，第334—335页。

柳青经验与当代传统

十多年前，笔者一篇拙作试图梳理20世纪中国成就最高的文学领域——乡村小说——的基本传统[①]，其中将柳青与赵树理所代表的以社会历史视角观照乡村世界的史诗传统，与以鲁迅为代表的文化批判传统，以废名、沈从文为代表的诗化浪漫传统并置，构成20世纪中国乡村小说的三大主流传统。今天，笔者要讨论的是柳青个人的文学经验在他所代表的传统中的特殊性，以及这种经验对20世纪后半叶的中国当代文学传统的形塑作用。

一、柳青与赵树理：同一传统中的不同经验

笔者之所以将柳青与赵树理视为同一种传统的代表者，主要是由于：第一，他们的文学写作都是从社会历史的维度上去观照和表现乡村世界的；第二，他们的主体意识中都有转向农民立场的自觉性；第三，他们是践行毛泽东《讲话》精神，“深入生活，扎根人民”的两个最主要的代表作家。然而，柳青与赵树理，作为两个有着完全不同文化根基和文学知识谱系的作家，在以同一题材、同一视角和相似的主体意识的写作中，却形成了完全不同的文学经验。

① 李震：《论20世纪中国乡村小说的基本传统》，载《陕西师范大学学报》（哲学社会科学版）2005年第3期。

赵树理的文学经验，概括地讲，更多地来源于农村生活、农村工作经历和民间文化传统。其语言方式、审美趣味几乎全部来自民间。无论是方言俚语的大量使用，还是穿插在作品中的顺口溜、快板书、绰号，都是他所书写的农民自己的言说方式。笔者并不认为这仅仅是赵树理的一种叙事策略，或者语言个性、文学风格，更重要的是赵树理主体立场中自觉地“去知识分子化”的表现，也是“十七年”及其前后历史中，知识分子政治地位和文化身份在文学写作中的具体表现。因为，在此期间很长一段时间内，知识分子是作为改造对象而存在的，是被改造者，而农民是改造者，知识分子的小资产阶级属性，决定了他们必须向最典型的劳动人民——农民——学习。作为作家，首先是要向劳动人民学语言。赵树理之所以被誉为人民作家，并被确立为“赵树理方向”①，正是由于他是向人民群众学语言学得最像的一位作家，是自觉接受农民改造最彻底的一位作家，也是去知识分子化最坚决的一位作家。

柳青则不同。柳青的文学经验的来源要丰富得多，复杂得多。民间文化和中国传统文化在柳青的知识谱系中占比不是很大。他的学习经历和阅读经历，是以“五四”以来的新文化、西方文化和苏俄文化为主的。据其女刘可风的《柳青传》记载，从11岁在佳县螅镇读高小，到随其兄到米脂东街小学读书，就开始接受包括其兄在内的从北京回来的进步大学生的新文化、新思想教育。其后在绥德师范、榆林六中、西安中学读书期间，阅读了鲁迅、茅盾等大量“五四”作家的作品。同时，他从初二开始研习英文，后来便可以阅读、翻译英文原著，翻译了一些外国的短篇小说。1937年，柳青考入抗战时期的西安临时大学俄文选修班，开始从事苏俄文学的翻译和介绍工作。在《创业史》写作过程中，柳青因内外交困一度陷入苦闷期，搁笔一年（1957年）。在这一年中，他除了参加黄甫村的劳动和工作外，就是潜心阅读他认为具有参考价值的文学作品。这些作品主要

① 参见陈荒煤：《向赵树理方向迈进》，载《人民日报》1947年8月10日。

有：高尔基的《母亲》《福玛·高捷耶夫》、肖洛霍夫的《被开垦的处女地》、托尔斯泰的《战争与和平》《安娜·卡列尼娜》《复活》、雨果的《悲惨世界》、司汤达的《红与黑》、福楼拜的《包法利夫人》，以及中国古典“四大名著”中的《红楼梦》《三国演义》《水浒传》。此外，还有中外文论，如刘勰的《文心雕龙》、托尔斯泰的《艺术论》等等。[①]刘可风女士记忆中的这个书单，足以说明柳青文学经验来源的丰富性，足以说明柳青文学经验绝非一个来自民间可以概括的，而是具有比较开阔的世界文学背景，也足以说明柳青的文学经验是来自中外多重文学传统的复杂经验。

因此，柳青与赵树理虽然在“深入生活，扎根人民”，以及从社会历史视角去观照农村社会等方面，表现出某种程度的一致性，但他们个人的文学经验却截然不同，构成了同一传统中的两种不同的经验。

二、仁爱与悲悯：另一个意义上的柳青经验

柳青作为当代现实主义文学传统的开创者之一，应该是没有异议的。但柳青的现实主义精神与现代文学史上的其他现实主义代表作家有着根本的区别。

现实主义作为人类历史上最基本的文学艺术精神和方法，在20世纪的中国，出现多种歧义，也形成了多个变种。特别是由于现实主义精神在哲学上与马克思主义的唯物论和反映论的契合，现实主义被加上了意识形态的光环，出现了社会主义现实主义与革命的浪漫主义相结合的革命的现实主义。80年代以来又出现了现代现实主义、新写实等等。回顾新文学以来的中国现实主义文学历程，现实主义主要经历了这样几个历程。

首先是以鲁迅为代表的批判现实主义。鲁迅小说的现实主义所延续的

① 参见刘可风：《柳青传》，人民文学出版社，2016年，第178—179页。

其实就是19世纪欧洲，特别是俄国的批判现实主义传统。鲁迅与这一传统在精神上和方法上都没有根本性的区别，唯一的区别是批判对象和文化语境的不同。如果说鲁迅开辟了中国现代文学的现实主义传统的话，那么，这一传统就是批判现实主义传统，一种以文化批判为主要特征的现实主义传统。这一传统与其他现实主义传统相比，最突出的标志就是作家的主体意识中的批判精神。鲁迅正是由于这种富有启蒙意义的文化批判精神，成为中国文化革命的旗手的。

新中国成立后，建立在机械唯物论和反映论基础上的现实主义理论，在强调反映客观真实和“深入生活、扎根人民”的同时，在很大程度上无视作家、艺术家的主体意识，或者以国家意识形态置换了作家、艺术家作为个体的主体意识。这种观念一直持续到“文革”结束以后。柳青的现实主义探索正是发生在这一过程之中。他所面对的也正是个体主体意识与反映客观真实之间协调与融合的难度。所谓另一个意义上的柳青经验也正是这种协调与融合的结果。那就是柳青在深入生活，扎根人民，最大限度地反映客观真实的同时，也持守了一个作家最基本的，也是最重要的个体主体意识：仁爱和悲悯。

在所有关于柳青的研究中，这几乎是一个没有被人谈论过的问题。人们更多的是在谈论柳青如何深入生活，如何去艺术地反映农业合作化道路和农民生活的变迁。而柳青何以用十四年时间去和农村普通劳动者融为一体，何以过着简朴甚至困顿的生活坚持书写农民？人们当然可以说他是为了实现自己的艺术追求，为了表达自己的政治理想。但我相信，这些绝不是柳青深入生活、扎根人民的全部动因。为了艺术，他还有别的路径，还可以开辟不那么艰苦的路径。为了政治，事实上柳青深入长安黄甫村，潜心写作《创业史》的行为，在当时并没有得到政治层面的支持和肯定，而是遭到多方非议和阻挠。[①]笔者以为，真正让柳青选择了这样一条现实主

① 参见刘可风：《柳青传》，人民文学出版社，2016年，第172—173页。

义道路，并能够克服一切困难坚持下去的正是他作为一个作家、一个农民出身的作家的主体意识，那就是他对农民的仁爱和悲悯。这种主体意识不仅可以从柳青的作品中，也可以从他在黄甫村的生活经历中得到证实。

柳青的爱可能不是来自西方的博爱，更有可能是来自中国传统的仁爱。柳青的悲悯也可能不是以救世主姿态发出的同情，而是出自一个农民出身的作家对农民苦难的深切体验和感同身受。《创业史》本来就是从苦难写起的。民国十八年（1929年）陕北大旱，哀鸿遍野，灾民流离失所，而蛤蟆滩上的梁三老汉发家未果，却又丧妻，于是他收留陕北灾民中的一家母子。由此开始了一家孤儿寡母和一个老鳏夫的创业史，也开始了小说《创业史》的故事。梁三老汉的行为属于自救，也属于救人，特别是他对捡来的养子视若己出，并扶持其走上独自创业的道路，这里面包含了充分的仁爱。《创业史》出版后，评论界之所以认为梁三老汉的形象塑造得最为成功，其原因除了评论家们所说的因为梁三老汉是中国旧农民的典型代表外[①]，更重要的应该是梁三老汉形象中包含了柳青对农民生存境况的更多的体验、体认和关切。因此梁三老汉形象的成功透露出柳青对农民最本真的态度，那就是悲悯。同时，梁生宝能够忍辱负重，带领与他没有任何血缘关系的一群农民走共同富裕的道路，也应该不完全是因为他作为新农民的政治觉悟。因为对一个最底层的、没有受过系统文化教育和党的教育的农民来说，能有多高的政治觉悟恐怕不能有过高的期望值。笔者认为，这个人物的行为更多的应该是从作者柳青的主体意识，到作品中自己的养父梁三老汉身上的仁爱精神的一种延续。

如果说柳青在《创业史》中的这种仁爱和悲悯，被强大的政治意图的解读所遮蔽的话，那么，柳青在黄甫村的生活经历更能够让我们确认他的这种主体意识的存在。据笔者在黄甫村采访，以及一些资料记载，柳青在黄甫村时自己过着十分清苦的生活，却从来不给同村的农民增添任何负

① 参见严家炎：《谈〈创业史〉中梁三老汉的形象》，载《文学评论》1961年6期；邵全麟：《关于“写中间人物”的材料》，载《文艺报》1964年第8、9期合刊。

担，即使是一些关系十分密切的邻里给他家送几个鸡蛋，或者村里有农家杀了猪，给他送两斤猪肉，他都一定要用秤称了，按照市价付费，否则坚决不要。而他自己却将《创业史》所得的全部稿费一分不留地捐给当地政府，用以修医院、修农技站、修桥等。这些行为，不仅使得一些曾经与柳青有过交往的农民至今感动得痛哭流涕，而且与今天的作家、艺术家的某些行为形成了极大反差，更重要的是我们由此看出了柳青对农民深切的仁爱和悲悯。

值得深思的是，柳青对农民的这种仁爱和悲悯，既不是一种居高临下的"哀其不幸，怒其不争"，也不是单纯将农民作为一个审美对象，作诗意化的审视与观赏，更不是将农民置于很高的政治定位加以肯定和颂扬，而是将自己融入农民生存体验的深处，表达出来的赤子般神圣的情怀。

三、柳青经验对当代文学传统的形塑

一般来说，一个民族或者一个时代的文学传统，应该是指在特定的文化语境中，由一些具有代表性的文学经验构成的某种一以贯之的文学思想和实践。然而，中国当代文学传统，是一个极为复杂的问题。首先，中国当代文学已经形成了多个层面的不同传统。譬如精神传统、叙事传统、美学传统等等。其次，当代文学中不同文类有不同的传统，譬如诗歌有诗歌的传统，小说有小说的传统。同时，中国不同区域的文学也都形成了各自不同的传统。因此，本文所说的当代传统，仅仅指与柳青经验相关的现实主义小说传统。

本文之所以认为柳青经验对中国当代现实主义小说传统的形成具有某种形塑作用，是因为：第一，柳青的代表作《创业史》是当代长篇小说开创期（"十七年"）的主要代表作。"三红一创"作为"十七年"长篇小说的主要代表作，应该是没有异议的，而"三红一创"中书写农村题材和当代生活的只有《创业史》一部。第二，农村题材的长篇小说是20世纪中国文学中成就最高的领域。而柳青的《创业史》是“十七年”中成就最高的农村题材长篇小说。第三，柳青的现实主义小说写作直接影响了后世的大量作家，特别是第二代文学陕军，其中一些在柳青影响下开始写作的作家，成为“文革”后新的代表作家。基于这三个理由，笔者认为，有必要检讨一下柳青经验对后辈作家到底形成了怎样的影响，进而形塑了中国当代小说的现实主义传统。

首先，无论在何种意义上说，“深入生活，扎根人民”都是柳青留给当代文学的最重要的文学遗产。这一遗产在很大程度上成为中国当代文学的最重要的传统。在“十七年”，深入底层的中国作家非独柳青一人，又何以称为柳青经验呢？权且不论《创业史》在“十七年”长篇小说中的标志性意义，仅就深入生活本身而言，当时绝大多数作家是在自己的家乡深入生活，如赵树理、周立波、浩然等这些与柳青同时代、同类型的作家。这些作家对农村生活的熟悉，基本仰仗自身的生活经验和文化上的同一性。而柳青作为陕北作家，仅在陕甘宁时期在陕北米脂县做过几年乡文书，更多的是他在地处关中的长安黄甫村完全以农民的身份居住十四年之久。在陕西，陕北和关中尽管是同一个行政省份，却在文化上完全不属于同一版图，甚至在地理地貌、劳作方式、人的个性和文化心理上具有很大的反差。关中是中国主流文化的主要传承区域，而陕北在历史上则是胡汉文化、南北方文化的交汇之地，柳青的家乡吴堡，史书上有“匈奴修筑吴儿堡”的记载，就是当年匈奴屯集被俘汉人（匈奴称汉人为吴人）的地方，并因此得名，所以是典型的胡汉文化、南北方文化的交汇地。从这个意义上说，吴堡人柳青深入关中长安，几乎是进入了一个异质文化版图，是在一种文化差异性中去体验农民生活的。因此，柳青经验的形成本身就需要克服文化差异性带来的难度，需要具备超越文化差异性的心理能力。这对其后的作家扩大体验生活的广度、加深体验生活的深度、提高体验生活的精神高度，具有重要的示范作用。

其次，柳青在各种文学传统，特别是外国文学传统逐渐式微的“十七年”，在叙事领域延续了法国文学、苏俄文学的传统。“十七年”和“文革”十年是各种文学传统在中国大陆逐渐断裂的时代，因此，对中外文学传统的接续便成为一个至关重要的问题。在这个问题上，当时的长篇小说作家中有三位是做出重要贡献的：一位当然是赵树理，其对民间文学传统的加入与延续；一位是梁斌，其《红旗谱》在叙事上对中国古典小说叙事传统的接续；最重要的一位便是柳青，其对欧洲小说叙事传统的借鉴。而这三位作家所延续的传统，在“文革”结束后的当代文学史上发挥了重要作用的当属柳青。特别是对路遥、陈忠实等陕西作家的影响几乎是直接的。路遥曾经坦陈自己是沿着柳青的足迹走上文坛的。路遥最初的写作动机就是想写一部像柳青的《创业史》那样的小说。陈忠实曾经在接受笔者的一次访谈中，讲述了《创业史》最初在《延河》杂志发表时对他文学初心的强烈冲击①。而《创业史》对路遥、陈忠实的冲击，除了其对现实的深入把握和真实表现外，就是柳青精湛的叙事，因为在当时的情境中，这些本来就来自农村的陕西作家，《创业史》中的农村生活他们本来就很熟悉，并不会产生多么大的震撼与惊奇，而当时文学叙事的简单化、人物塑造的类型化和模式化，却强烈地反衬出柳青在叙事与人物塑造中的深厚功力和独特方式。而柳青这种叙事与人物塑造的功力和方式，正是来自欧洲文学传统。此外，路遥对苏俄文学传统的延续，陈忠实对拉美文学的借鉴，也正是柳青对外国文学传统的态度的一种延伸。

再次，柳青以仁爱和悲悯为核心的主体意识，构筑了中国当代现实主义文学的主客体关系。当20世纪80年代中期学术界在反思的基础上，开始讨论文学形象的“性格组合论”②和文学的“主体性”③问题时，直接以鲁

① 笔者在完成纪录片《秦风》时对陈忠实先生进行过深度访谈。其中，陈忠实先生详细讲述了他购买发表《创业史》的《延河》杂志的情景，以及《创业史》对他心理上的冲击。

② 参见刘再复：《性格组合论》，上海文艺出版社，1986年。

③ 参见刘再复：《论文学的主体性》，载《文学评论》1985年第6期（上篇）、1986年第1期（下篇）。

迅的作品为范例，而似乎忽视了柳青的《创业史》在人物性格塑造和在一个主体沦丧的时代对主体性的坚守。事实上，评论家公认的《创业史》中最成功的人物形象梁三老汉，以及梁生宝、姚士杰、郭世富等，都绝非扁形人物，而是一个个矗立在蛤蟆滩上的地道的“圆形人物”群像。而柳青对农民的仁爱和悲悯，应该是一种隐含的、无声的主体意识，而且是一种在主体缺位时代的主体意识。被刘再复深度解读的鲁迅，对其书写的农民的最基本的主体意识，是那句被广泛传颂的话：哀其不幸，怒其不争。而柳青至今不被人知的对其书写的农民的主体意识则应该是：悯其不幸，为其抗争。柳青之所以没有“怒”，是因为其“仁”，是因为他对农民悲苦和不幸的深度体验和感同身受。于是，柳青将鲁迅的“怒”转化为投身于农民的生活之中，并用行动去改变其命运的行为。他直接加入农民的生活和生产当中，用自己的智慧和仅有的财富（稿酬），去帮助农民，并用自己的笔，用小说，去为农民探索生存之路、创业之路。这难道不是一种更加强大的主体性吗?

尽管柳青的主体性被批评界忽视了，但他对其所书写的农民的态度和立场，却在其后书写农民的作家中被延续下来了，而且变成了当代现实主义小说的重要传统之一。“文革”后的作家中，高晓声、路遥、陈忠实等一大批后辈作家对待农民的态度更加接近于柳青。这种态度中更多地透露出柳青式的仁爱与悲悯。

一个作家与一个时代的相遇或许是偶然的、不可选择的，但重要的是一个作家能否在与时代的偶然相遇和诸多不可控因素中，坚守自己真实的文学精神。柳青与“十七年”、与“文革”的相遇，所导致的其文学精神与时代潮流的错位，已经使得柳青及其《创业史》所创造的文学经验的评价成了一个不可逾越的问题，以至在批评界众说纷纭。然而，一个作家不管遭遇了什么样的时代，这个时代与他的文学精神产生了多么严重的错位，只要他是真诚的，只要他尊重了文学的本性，用自己真实的感知、思想和个性书写了这个时代，他就已经完成了一个作家的功业。因此，当

《创业史》的最后一部刚刚出版[1]，中国农村社会就发生了历史性逆转，人们开始怀疑《创业史》是否揭示了历史发展的必然规律，开始质疑历史的真实与作家的超越性问题时，而笔者以为，任何人都没有理由苛求一个作家为历史的走向承担责任，一个作家所能承担的仅仅是用自己的文学精神去真实地感知与记录历史。因为作家不可能是历史的创造者，只能是历史的记录者，他所积累的经验仅仅是文学经验，他所形塑的传统也只是文学的传统而已。

原载《文艺争鸣》2018年第4期

① 《创业史》的最后一部《创业史·第二部下卷》于1979年6月由中国青年出版社出版。中国改革开放、农村实行联产承包责任制开始于20世纪80年代初。

文学史视域中的《山花》现象与延川作家群

——兼谈路遥的文学起点

2015年春天，电视连续剧《平凡的世界》的热播，再一次引发了文坛和社会对路遥及其小说作品的关注与讨论。与路遥相关的纪录片、《路遥传》，以及电视剧《平凡的世界》的插曲也随之成为大众传播的热点。“路遥热”持续升温。然而，在对路遥及其小说的纪念、追忆与反思中，一个对路遥乃至对路遥所处的作家群体来说具有重要意义的现象却被忽略了，那就是路遥及其写作所赖以生长的根脉——《山花》与延川作家群。

一、《山花》，一个被文学史遗忘的角落

《山花》是“文革”后期的1972年9月，在陕北黄土高原上的一个小县城——延川——创办的文学小报。按照一般情况，像这样的文学小报，在中国各地类似延川这样的小县城，甚至一些中学都有可能出现。而且这类文学小报被文学史忽视、遗忘，也都是很正常的现象。但为什么本文唯独要来谈论《山花》，且对中国当代文学史将其忽视和遗忘提出质疑？本文认为，理由至少来自以下几个方面。

第一，《山花》历史性地汇聚了代表两种不同文化背景和文化传统的文学青年，构成了特定时空中富有文学史意义的现象。

这份文学小报最早的创办者、最初的作者和读者，是时任延川县“革委会”通讯干事的曹谷溪和他的朋友们：路遥、陶正、白军民、闻频、梅绍静、史铁生等。这批当时还是20多岁的文学青年，一部分是当地的回乡知青，一部分则是从北京上山下乡到延安、延川一带的插队知青。这两类知青在文学理想中的相遇，将来自首都北京的作为政治、文化中心的文化背景，与黄土地上绵延千年的民族民间文化背景融为一体，构成了一个相互参照、相互拉动的文化张力场。来自北京的知青在这块黄土地里找到了与北京完全不同的生存方式，找到了这种生存方式中所潜在的民族精神和文化传统。他们真切地感受到了“在这片曾是革命中心，后来又远离革命中心的黄土高原上，那种无情的、你死我活的革命已像出土文物似的暗淡了色彩，又像土窑洞里的粮食囤酸菜缸，浸溢着一股温和湿润的人情味儿”。他们“在拒绝‘接受再教育’的尝试中，受了教育，在改造农村的努力中改造了自己”。①同时，北京知青的到来给当地的回乡知青带来了黄土地之外的文化气息，带来了城市青年的生活方式，带来了人生理想的新的参照系。北京知青和当地知青的融合，以及由此带来的城市文化与乡村文化的融合，老革命中心和新革命中心两种背景的融合，构成了那个时代特殊的文学机缘和文学理想，构成了当代文学史无法忽视和遗忘的现象。

第二，《山花》诞生的特定时空，决定了其特殊的文学史价值。《山花》诞生于那个物质上极度贫瘠的时代和极度贫瘠的地方，更是诞生于一个文学艺术百花凋零的历史时期。1972年的陕北，笼罩在饥饿的危机之中，路遥所经历的苦难和《平凡的世界》中展示的饥饿景象正是《山花》诞生的背景。就是在那样的情境中，一群青年在寻找物质食粮的同时，

---

① 陶正：《自由的土地》，见中共延川县委宣传部、《山花》杂志社编《山花现象研究资料汇编》，2017年内部印刷，第43—44页。

开始了对精神食粮的寻找。而在1972年前后的中国大地上，以文学名义生存的报刊已寥寥无几[1]，即使是一些报纸的文艺副刊，或者一些仍然以文艺为名的刊物，也以发表标语口号和社论式的作品为主。就在这样一个物质环境和文艺生态中，《山花》以一份文学报纸的面貌在一个“山圪崂里”绽放了。用其创办人曹谷溪先生的话说，“《山花》绽开在整个中国大地百花凋零的早春寒月”[2]。尽管它十分简陋，也没有公开的发行证号，但它的文学身份，以及它对来自北京和当地的两股文学青年的聚合意义，使它成为“文革”期间和整个中国当代文学史上的一个重要标识。

第三，《山花》聚集了延川乃至延安地区的北京知青和回乡知青中的一大批文学青年，他们或作为《山花》的编者，或作为《山花》的作者，或作为《山花》的读者，在不同程度上，都是由《山花》带上了文学之路，其中部分文学青年由此成长为“文革”后文坛的中坚力量。在“文革”刚刚结束的80年代，这批来自《山花》的作家、诗人，成了中国文坛上的一支劲旅。

路遥，回乡知青，与曹谷溪是《山花》最早的创办人、编者和作者。其文学旅程由《山花》起步，“文革”后，于1980年发表《惊心动魄的一幕》，获得第一届全国优秀中篇小说奖。1982年发表中篇小说《人生》，获第二届全国优秀中篇小说奖，后被改编为电影。1988年完成百万字的长篇巨著《平凡的世界》，1991年以此著获得茅盾文学奖，成为现实主义小说的代表作家。

陶正，北京知青，《山花》创办人之一。“文革”后，其短篇小说

---

① 如《文艺报》从1966年到1978年7月、《人民文学》从1966年5月到1976年1月、《诗刊》从1965年到1976年1月均处于停刊状态。陕西省作协机关刊物《延河》从1966年8月到1973年7月处于停刊状态，1973年7月复刊后更名为《陕西文艺》，直到1977年7月才恢复刊名《延河》。

② 中共延川县委宣传部、《山花》杂志社编：《山花现象研究资料汇编》，2017年内部印刷，第12页。

《逍遥之乐》获1983年全国优秀短篇小说奖。其后有长篇小说《旋转的舞台》《月光织成的网》《重叠的印象》《第三种死亡》，中短篇小说集《女子们》《天女》，散文《我本随和》等作品问世。

梅绍静，北京知青，《山花》重点作者，80年代重要诗人。其诗歌写作从《山花》起步，最初的作品由曹谷溪修改后在《山花》上发表，早期代表作信天游体诗歌《兰珍子》由《山花》推荐到陕西人民出版社出版。其诗集《她就是那个梅》获全国第三届优秀新诗集奖。《唢呐声声》《只有山风才为玉米叶子歌唱》等一大批作品以现代人的感知方式和诗性的言说方式，刷新了李季、贺敬之等老一代诗人的信天游体写作传统，在80年代诗坛形成广泛影响。

史铁生，北京知青，在延川插队，《山花》读者。尽管其小说代表作《我的遥远的清平湾》是在返京后才开始写作，但在延川时深受《山花》影响。他在《悼路遥》一文中这样回忆《山花》："我在《山花》上见了他（路遥——引者注）的作品，暗自赞叹。那时我既未做文学梦，也未及去想未来，浑浑噩噩。但我从小喜欢诗、文，便十分地羡慕他，十分的羡慕很可能就接近着嫉妒。"①史铁生的作品在80年代初屡获大奖。《我的遥远的清平湾》1983年获全国优秀短篇小说奖、青年文学奖，《奶奶的星星》1984年获全国优秀短篇小说奖。其后又有《我与地坛》《务虚笔记》《病隙碎笔》等大量作品问世，影响巨大。

此外，还有《山花》的创办者曹谷溪、闻频、海波，以及后起的远村、厚夫、张北雄等一批本土作家、诗人先后从《山花》走进文坛。而且，据《山花》后任主编曹建标回忆，70年代给《山花》投稿的作者远不止延川县境内的知青，还有更多延安、陕西乃至全国的作家，其中有多位后来成为当代文学的重要作家和诗人。曹建标在其回忆文章《在〈山花〉的日子里》说："我发表处女作的《山花》正是它最火的时候。

① 史铁生：《悼路遥》，载《收藏界》2012年第11期。

‘创作组’已经是延川县特有的一个文化单位。后来我翻看这一时期的《山花》稿件档案，随便写几个曾给《山花》投稿的作家名字，就足以让人肃而起敬：贾平凹、梅绍静、叶延滨、蔡其矫、史铁生……贾平凹称他第一次看到朋友和谷在《山花》上发表了处女作，还很是嫉妒了一阵子……”①

一个黄土高原上的小县城的文学小报，居然走出了这么多重要作家、诗人，而现行的各种中国当代文学史教材却对此只字未提。

二、同一时期绽放的两枝不同的文学之花——延川作家群与白洋淀诗群之比较

在“文革”后期，随着1969年前后城市知识青年分赴各地农村插队落户，本该在城市或者校园里开放的文学之花，纷纷在乡野里绽放了。这些在乡野里开放的文学之花应该在各地知青聚集地都存在着，呈现出群体现象的有两处：一处在河北的白洋淀，一处便在陕北的延川。白洋淀聚集了来自北京的一批知青，其中不乏热衷于诗歌，并与北京的某些地下读书会往来甚密的干部子弟，他们从专供内部批判性阅读的黄皮书、灰皮书开始，走向了现代诗的写作，形成了后来被命名的白洋淀诗群。其主要代表人是根子、芒克、多多、林莽、方含等。他们不仅有着深入的内部交流，而且与没在白洋淀插队的食指、依群、北岛、严力，以及各地写诗的北京知青多有往来，一时成了可以凝聚各地知青诗人的诗歌窝点。延川作家群则是《山花》的编者、作者和读者们。其主要代表人是曹谷溪、路遥、陶正、梅绍静、史铁生等，先后与当时在延安的叶延滨、陈泽顺、高红十等

① 曹建标：《在〈山花〉的日子里》，载《山花》2008年第2期。

一批北京知青相互交往，形成了一个事实上的文学群体。[①]

延川作家群和白洋淀诗群同属于知青文学群落，起步的时间也都是70年代初期，而且都孕育了一批重要的诗人和作家，都对当代文学的发展产生了深远的影响。这两个知青文学群落在文化渊源、知识谱系、文艺传统、文学观念和写作形态等诸多方面形成了鲜明的差异与错位，以至构成了“文革”后中国当代文学的两条不同的发展轨迹。

第一，从文化渊源上说，白洋淀诗群基本上延续的是西方现代文化，而延川作家群延续的则是陕北的民族民间文化。

虽然同属知青点，但白洋淀距离北京很近，直接受到城市青年亚文化的影响。当时，在北京分布着大大小小一批以高干子女为中心的地下读书会、地下沙龙。这些读书会阅读和讨论的是在60年代由人民文学出版社、作家出版社、商务印书馆和上海人民出版社出版的“内部发行”书籍。由于这些书籍的封面有黄皮的和灰皮的，所以称为“黄皮书”和“灰皮书”。这批书籍之所以要内部发行是由于它们多是西方现代哲学著作和西方现代文学艺术作品。在青年中流行最广的如杰罗姆·大卫·塞林格的《麦田里的守望者》、瓦西里·阿克肖诺夫的《带星星的火车票》、叶夫图申科等人的《〈娘子谷〉及其它》、爱伦堡的《人·岁月·生活》、约翰·布莱恩的《往上爬》，以及《洛尔迦诗抄》《法国象征派诗选》等。在当时的政治、文化生态中，这些书籍不能公开发行，只是专供高级干部们内部批判性阅读。于是这批书籍便从高干手中传播到高干子女手中，又从高干子女手中传播到了他们的同学、好友手中，进而以这些高干子女为中心形成了星罗棋布的地下读书会、地下沙龙。这便是白洋淀诗群生长的文化土壤。白洋淀诗人中很多人与这些地下读书会和地下沙龙有着深度联

① 叶延滨当时在延安插队，后在延安富县总后军马场当牧工、仓库保管员等，1974年与路遥、曹谷溪等人先后进入陕西省作协举办的文学创作班学习。陈泽顺开始在延安富县插队，后进入延安报社、延安文艺创作研究室工作，1973年与路遥同期进入延安大学中文系读书。高红十当时在南泥湾插队，路遥、曹谷溪曾结伴去南泥湾看望过高红十，并建立了文学联系。

系，根子、多多等都曾是徐浩渊沙龙中的活跃分子，根子曾是徐浩渊沙龙里继依群之后的诗歌第一小提琴手。在这样的环境中成长起来的白洋淀诗群，自然成为西方文化哲学和西方现代诗歌传统的延续者，自然成为新中国成立后后现代主义诗歌的最早实验者。事实上，根子的《三月与末日》、芒克的《阳光中的向日葵》、多多的早期诗歌，与食指的《相信未来》、北岛的早期诗歌不仅成为后来的朦胧诗的先声，而且成为中国当代文学中现代主义文学的火种。

而延川作家群则与白洋淀诗群延续了完全不同的文化传统。延川远离北京，且交通不便。尽管北京知青也将北京的某些文化信息带到了延川，但延川的北京知青既不可能与北京的青年亚文化圈保持密切的联系，更不可能出入于北京的地下沙龙，至少现在发掘的资料中还未见此类记载。延川作家群所能触及的除了以样板戏为代表的主流文化宣传之外，就只有当地的民间文化，尽管那个时期的许多民间文化也被贴上了“封资修”的封条，但毕竟还是通过老百姓的个性特征、情感方式和生存状态传递给了这些本地的和外来的知青。因此，与白洋淀诗群相比，延川作家群的写作具有更多的泥土味，也更接地气。这种来自黄土层深处的民间文化传统与北京知青相对开阔的文化视野、城市文化和青春气息相融合，便构成了延川作家群既不同于白洋淀诗群的西方现代气质，又区别于当地民间文化的泥土气息的独特文化禀赋（也就是路遥后来所说的“城乡交叉地带”[①]的文化特质），也构成了延川作家群既接地气又力图超越特定历史时空限制的文学追求。路遥本身生长于这块土地赋予的苦难之中，却又在其文学写作中表现出超越这种苦难，超越祖祖辈辈的生存方式，甚至超越同代人的精神视域的胸怀和意志。这与他和北京知青的深入交往，乃至娶北京知青为妻有着直接的关系。梅绍静、史铁生、叶延滨、陶正、高红十等这些北京知青，以城市知识青年的身份走进了那块土地，却被那里的信天游、饲养

① 路遥：《路遥自传》，见《路遥精品典藏纪念版 散文随笔卷》，北京十月文艺出版社，2014年，第218—219页。

员、干妈和身边的汉子们、婆姨们的真挚情感所融化。正是这种强对流式的碰撞与融合，催生了他们雷电般的文学冲动，倾泻出滋润了无数人的故事和诗篇。

第二，由于各自所传承的文化传统不同，延川作家群与白洋淀诗群形成了两种完全不同的知识谱系。正如徐敬亚在《王小妮的光晕》一文中所说的那样，当黄皮书和灰皮书中那些西方现代派作品在北京流行的时候"王小妮正在漫天大雪东北的土房子里读着破旧的中学课本"[①]。同样，当白洋淀的知青诗人们热烈讨论法国象征主义诗歌的时候，延川的知青作家们可能正在给饲养员或者干妈们挑水、劈柴呢。因此，白洋淀诗群的知识谱系更多的是来自西方书籍中的那些思想和艺术作品，而延川作家群的知识谱系则更多的是来自民间生活中的情感、农事和地方性知识。尽管这种差异不能过分绝对地去强调，毕竟白洋淀的诗人们也在从事生产劳动，延川的作家们也在阅读一切尽可能找到的书籍，但他们各自不同的写作已经告诉人们，这种差异是实实在在地存在着的。

这种知识谱系的差异，决定了白洋淀诗群的文学活动基本上限于北京知青自己的圈子里，而与当地群众没有很多关系，也没有带动白洋淀当地青年的文学写作。而延川作家群的文学活动与当地群众直接相关，或者说他们就是在写当地群众的生活，而且带动了当地一大批青年走上了文学道路，以致使延川县成为远近闻名的、被当时的《人民日报》《光明日报》大篇幅报道过的作家县。

第三，文化渊源和知识谱系的不同，也决定了延川作家群和白洋淀诗群所延续的文学传统和所走的文学道路的分野。

白洋淀诗群因受黄皮书、灰皮书及地下读书会和地下沙龙的影响，开始在中国大地上延续西方现代主义的传统。具体而言，白洋淀诗群的诗歌所走的是执着于意象经营的象征主义的道路。这条道路在中国并非

① 徐敬亚：《王小妮的光晕》，载《诗探索》1997年第2期。

前无古人，权且不说象征作为一种诗意构成的方式本来就是汉语诗歌，乃至汉语、汉字的基本构成法则，即便在20世纪以来白话诗的历史上，早在20年代的旅法画家李金发，30年代的戴望舒、卞之琳等人就已经走上了象征主义的道路。白洋淀诗群以及北岛、顾城们在“文革”时期的地下写作，可以说是摒弃了五六十年代的浪漫主义诗风，重新开启了象征主义诗歌的历史，以致使随之而来的朦胧诗运动成为一个巨大的象征主义诗潮。

延川作家群深入民间生活的最底层，直接触及人与自然的短兵相接的抗争过程，触及人的生存的最底线。这使他们从根本上无法不面对现实。加之延川紧邻延安，三四十年代从这里蓬勃兴起的红色文化仍在这块土地上强劲地延续着，构成70年代延川文化生态的重要组成部分。这些来自险恶自然的、生活习俗的和历史传承的多重推动力，共同塑造了70年代在这里聚集的一批本土的和外来的知识青年们。同时，北京知青所携带的城市文化和一代青年对新生活的向往与激情，使他们与自然、与现实、与传统构成了某种复杂的关系。

他们一方面在与那块贫瘠的土地给他们带来的苦难抗争，一方面又深深热爱着那块贫瘠的土地。路遥一生的苦难就来自那块贫瘠的土地，而他一生都在深恋着那块土地，一直到死。

他们与现实的关系更加复杂。路遥在直面现实的同时，始终试图冲破现实的藩篱，始终站在时代的前沿，批判着身处的现实，最终以高加林、孙少平这样的文学形象表达着其与现实的复杂关系。而作为北京知青，史铁生、梅绍静、陶正却始终以审美的视角去审视现实。他们和路遥都在关注现实，表现现实，却因为视点不同，而走上了不同的文学道路。路遥成为“文革”后现实主义作家的代表，而史铁生则不同。史铁生之于陕北，有似沈从文之于湘西、汪曾祺之于高邮，表现出诗意审美的浪漫气质。他没有将陕北给他带来的苦难和终身残疾变成仇恨，变成抱怨，变成控诉，而是变成了诗意，变成了美，变成了他对陕北无尽的思念和爱。

作为紧邻延安的一个作家群，延安文艺传统无疑是延川作家群的重要精神遗产。他们延续了延安文艺中立足本土、深入民间的民族化和大众化策略，又因时代因素和北京知青的介入而有所拓展，最终走上了时代精神与人民生活相统一的现实主义道路。当时年龄稍长的曹谷溪从写《工农兵定弦我唱歌》开始，便始终坚持本土立场和人民立场，他说，“通过办《山花》使我认识到，我们要永远忠于人民，永远忠于陕北这块土地，反映养育我们的陕北父老的生活、情趣、爱好、理想。我将一辈子不离开高原，一辈子热爱高原，讴歌高原”[①]。曹谷溪在延川作家群中是一位灵魂式的人物，他的这种文艺观，基本上可以代表整个延川作家群。比曹谷溪小一点的路遥虽然大学毕业后调入省作协工作，但其一年中的大部分时间仍然行走在陕北的大地上，他的《人生》《平凡的世界》大部分是在陕北的甘泉、榆林等地写的，直到他生命的最后一段时间。他是在陕北的土地上倒下的。陶正、梅绍静、史铁生、叶延滨等北京知青，虽然已经先后回城，但陕北黄土高原是他们一生魂牵梦萦的、书写不尽的文学之根。梅绍静的诗作《我的心儿在高原》、叶延滨的诗作《干妈》、史铁生的小说《我的遥远的清平湾》都是明证。

与土地的联系、与人民的联系是延安文艺的根魂，也是延川作家群的基本文学精神。这群作家正是携带着这样的精神走上文坛的。

第四，延川作家群和白洋淀诗群是在同一时段内盛开在不同地方的两枝文学之花。延川与白洋淀虽然直线距离并不是十分遥远，但却是两块完全不同的土地。而且在所有史料中笔者也没有发现白洋淀诗群与延川作家群之间有过任何联系和交流。据传，与白洋淀诗群交往甚密的徐浩渊沙龙主人——奇女子徐浩渊曾经化妆成叫花子考察过陕北，但至今没有任何史料说清她的考察内容是什么，有没有到过延川，为什么没有成为后来两个

① 曹谷溪：《关于〈山花〉的回忆》，见中共延川县委宣传部、《山花》杂志社编《山花现象研究资料汇编》，2017年内部印刷，第6页。

文学群体联结的纽带[1]，这一切都不得而知。总而言之，这是两枝在不同土地上生长出来的不同的文学之花。他们不仅结出了相异的果实，而且也经历了不同的命运。

白洋淀诗群存在于1972—1974年间。1974年后，北京的地下沙龙随着这批干部子女的父母被干校、农场和监狱释放而解散。白洋淀的北京知青也开始陆续回城。白洋淀的诗歌活动便成为一段金色记忆。“文革”后这段记忆被追封为“白洋淀诗群”[2]。白洋淀诗群没有办报办刊，他们的作品大多是后来在1978年年底由北岛和芒克创办的内部刊物《今天》杂志上发表出来的。

《山花》文学小报创办于1972年9月，后来发展为一份文学杂志，虽然中途停办数年，但至今仍在出刊。今天的《山花》杂志尽管依然保持着无刊号的内部刊物状态，但其发稿水平、装帧设计和印刷质量，丝毫不低于各地所办的公开的文学期刊。而围绕《山花》的那些编者、作者和读者们也先后离开延川，路遥于1973年进入延安大学读书，陶正进入北京大学，史铁生回京治病，曹谷溪后来调入延安市文联工作。不过，对延川作家群而言，离去其实才是开始。这批作家的真正成就都是在他们离开之后才取得的。《山花》是他们共同出发的地方，是他们永远的根。

白洋淀诗群经由《今天》杂志和声势浩大的朦胧诗运动，以及《诗探索》杂志的回访与研讨，已被认定是当代文学中现代主义诗歌的源头，在

---

① 杨健：《文化大革命中的地下文学》，朝华出版社，1993年，第103页。记载：“徐浩渊则让人们传得很神：她是当年苏共莫斯科大学‘二十八个半布尔什维克’中的那半个布尔什维克徐迈进的女儿，在‘文革’初她化装成叫花子到陕北民间做考察……”

② 在目前各大学通用的两种中国当代文学教材中，白洋淀诗群都有较大篇幅的介绍。北京大学洪子诚教授所著《中国当代文学史》（北京大学出版社，1999年）在上编第十五章中有专节介绍白洋淀诗群（第212—215页）；复旦大学陈思和教授主编的《中国当代文学史教程》（复旦大学出版社，1999年）在第九章第一节中用较大篇幅介绍白洋淀诗群（第170、173页）。

当代文学史上已成为大书特书的历史事件。[①]而延川作家群尽管走出了路遥、史铁生等一批影响深远的重量级作家，但各家的中国当代文学史均只字未提《山花》和延川作家群，而且在路遥、史铁生等人的研究中也很少提及他们的出发地——《山花》，以及那个时期的文学活动。这不能不引发人们对文学史写作和文学研究真实性的反思。

三、在历史语境中还原《山花》的文学史价值

在不多的几篇关于《山花》的文章和有关《山花》的会议中，人们似乎不得不面对《山花》早期作品的粗糙，特别是其中沿袭的“文革”主流话语的问题。或许也正是由于这些问题，《山花》才被文学史略过。但是，人们同样不能忽视这样几个问题：第一，《山花》的确点燃了在延川及周边插队的北京知青和回乡知青的文学激情，并由此促使一大批知识青年走上了文学道路；第二，《山花》的确对一大批文学青年产生过号召力、凝聚力，并且对他们最初的文学写作发挥过帮助、扶持、交流、传播等一系列重要作用；第三，《山花》的确走出了路遥、陶正、梅绍静、史铁生、曹谷溪、海波等一大批具有重要影响力的作家和诗人，为中国当代文学做出了重大贡献；第四，《山花》的确聚合了北京知青带来的城市文化和本土的民间文化，形成了一种独特的，介乎城乡之间、时代与传统之间、城市知识青年与农村知识青年之间的文化类型、精神现象和文学写作路径。所有这些问题，又都让人们不得不面对《山花》的历史存在。

至于《山花》作品的粗糙和沿袭“文革”主流话语的问题，笔者认为必须将其置于特定的历史语境中，才能真正认识这群人，真正认识这个文

① 百度百科中介绍白洋淀诗群的文字中说，“与其他被流放到更为偏远、落后、艰苦的边疆地区（如云南、内蒙古、新疆等地）的知青相比，白洋淀地区在经济上虽谈不上富庶，但生活温饱不成问题，所以生存的压力较轻，也使他们有余裕的时间、精力去进行艺术探索……”笔者不知这些文字出自哪位学者之手，但这种说法无疑是真实的，而问题在于其所列出的偏远、落后和艰苦的地区，其艰苦程度都无法与陕北相比。

学小报的历史局限性和历史超越性。

第一，不可否认的首先是其历史局限性。《山花》早期刊发的作品的确比较粗糙，而且留存大量“文革”主流话语。但在那个连温饱都无法保证的“文革”时期的陕北，在那个为了借到一本可读的书需要跑几十里山路的地方，在那个到处都只有标语口号和样板戏的时代，一个文学青年即使才华横溢，又能写出多么高深而且精致的作品来？这一点与紧邻北京地下文化圈，传阅着高干子弟们才能读到的黄皮书和灰皮书，而且温饱不成问题的白洋淀诗群，是完全不能同日而语的。当白洋淀的诗人们在北京的沙龙里高谈阔论西方现代艺术的时候，在延川积极为《山花》写稿的海波为了填饱肚子急着要去乞讨，要去抢人、杀人。再说，即使是当时还在北京的白洋淀代表诗人根子、多多，不也写过一些类似顺口溜的所谓“古体诗”吗？不也有类似“一八九三年，红日出韶山，春秋七十四，光艳照人间”（根子）这样的诗句吗？[①]因此，笔者认为，《山花》早期作品的粗糙和沿袭“文革”主流话语应该是当时各地文学青年起步阶段都会经历的共同的和必然的过程。所不同的是，由于地域和环境的差异，决定了这种现象出现的先后次序不同而已。具体就白洋淀诗群和延川作家群来说，虽然他们出现在同一个时间点上，但由于地处黄土高原的陕北和紧邻北京的河北在地域和环境方面的差异，《山花》初创时期的延川作家群相当于白洋淀诗人们插队之前的状态。这里，空间上的差距带来了时间上两三年的差距。

第二，同样不可否认的是其历史超越性。由《山花》聚集起来的这批文学青年在何种程度上超越了当时的时空限制和个人局限性，是一个需要认真总结的问题。

首先，笔者认为，这群文学青年超越了饥饿、贫困，以及自然环境给他们带来的一切苦难，才走向既不能吃，也不能喝，更不能穿的文学的。

① 参见杨健：《文化大革命中的地下文学》，朝华出版社，1993年，第104页。

文学至少在眼前不能给他们的生存提供任何帮助，还要占去他们谋生的大量时间和精力。但他们还是选择了文学。超越苦难在很大程度上就等于超越切身的利害得失，超越功利目的，超越自我。这种超越与温饱线之上的文学写作相比，应该更接近文学的精神。

其次，他们深深热爱着养育他们的那块土地及生息其上的人民，但他们一直在试图超越那块土地和人民的生存现实，这种爱和超越的矛盾与张力关系，一直纠结着这群青年，最终孕育出了高佳林、孙少平这样的文学形象。路遥曾因为有批评家指责他让高佳林再一次回到那块土地，提出了这样一个问题："对生活过的'老土地'是珍惜地告别还是无情地斩断？"这正是长期困扰延川作家群所有作家的爱和超越这一矛盾心理的反映。对此，路遥在做出深入而切合实际的剖析之后得出这样的结论："他们不可能超越历史、社会现实和个人的种种局限。……他们中的大多数人和土地的感情也仍然只能是惋惜地告别而不会无情地斩断。"[①]

最后，尽管笔者不敢说他们超越了他们所处的那个时代，但他们至少在很大程度上超越了那个时代赋予他们的某些东西。譬如，在那个只要政治不要文学的时代，他们选择了文学，选择了在一片标语口号声中去办一份以文学为追求的报纸；譬如在那个以农耕为唯一生存手段的时代，他们开始向往城市文明，走入了城乡交叉地带；再譬如，他们开始渴望听到新时代的脚步声，等等。

第三，当然，他们肯定有他们超越不了的东西，譬如路遥所说的历史、社会现实、个人的种种局限。但笔者认为，任何人都没有权利要求一个作家完全超越一个时代，完全去超越历史。即使被路遥称为导师、被文学史视为"十七年"文学标杆的柳青，不也是在其热情讴歌农村合作化道路的多卷本小说《创业史》还没有写完的时候，土地却又被承包到个体手中了吗？这难道是柳青错了吗？答案是否定的。一个作家是不可能担当政

---

① 路遥：《早晨从中午开始——〈平凡的世界〉创作随笔》，见《路遥精品典藏纪念版·散文随笔卷》，北京十月文艺出版社，2014年，第59—61页。

治家的历史使命的。他只要真实地记录了一个时代，真诚地表达了对人、对生活的情感就足够了，就已经完成了作为一个作家的使命了。

延川作家群，一群来自北京和本土的知识青年，在一个贫瘠的时代、贫瘠的地方，以文学的名义走在了一起，创办了自己的文学阵地，用自己稚拙的笔触，用自己满腔的热情、真诚和爱开始书写那块土地，书写那块土地上人的生存和命运。这，就足够了，就足以走入文学史的视域了。

原载《中国现代文学研究丛刊》2018年第2期，《新华文摘》2018年第15期全文转载，原文无副标题

贾平凹与中国叙事传统

20世纪80年代以降，始终自觉延续中国叙事传统的作家，贾平凹应是最受瞩目的了。对贾平凹与中国叙事传统的关系已有不少学者论及[①]，但要全面检讨之，却绝非易事。一则中国叙事传统异常丰富驳杂，不同文体、地域、时代都形成了不同的叙事传统，尽管已有很多学者做了富有成效的研究[②]，但要做全面系统梳理，仍有待时日。再则，贾平凹对中国叙事传统的切入与延续也有阶段、层次和类型之别，不好片面论定。本文试图从其近年小说文本中，去发掘中国叙事传统的踪迹。尽管难免疏漏，但或可引发同行对中国小说发展本土路径的思考。

---

① 有代表性的文献如陈思和：《试论贾平凹〈山本〉的民间性、传统性和现代性》，载《小说评论》2018年第4期；韩鲁华：《论〈带灯〉及贾平凹中国式文学叙事》，载《小说评论》2013年第4期；樊娟：《影响中的创造——贾平凹小说的独异生成》，中国社会科学出版社，2016年。

② 研究中国叙事传统的论著，有代表性的如陈平原：《中国小说叙事模式的转变》，北京大学出版社，2003年；浦安迪：《中国叙事学》，北京大学出版社，1996年；杨义：《中国叙事学》，人民出版社，1997年；董乃斌：《中国文学的叙事传统》，中华书局，2012年；傅修延：《中国叙事学》，北京大学出版社，2015年；倪爱珍：《史传与中国文学的叙事传统研究》，中国社会科学出版社，2015年。罗钢的《叙事学导论》（云南人民出版社，1994年），虽为叙事学理论著作，但所举证之文本多为中国作家的作品，而且是国内较早的叙事学著作。

一、“立象以尽意”与象征化叙事——在汉语汉字中找到的中国叙事传统之根

汉语作为古老的语种，汉字作为唯一从古沿用至今的文字，是人类对世界古老、完备的命名和编码系统，也是中国人对世界独特的想象和表达系统。汉语汉字的生成法则中潜藏着中国叙事传统的根源和奥秘。贾平凹以四十多年手书一千多万字的文学作品和书法作品，形成了对汉语汉字的敏感和领悟[①]，并由此触摸到了中国叙事传统的根脉：象。汉字通过象形、指事、会意，直接以事物的表象命名事物的本质，几乎每一个汉字都是一组由“象”组成的故事。如“秋”字，禾、火组合，意即庄稼经过骄阳似火的夏天，就成熟了，季节也就到秋天了。禾是庄稼的象形，火是烈焰的象形，两“象”组合，就变成了故事。无怪乎一位诗人说，所有写秋天的诗都不如一个“秋”字美。

与造字的法则相同，汉语也是用“象”来表情达意的。中国古代哲学和文论始终在辨析言、象、意的关系。《易传·系辞上》说：“子曰：书不尽言，言不尽意。然则圣人之意其不可见乎？子曰：圣人立象以尽意……”寄寓了中国人本初宇宙观的《易经》，本身就是以“象”推测天地万物运行规律的象征哲学。于是“象”成了汉语表意的核心元素。以“象”为核心元素也就成了汉语叙事的基本传统。这与西方以史诗为源头的叙事传统大相径庭。浦安迪在《中国叙事学》中说，西方学者对中国

① 贾平凹曾在苏州大学的演讲中说出了这种领悟：“汉语是世界上最丰富的语言。汉字的创造体现了东方人的思维和感觉以及独特的审美观。整体的、形象的、混沌的一种意象。汉语的创造可以看出中国人对世界的认知和把握。这一点，从《易经》的方法最能领会，也能从水墨画、茶、棋、中药、武术、气功等方面领会。”详见贾平凹：《关于语言——在苏州大学“小说家讲坛”上的讲演》，载《当代作家评论》2002年第6期。

神话“非叙述、重本体、善图案”[1]非常不解，因为在西方人看来，“神话的定义本来就是‘叙事的艺术’，没有叙事哪里会有什么神话”[2]。显然，西方人不了解汉语、汉字“立象以尽意”的叙事传统。这一传统不仅在文学叙事中是决定性的，即使哲学思想的表达，也没有像西方人那样依靠逻辑推演，而是一个“立象以尽意”的故事化过程。这种以“象”为基本元素构成的造字法则和语言方式，就是中国特有的象征化叙事的思维基础。

象征化叙事传统在贾平凹小说写作中表现在三个层面。

一是寻找心灵的对应物，也就是寻求内心世界与自然事象的感应点。即天地征候、四季运行、动物植物、山川河流，这些来自大自然的事象与自我内心相互感应、相互印证。这样的叙事在贾平凹小说中随处可见。在《山本》中，陆菊人极力促成花生嫁给井宗秀，出嫁那天，花生的父亲打碎了一只准备陪嫁的碗，觉得很不吉利，就有了这样一段对陆菊人心理活动的叙述：“低了头又想到刘老庚打碎了碗的事，心里说，早上过来见蔷薇都是骨朵，如果这阵花全开了，那就没事。猛一抬头朝院墙头看去，所有的骨朵全都开放了，红灿灿的耀眼，她就一下子轻松了，高声说，花生，你出来看，花全开了！”[3]用蔷薇是否开放来测定婚事的凶吉和自己的心理走势，此类叙事在贾平凹小说中十分普遍。人的心情转换、事态的凶吉，总会通过四季的变化、草木的枯荣、风雨雷电叙述出来。贾平凹在《山本》后记中说：“老子是天人合一的，天人合一是哲学，庄子是天我合一的，天我合一是文学。”[4]此言道出了象征化叙事的哲学基础：天地万物皆“我”的对应物。

二是营造作为叙事支点的象征意象。意象的营造是诗歌的主要方法，

① 浦安迪：《中国叙事学》，北京大学出版社，1996年，第43页。

② 同上，第42页。

③ 贾平凹：《山本》，作家出版社，2018年，第431页。

④ 同上，第525页。

但在贾平凹小说中被大量使用。这或许正是贾平凹写作被认为是一种诗意化叙事和具有神秘主义特色的主要原因。意象的营造是贾平凹的自觉追求。早在《浮躁》序言二中，他就说："我欣赏这样一段话：艺术家最高的目标在表现他对人间宇宙的感应，发掘最动人的情趣，在存在之上建构他的意象世界。"[①]

《废都》开篇出现的"四色奇花""四日并出"即是一种具有复杂历史和现实内涵的象征意象。《高老庄》中的"白塔"、《怀念狼》中的"狼"、《古炉》中的"青花瓷"等等，形成了一个蕴含着宗教、自然、现实和历史语义的意象序列。《带灯》中，天生自带一盏灯的"萤火虫"被叙述为一个极具批判性的象征意象：作为一点微弱的光，"萤火虫"是对强大无边的黑暗的批判，而小说末尾处"萤火虫"的聚集，以及"萤火虫"将带灯的佛化，又成为聊可寄寓的希望。

《山本》的叙事是由一个意象群落组成的：由浊的黑河与清的白河汇流而成的极似太极图双鱼状的"涡潭"，既是涡镇名称的由来，也是在那个清浊汇流的时代里涡镇人宿命的象征意象，涡镇上不管清的浊的、白的黑的几乎所有的人，都被像"涡潭"一样的宿命吞噬了。还有作为涡镇吉祥物，那棵富有灵性的老皂角树；作为涡镇人精神超越之地的地藏菩萨庙；作为预备旅标志、五行中的水和暴力、死亡象征的黑色——黑旗、黑衣、黑城墙、黑炮楼、黑蝙蝠群、黑蛇、黑河、黑雨、被大火和炮火烧过的一片焦黑，等等。这一庞大的意象群落，构成了整个《山本》复杂的叙事经纬和意义世界。

三是人的意象化。贾平凹叙事中始终有一个意象化的人物序列：如《废都》的老乞丐，《秦腔》自宫的引生，《老生》的唱师，《山本》的哑巴尼姑宽展师父、盲人医生陈先生，等。这些意象化的人物，一方面或残缺或衰老或颓废，另一方面又是通灵和全知全觉的。而残缺和全知全觉

---

① 贾平凹：《关于小说》，生活·读书·新知三联书店，2015年，第33页。

的合一本身就是大自然阴阳造化的象征。

这种源自汉语汉字思维的象征化叙事，是贾平凹习以为常的叙事基调。这赋予他的叙事诗性品质。因为象征是诗性的，意象是诗性的，汉字和汉语的构成法则是诗性的。这种诗性的叙事品质，使贾平凹这位生长于秦头楚尾、横跨南方北方的作家，第一步就踏入了中国叙事传统主脉之一的诗骚传统。他早期写诗，后又写诗意化的散文和诗意化的小说。这种诗骚传统在他的写作中始终挥之不去。

二、静观美学与空间建构——在佛道哲学中生成的叙事传统

笔者曾经有过这样一个说法："贾平凹，一个神神秘秘的无神论者。"[①]就像贾平凹的作品给人们留下的那种万物通灵的印象一样，他本人也的确具有某些灵异的禀赋和神秘色彩，以至于被人称为"鬼才"。他对佛、道典籍有过深入阅读和独到领悟，也对民间信仰做过广泛考察。然而，他却没有真正皈依任何宗教信仰。这对一个作家来说，可以利弊各表，但客观上却使贾平凹得以从多种渠道深入中国哲学和美学之中。

贾平凹曾将自己的书房名为静虚村，其写作早就被人们认为具有仙风道骨。静与虚作为老庄哲学的两个重要范畴，直接转化成了中国古典文论中的"虚静说"。老子在《道德经》中以"致虚极，守静笃"作为人感知天地万物、自然生命之道的开端。庄子认为，要做到致虚守静的状态，必须做到"心斋"与"坐忘"，以实现物我两忘，方可抵达。"虚静说"后经陆机、刘勰等人发挥为中国古代诗论、文论和画论中一项重要的美学法则：静观美学。贾平凹不仅深谙此道，而且也曾一度热衷于打坐、参禅、悟道，将佛学禅宗中的静虑、修习，以致明心见性之法，与道家的虚静、心斋、坐忘之法合为一体。

① 李震：《关于〈带灯〉及贾平凹小说的几个问题》，载《小说评论》2013年第4期。

静观，作为来自佛道文化哲学源头的美学法则，在贾平凹小说叙事中被转化为一种空间建构的能力。这种转化的必然性在于虚静与禅悟对人的思维和言说而言，便是突破时间，进入空间，在于只有静观，方可视通万里。

贾平凹小说叙事中的空间建构能力是当代作家中最为突出的。其基本方式是，通过对物象、事象和人物形象精细而密集的描写，来延展空间。空间本来就是以物象、事象和人物形象的方式存在着的。在文学作品中，空间之大小绝非就物理意义，而是就文化、心理、社会层面而言的。

就单个层面而言，人物形象越多，物象、事象越丰富，则空间越大。

贾平凹小说叙事中对单个层面的空间建构是通过精细而密集的“象”的描写进行的。他几乎不会离开对“象”的描写而单纯叙述情节、细节。或者说他对情节和细节的叙述，是通过精细而密集的物象、事象和人物形象描写来推动的。如《山本》中对井宗秀骑马巡夜的一段叙述：“他一巡夜，蚯蚓必然在马后跟着小跑。……蚯蚓就喜欢马蹄踏出的清脆响声，他看见井旅长在马上随着声响晃动，他也尽量使自己的脚步能撵上响声的节奏。月光朦胧，或店铺门面檐下的灯笼在风里摇摆，井旅长在马上，影子就在街面上和两边屋墙上，拉长缩短，忽大忽小。北门口的狼已经长大了在长嚎，猪在谁家的院里哼哼，有蛇在某个墙头上爬过，而成片的蝙蝠飞动，蚯蚓都不害怕，只觉得威风。”[①]这仅仅是井宗秀巡夜的一个很小的瞬间，在整个故事的时间链上仅仅是一个点。但在这个小小的时间点，百余字，却是由人、马、猪、狼、蝙蝠、蛇，以及月光、影子、店铺、墙、院落等各种“象”填充出来的一个阔大空间，其意义已远超了故事的时间框架。

而贾平凹空间建构更重要的方式，则是通过多个不同层次的空间的叠加，来大幅拓展小说的叙事空间。《高兴》是由城市和乡村两个现实空间

① 贾平凹：《山本》，浙江文艺出版社，2021年，第378—379页。

联结而成的，却又通过锁骨菩萨引入了佛界这个超验空间，从而使这部小说的空间大于一般写城乡交叉地带的作品。《带灯》本是一部现实小说。其叙事是从樱镇这个充满矛盾、倾轧、械斗的现实空间中展开的，而带灯与元天亮的短信却组成了一个精神空间。在这两个空间叠加的基础上，带灯的夜游症又打开了一个非理性的魔幻空间；小说结尾处萤火虫的汇聚及其将带灯佛化的景观，又将读者引入一个超验的、佛性的象征空间。如此便形成了“超验的象征空间—经验空间（现实+精神）—魔幻空间”，三个层次的空间结构。《老生》的空间建构更加复杂。这部作品的意图是书写秦岭百年史，凸显秦岭深处民间生活的时间意义，但贾平凹却是通过多个空间的并置与叠加来表现时间的：其一，《老生》除了唱师和穿插其中的《山海经》外，并无贯穿始终的故事主线，而是几个板块的民间生活以地方志方式的一种串联，实则是几个民间生活空间的并置；其二，长生不死的唱师可以通向阴阳两界，将现实空间与魔幻空间并置；其三，《山海经》的引入，既因其作为古代典籍而展开了远古的历史空间，又因其记述山川鸟兽的地理空间与小说记述的秦岭风物的地理空间并置。由此，整部《老生》便成为多个并置的现实空间、阴阳两界并置的经验空间与超验空间、历史与现实并置的地理空间相互叠加的复合空间结构。如此繁复的叙事层次，绝非巴赫金所说的复调可以概括得了，因为它早已是复调中的复调、对话中的对话了。

如果说，在汉语汉字中，贾平凹得传了“象”的叙事基因，以及由此生发的诗意化叙事方式，从而进入了诗骚传统，那么在佛道哲学基础上生成的静观美学中，贾平凹得以突破时间链，进入了空间建构的叙事模式，也归入了诗骚传统。此二者在本文表述中虽为两个不同的理路，但在贾平凹的小说叙事中，却汇为一流。因为空间的存在方式与诗意的存在方式，在汉语叙事中都是“象”的呈现。[①]

① 浦安迪：《中国叙事学》，北京大学出版社，1996年，第11页。

三、日常生活的趣味化与传奇化——笔记、志怪叙事传统的熏染与内化

贾平凹很早就迷恋古代笔记小说和志怪小说，这对他的写作产生了很大影响。对此，他本人和许多研究者多有述及。而这种笔记和志怪的叙事传统，在其写作中到底产生了怎样的影响，形成了怎样的现代转化形式，则是需要进一步研究的。

笔记、传奇、志怪是一组难以区分的概念，它们之间在写法上、内容上和产生时代方面有区别又有交叉，让不同的学者做出了不同的划分和归类[①]。但此类小说在中国古代小说史上的性质和地位却是明确的。浦安迪说，“中国最早的小说，大概是六朝志怪”[②]。鲁迅的《中国小说史略》总共二十八篇，从第四到第十一篇都在集中讲述此类小说。此外，在元明清的篇章中，又列“清之拟晋唐小说及其支流”，将《聊斋志异》指认为“拟传奇”，认为《阅微草堂笔记》在“追踪晋宋志怪”。[③]前后都用志怪一说，始终未用笔记小说之名，而且对贾平凹影响较大，曾在《废都》中托唐宛儿阅读的《闲情偶寄》也未述及。不管用何种称谓来命名和分类，宋以前的小说主要以笔记、志怪、传奇类为主，而且宋以后此类小说依然在延续之中，可以说几乎贯穿了整个中国小说史。

与明清话本体白话小说相比，此类小说完全属于文言小说，尽管其中很多是取材于民间故事、传说，但在叙事上却是纯粹的文人传统。

---

① 关于中国笔记小说的史论、辑录书籍种类和数量繁多，如王季思的《中国笔记小说略述》（1940）、刘叶秋的《历代笔记概述》（1980）、吴礼权的《中国笔记小说史》（1998）、孙顺霖、陈协琹编著的《中国笔记小说纵览》（2013），以及上海文艺出版社陆续出版的“中国笔记小说文库”，等等。这些著作和编选中，关于笔记、志怪、传奇及其产生年代的划分不尽相同。

② 浦安迪：《中国叙事学》，北京大学出版社，1996年，第11页。

③ 鲁迅：《中国小说史略》，见《鲁迅全集》第9卷，人民文学出版社，2005年。

笔者认为，笔记与志怪实为两种类别的文人小说叙事传统。笔记小说应是自《世说新语》至《闲情偶寄》等，形成的一种记述文人闲情逸致、逸闻趣事的叙事传统。这一传统源自魏晋谈玄说佛之风，到明清演化为一种文人情致与性灵的抒发，文字简约质朴、充满灵悟之气；志怪小说应是自《列异传》《博物志》《搜神记》至《聊斋志异》，形成的一种记述神魔鬼怪、奇人异事，以及各种奇异的山川、草木、鸟兽的叙事传统。这一传统可以上溯到汉之前集神话和博物志于一体的《山海经》，以及汉以后东方朔仿《山海经》而作的《神异经》，后又吸纳唐传奇的写法，演变至《聊斋志异》，成为一种由文人集成的民间奇人异事和鬼狐故事。笔记和志怪，对后世作家产生了广泛影响。在当代作家中，这种影响最显著，且转化为一种现代叙事方式的，当属贾平凹。

在贾平凹小说中，笔记和志怪叙事传统融合了当代人的精神气象和民间日常经验，转化为一种具有个人特征的叙事方式：日常生活的趣味化与传奇化。

一个作家真正的写作功力不在于讲好轰轰烈烈的、可歌可泣的和具有戏剧性的故事，而在于讲好凡人琐事。贾平凹，以及对他形成不同程度影响的现代作家沈从文、张爱玲、孙犁等，都是写凡人琐事的高手。这些作家的叙事手段各有自己的渊源，至少贾平凹对凡人琐事的叙事功力形成于他对笔记小说和志怪小说的热衷。这不仅使他养成了关注逸闻趣事、奇人怪事、民间传说、坊间段子，并将其随手引入自己作品之中的习惯，而且练就了化平凡为趣味、化琐碎为新异、化腐朽为神奇的叙事功力。

《秦腔》中的引生是农村底层一位猥琐、变态的青年，却被赋予了异禀和一系列出格的举动，以及纯粹而极致的爱；《古炉》中永远长不高的狗尿苔，却能听得懂动物的语言。这些人物都在腐朽中见出了神奇：白雪、带灯、蝴蝶、陆菊人等一组女性，均为乡间平凡女子，却被赋予了极致的美和神奇的才情，在平凡中显出神通。锁骨菩萨、唱师、老老爷、宽展师父、盲医人陈先生，明明就是日常生活中人，却或能通佛界，或能通阴界，或能知晓过去与未来。还有，《废都》中会说话的牛，《古炉》中会说话的鸟鸡猪狗，《山本》中那只始终警觉地旁观着陆菊人一举一动的黑猫，这些畜生都有似神灵附身。那些四季流转、风雨雷电、花鸟草虫等大自然中最习以为常的事象，在贾平凹小说中却常常被赋予了心理变化、情绪波动、事态凶吉的象征意味和神秘的奇幻色彩。

除了传奇化的叙事之外，贾平凹笔下的日常生活大多被趣味化了。这种趣味化最常见的方式是他将大量民间逸闻趣事、坊间笑话段子植入作品之中，以激活日常生活之平凡与庸常。此类例证多不胜举，此处不赘。从叙事方式而言，值得注意的是，贾平凹对日常生活的叙述采用了一系列反常手段，以使日常生活陌生化、趣味化。常见的文学叙事不去述及的部分，正好成了贾平凹要叙述的部分。这种反常叙事构成的陌生化效果，正是贾平凹日常叙事趣味性的来源。如《山本》中麻县长和县府入驻涡镇时的欢迎场面的叙述：

> 选择了初八那天县政府入驻，涡镇一大早城门楼上、城墙的垛台上就插上了黑旗、锣鼓钹镲一起敲打……有人爬到树上、坐在了屋顶，前边却有了鞭炮声。周一山发脾气：有粉往脸上搽，这会放了一会儿县长来了放啥啊？！蚯蚓跑了去用脚把燃着的鞭炮踩灭，而一群孩子在一团烟雾中捡拾未炸响的炮仗，有的将一枚再点着就又往人群里扔，但太紧张，扔出的是火柴盒，而炮仗就在手里炸了。①

如果按照常规叙事习惯，这一场面的描写，一是不会写得这么精细，二是写出欢庆场面的盛大，三是描写这一场面的目的是烘托县政府迁到一个小镇上的重要性。但在贾平凹笔下，除了要写出重要性和场面的盛大外，更要凸显这个秦岭村镇日常生活的独特情致和趣味。这段文字几乎就是由一连串的机趣构成，且全部违反叙事常理、超出读者期待：其一，盛

① 贾平凹：《山本》，作家出版社，2018年，第270页。

大欢迎仪式正常情况应是彩旗飘飘，而涡镇却是黑旗飘飘；其二，欢迎仪式正常情况应是列队或夹道欢迎，而涡镇人则是爬到树上，坐在屋顶上；其三，正常情况应是县长入场时燃放鞭炮，而涡镇人却在县长还没到的时候就把鞭炮放了；其四，小孩子点完鞭炮时，正常情况应是将鞭炮扔出去，而该小孩却因紧张把火柴盒扔了出去，让鞭炮把手给炸了。这一系列反常叙事所带来的阅读效应便是陌生化和一连串的笑声。而且这种反常叙事不仅没有影响到对县府迁入涡镇重要性的烘托，而且使这个欢迎仪式具备了20世纪二三十年代这个秦岭小镇的时代和地域风貌与文化韵致。

四、活态语言与口语叙事——白话小说叙事传统的启悟与延续

浦安迪教授指出，作为中国最早的小说六朝志怪经过与唐代变文与唐人传奇融合后，“发展到宋元之际开始分岔，其中一支沿着文言小说的路线发展，另一支则演化成为白话小说。前者以《阅微草堂笔记》和《聊斋志异》等清代文言小说为新的高峰，后者则以明代四大奇书和清代的《儒林外史》和《红楼梦》为代表之作”[①]。而贾平凹作为一位当代作家，对中国叙事传统的加入与延续，兼容了文言小说和白话小说两大传统。如前所述，他在叙事方式、文人趣味、谈玄述异方面沿袭了志怪、传奇和笔记等文言小说的叙事传统，而在对小说叙事来说至关重要的话语方式上，却沿袭的是源自民间说书的白话小说的叙事传统。

与施耐庵、曹雪芹等明清小说家一样，用民间口语写作是贾平凹文学叙事一贯的语言习惯。在贾平凹小说中，特别是《废都》以降的小说中，用“古白话”写作一直是备受关注和争议的。有褒者认为他承续了《金瓶梅》《红楼梦》的语言风格；有贬者认为他不文不白、不阴不阳。贾平凹对此曾有过一个说明：“我是大量吸收了一些方言，改造了一些方言，我

---

① 浦安迪：《中国叙事学》，北京大学出版社，1996年，第11页。

的语言节奏主要得助于家乡山势的起伏变化，而语言中那些古语，并不是故意去学古文，是直接运用了方言。在家乡，在陕西，民间的许多方言土语，若写出来，恰都是上古雅语。这些上古雅语，经过历史变迁，遗落在民间，变成了方言土语。”①

这段话至少说明了：第一，贾平凹用古白话写作是一种自觉行为；第二，贾平凹并不是从古文中生搬硬套所谓古白话；第三，贾平凹所用古白话多是来自家乡的民间方言土语。贾平凹说自己是从民间方言土语中吸收和改造语言的，并不意味着他不去学习《金瓶梅》《红楼梦》中的话语方式。他从中学到的是它们对琐碎而凡俗的日常生活的叙述方式，是它们话语方式中那种来自口语的幽深而灵性的中国韵味，而不是去生搬硬套古白话句式、句法和语词。

贾平凹小说中很多与标准普通话不同的句式、句法和语词，的确是从他家乡的方言中来的，而不是搬用古白话来的。如《山本》中的这段叙述：“粮食是越来越紧张，连麻县长也早饭喝粥，午饭一碗炖紫芝菜两个蒸馍，过了午就不再食。……这糊汤插不直筷子，用筷子蘸了能掉线儿，好的是里面煮了南瓜或土豆。”②

这段叙述中，除了蒸馍、苞谷糁、糊汤是陕南方言中的词汇外，“过了午就不再食”这句很像古语的话，也是陕南方言。“这糊汤插不直筷子，用筷子蘸了能掉线儿”是陕南方言中对稀饭太稀的一种形象化的描述。

贾平凹的口语叙事也不仅仅是以一种口头讲述者的语气，用方言土语和古白话的节奏，把一个个故事讲完了事，而是以一种活态语言（口语）去解构、还原和复活僵死了的书面语，如一些已经被高度抽象化、格式化、固化了的成语、熟语和套语，让书面语回到口语语境中，让死的语言活过来。贾平凹曾在多个场合和文章中谈到过他让“成语还原”的做法：“成语是什么，如戏曲中的程式。它是众多的形容面前无法表达而抽象出

① 贾平凹：《贾平凹文集》第13卷，陕西人民出版社，1998年，第177页。

② 贾平凹：《山本》，作家出版社，2018年，第352页。

来的语言。但一抽象为成语它就失去了生命的活力。马三立有一个有名的相声段子，讲发明了一个机器，把一头牛从机器这头赶进去，从机器那头出来就成了牛肉罐头。文学语言需要把牛肉罐头从机器这边再塞回去，变成活生生一头牛。”进而他列举了自己还原的一些个例：“譬如糟糕，现在一般人认为是不好，坏了的意思。我曾经这样用过：天很冷，树枝全僵硬着，石头也糟糕了。又如团结，现在人使用它是形容齐心合力的，我曾经写过屋檐下的蜂巢，说：一群蜂在那里团结着。”①

按笔者理解，这种还原至少有以下意义：其一，让僵死了的概念化的书面语词，回到口语的语境中来，从而让其复活，好比将一条被搁浅到沙滩上的鱼放回到水里来；其二，这种还原的基本方式是用语词之间的反常组合，实现俄国形式主义者所说的陌生化效果，以克服感知的自动化，从而“使石头成为石头”②；其三，汉语被书面化的历史已有数千年，是世界各语种中最长的。汉语被书面化尽管创造了世界上无与伦比的伟大文化遗产，但长期书面化造成的板结、僵死、钙化、茧化的现象也已十分严重。而将其重新激活的主要途径便是这种贾平凹式的“语言放生”手段，也即通过反常组合将这些板结、僵死、钙化的语词语句“放生”在活态口语中，从而恢复人们对它们的真实感知。

五、“似真写实”与历史叙事——史志传统的赓续与融通

贾平凹在《带灯》后记中有如下自述：“而到了这般年纪，心性变了，却兴趣了中国西汉时期那种史的文章的风格，它没有那么多的灵动和蕴藉，委婉和华丽，但它沉而不糜，厚而简约，用意直白，下笔肯定，以真准震撼，以尖锐敲击。……而我长期以来爱好着明清的文字，不免有些

① 贾平凹：《关于语言——在苏州大学“小说家讲坛”上的讲演》，载《当代作家评论》2002年第6期。

② 参见维·什克洛夫斯基：《语词的复活》，载《俄罗斯文艺》2012年第2期。

轻的佻的油的滑的一种玩的迹象出来，这令我真的警觉。我得有意地学学西汉品格了，使自己向海风山骨靠近。”[①]

这段话写于2012年8月，但贾平凹对秦汉文化心仪已久，早在20世纪80年代初就盛赞霍去病墓旁的卧虎石雕“重精神、重情感、重整体、重气韵，具体而单一，抽象而丰富”[②]。此后又多次说要学《史记》，而在实际写作中，“向海风山骨靠近”却是从《秦腔》的写作开始的[③]，后经《古炉》《老生》的冶炼，到《山本》已成气象。这种从明清向西汉的转向，实则是从文言小说加白话小说的叙事传统向史志叙事传统的延伸。这一转向和延伸标志着贾平凹小说叙事已潜入中国叙事传统的深水区。因为《史记》和《山海经》不仅是史志传统的顶峰，也是整个中国叙事传统的极致。

这是由灵秀、机智、委婉和谈玄说异的文人趣味向质朴、坚实、雄浑大气的历史叙事的转化。如果说，明清时的文言小说与白话小说传统让贾平凹的叙事像清澈、欢快的溪流，让人们看得见翻滚的浪花，听得见哗啦啦的水声的话，那么汉以来的史志传统则使贾平凹的叙事变成了大江大河，表面看，水面平缓静默，纹丝不动，没有浪花，也听不见水声，但这平静中却有千军万马的水在奔腾。

关于史传传统，已有很多学者做过深入论述。刘勰在《文心雕龙》中就专列“史传”篇，陈平原早在20世纪80年代就以“史传传统”与“诗骚传统”概括过中国的叙事传统[④]，似已成为固定说法，且被广为沿用。本文用史传加博物志、地方志构成的史志传统一说，绝非有意违逆前人或标新立异，而是贾平凹小说叙事的实际使然。《秦腔》以降的贾平凹小说，不仅在趋近《史记》式的记史与传记的叙事方式，而且有着强烈的

---

① 贾平凹：《带灯》，人民文学出版社，2013年，第361页。

② 贾平凹：《卧虎说》，见《贾平凹文集》第12卷，陕西人民出版社，1998年，第21页。

③ 《秦腔》写于2003—2004年。见贾平凹：《秦腔》，作家出版社，2005年，第557页。

④ 参见陈平原：《中国小说叙事模式的转变》，北京大学出版社，2003年。

《山海经》式的为秦岭修志的初衷。《山本》原初名为《秦岭志》，其中的麻县长，虽政绩平平，却始终在写《秦岭植物志》《秦岭动物志》。当涡镇被炮毁时，这位麻大人微笑着投入涡潭自尽，而他的那两本已经写完的“志”的命运却成为小说结尾处最让人纠结的悬谜。这正是贾平凹为秦岭修志的初衷在小说中的投影。同时，《山本》中那种对一人、一事、一地、一物进行真实、简洁、实录的叙事方式，也极似“志”的写法。

同时，关于史志传统在贾平凹小说叙事中的诸种表征，贾平凹自己和一些学者已经说得很清楚了，本文无须再举证。这里仅就史志传统在贾平凹小说叙事中的历史真实问题谈点未必成熟的看法。

按照前述浦安迪教授所说“中国叙事文学可以追溯到《尚书》，至少可以说大盛于《左传》”，而作为虚构性叙事的“最早的小说，大概是六朝志怪”。[①]但在《尚书》《左传》与六朝志怪之间，对后世文学影响巨大的叙事类型的代表作品《山海经》和《史记》，却被模糊处理掉了。《山海经》是博物志、历史地理志，但同时又是极具虚构性叙事性质的神话传说；《史记》既是“史家之绝唱”，也是“无韵之离骚”，它通过对大量人物和事件生动细腻的故事化叙述，为后世讲述了从三皇五帝到西汉的历史，其文学叙事功力，后世鲜有企及者。这两部典籍本身聚合了历史与文学、真实与虚构的双重叙事属性和特征。贾平凹所承续的史志传统正是这两部典籍所代表的传统，即以虚构的文学方式实现历史的真实，以记史、立传、修志等记史方式实现文学的真实。从《秦腔》对改革开放时期、《古炉》对“文革”时期、《老生》和《山本》对民国时期，秦岭深处人事、山水、草木、家户、村镇，以及飞禽走兽、风霜雨雪、四季转换的记录，已经构成了《秦岭百年史》和《秦岭志》。

班固在盛赞《史记》时说：“然自刘向、杨雄博极群书，皆称迁有良史之材，服其善序事理，辩而不华，质而不俚，其文直，其事核，不虚

① 浦安迪：《中国叙事学》，北京大学出版社，1996年，第11页。

美，不隐恶，故谓之实录。呜呼！以迁之博物洽闻，而不能以知自全，既陷极刑，幽而发愤，书亦信矣。”[①]这段话道出了贾平凹所习得的史志传统的基本叙事经验，即实录：善于条理化、结构化叙事（善序事理）；言辞质朴、简洁而不浮华、不鄙俗（辩而不华，质而不俚，其文直）；事实真切、可靠，既不溢美，也不避丑（其事核，不虚美，不隐恶）。这几条原则都可用来描述贾平凹《秦腔》以来的叙事特征。

问题是当这种实录手段被用于虚构的故事而不是用于历史，即使被用于历史，也是被用于记录野史，而不是正史的时候，还能不能实现“书亦信矣”？

王德威在《历史·小说·虚构》一文中通过分析《堂吉诃德》中，那位本来就是虚构人物的堂吉诃德，去追究将他的事迹写成一本书的学者，是否忠实了他自己的历史真实的笑话，引发了对中国古典小说中的历史叙事真实性的讨论，进而指出中国古典小说存在一种“似真写实模式”，“这种写作模式不论其素材为真为假，史学上信而有征或仅系虚构，均要求作者和读者将之视为一‘有意义的’历史记载”。[②]也就是说，历史话语（如时间、地点、人物、事件）先天地具备着使哪怕是纯属虚构的故事获得可信度和权威性的功能。这一点不仅符合中国古典小说，也符合《老生》《山本》这样的现代小说。

而进一步的问题是，作家以这种“似真写实模式”所叙述的纯然虚构的故事与历史之间哪个更真实？

按照海登·怀特的元史学理论，历史本来就是一堆素材，按照不同的叙事理论和方式，会建构出完全不同意义和价值的历史。海登·怀特甚至认为，历史的深层结构是诗性的，是充满虚构想象加工的。他说：“叙事

---

① 班固：《汉书·司马迁传》，见《（简体字本）二十四史》第5卷，中华书局，2000年，第2070页。

② 王德威：《历史·小说·虚构》，见《想象中国的方法：历史·小说·叙事》，百花文艺出版社，2016年，第299页。

不仅仅是一种用来也可以不用来再现在发展过程方面的真实事件的中性推论形式，而且更重要的是，它包含具有鲜明意识形态甚至特殊政治意蕴的本体论和认识论选择。”①

也就是说，叙事本身就具备建构历史真实的功能。或者说，叙事本来就是一种认识和阐释历史的方式，再或者干脆可以说，叙事就是历史本身。贾平凹对这种新历史主义的说法是否了解，笔者并不知晓，但他从中国史志传统中承续下来的这种“似真写实”的历史叙事，的确有着弥合文学、历史与哲学差异与鸿沟的可能。

贾平凹数十年来自觉加入，并承续中国叙事传统的实践和经验，对经历了百年中西融合和现代化进程，迫切需要拓展世界文学背景下的本土发展路径的中国文学来说，无疑是具有重要价值和意义的。然而，中国叙事传统的现代转化将是一个需要更多作家在更宏阔的精神背景下长期实践的过程，而且贾平凹的实践在提供了本文述及的诸种正面经验的同时，也存在对中国叙事传统的世俗化偏离和形而下蜕变的问题。无论是诗骚传统，还是史志传统，也无论是文言小说传统，还是白话小说传统，中国叙事始终是沿着某种精神品格、美学趣味和形而上的路径延伸着，对身体的某些特殊部位、特殊行为，以及分泌物和排泄物的叙述即使存在，也会将其水墨化、写意化，而不会大面积地直观呈现，更不会以此为乐趣。但这些偏离和蜕变并不是不可以逆转的。

原载《中国现代文学研究丛刊》2019年第7期

---

① 海登·怀特：《形式的内容：叙事话语与历史再现》，北京出版社、文津出版社，2005年，第309页。

关于《带灯》及贾平凹小说的几个问题

《带灯》出版有半年了，捧者有之，诛者亦有之，但大多不得要领。对贾平凹这样一个具有近四十年写作经验的作家，简单地肯定或者简单地否定都属轻狂之举。近四十年来，贾平凹从散文、中短篇到十部长篇，始终没有停歇，而且每一部作品都试图找到新的体验方式和叙事方式，因此，他在许多方面已经抵达了绝大多数中国作家无法逾越的高度，譬如他的“中国经验”及其表达，譬如他对中国小说传统的加入与延续，譬如他对民间口语的提炼，以及他的写作功力，等等。这些都不是可以轻易否定的。当然，贾平凹的写作也有他自己难以超越的问题，而且这些问题也绝不是表面的，或者可以轻易发现的，或者某一部作品中偶然出现的，而是存在于他的整个写作中。至少在目前有关贾平凹小说的批评中，还没有真正触及这些问题。有些论者不遗余力地批评贾平凹小说的所谓“问题”，甚至恰恰是贾平凹写作所提供的最宝贵的经验。

本文试图从这部被大家褒贬不一的《带灯》来谈谈笔者对贾平凹小说写作的一些认识。

一、《带灯》，一部复调小说

对一部小说来说，叙事方式和结构是决定性的，而在对《带灯》的批评文字中却很少有人过问。在贾平凹的小说写作中，人们可以清晰地看到他在叙事方式和结构上求变的努力。就《带灯》而言，我以为它与以往的贾平凹小说相比，最大的变化在于作者走出了单一层面的独白式的叙事老路，尝试了复调叙事和对话氛围的营造。我不管贾平凹本人是否熟悉巴赫金的理论和陀思妥耶夫斯基的小说，也无论是一种巧合还是一种自觉，《带灯》无疑是一部标准的复调小说。《带灯》的叙事是从三个层面上用三种不同的声部同时展开的。

第一个层面当然是现实层面。这个层面是对秦岭深处的一个叫作樱镇的小镇，以及镇政府的干部与老百姓围绕上访问题形成的各种纠葛的叙述。这个层面的叙事是依据现实逻辑，用故事讲述人的口吻进行的。

第二个层面是以带灯用短信方式向元天亮的倾诉展开的。这是一个完整而独立的叙事层面，其语言方式和叙述内容几乎与第一个层面毫不相干，却构成了第一个层面的强烈参照。这种参照集中地凸显了一位女性以爱和美的神圣和洁净，与现实世界的残酷和龌龊的对抗。

第三个层面是很少有论者提及的，那就是从虱子的神奇飞临，到可以看见鬼的和尚，到樱镇上的疯子，再到带灯最后的梦游，最后到千万只萤火虫聚集在带灯身上形成的壮丽光晕，这是一个潜伏在樱镇之中的神秘的非理性世界，由鬼神、黑夜、阴间构成，可以称为阴界叙事。这个层面上的叙事与前两个层面均不相同，是在一种神秘和奇幻中展开的。

这三个层面的叙事既保持独立，又相互拉动，形成结构意义上的张力。我相信，只有同时看出了这三个层面及其不同的叙事格调，才算真正了解了这部小说的结构和作者的写作意图。而带灯作为这部小说的主角和核心人物的意义，也在于她是小说中唯一可以同时进入三个叙事层面的人物。在第一个层面，带灯是作者的叙述对象，是小说的主角，却是叙事主体的他者；而在第二个层面，带灯作为虚拟的叙事主体与小说的叙事主体的合二为一。带灯在这两个层面的叙事中既分裂又统一，表现为她一方面作为乡镇干部维护着现实秩序，另一方面却成为这一秩序的批判者。而最后的夜游、与疯子的相互追逐，以及千万只萤火虫集于一身的神奇景观，又将带灯融入第三个叙事层面，从而使带灯从维护者与批判者的矛盾中，以非理性的方式得以超越。如此，小说便形成了一个完整而闭合的复调式叙事结构。

复调作为巴赫金借用的一个音乐术语，用来分析小说的叙事结构，则主要指小说不是以单一的叙事声调（即巴赫金所说的“独白”）来叙事，而是指同时用两种以上的声调构成的和音来叙事，“利用复调的形象，对位的形象，不过是指出当小说的结构方法超出通常的独白型统一体时出现的新问题，正如音乐中超出单声便会出现某些新问题一样”。[①]有点类似于独奏曲与交响乐的区别。

二、带灯，一个批判性的隐喻

《带灯》这部小说的另一个有意味的创造便是“带灯”。带灯无论是作为一个语言符号，还是作为一部小说的主角，都是一个批判性的隐喻。

“带灯”作为一个符号，它的所指首先是作为一个意象的萤火虫。很显然，作为意象的萤火虫是富有批判意味的。它的批判性在于用微弱的光亮对无边的黑暗的控诉。这种由底层社会与人性的弱点构成的黑暗，尽管是无法依靠萤火虫来照亮的，但萤火虫一旦被言说出来，便是一种对黑暗的批判。

“带灯”作为一部小说的主角，一个人物形象，同样是一个具有批判意味的意象。她的批判性在于，作为一个女性的美丽、高洁和卓尔不群与作为一个乡镇干部所面对的上访、疾病、械斗、死亡等等的残酷现实，在一个规定情景中矛盾地组合在了一起。因此，带灯的存在和出场，本身就是一个批判性的隐喻，是作者批判现实的一个支点。需要特别指出的是，带灯这一意象的批判性一方面是对社会现实和人性现实而言的，另一方面

---

① 巴赫金：《巴赫金全集》第5卷，晓河等译，河北教育出版社，1998年，第21—28页。

也是对带灯自己而言的。对现实的批判不言而喻，这里需要指出的是小说对带灯这一人物的批判，很显然，小说一直在展示带灯自身人格的分裂，即作为维护者和批判者的统一体，现实与梦境的统一体。

意象，一直作为一种诗歌写作的元素被人们熟知。但有过较长时间的诗歌写作经历的贾平凹用小说去经营意象也是不奇怪的。而且，用意象来升华小说的意义应该是贾平凹写作中的重要经验。而且贾平凹小说被提炼为意象者多为女性形象，一般以此来表达作者对至纯至美之爱的向往。我以为这一经验的最好体现一是《高兴》中的锁骨菩萨，再就是《带灯》中的带灯。就广义而言，贾平凹长期书写的他的故土商州，也已经和沈从文的湘西一样，成为一个著名的个人意象了。

意象的使命在于隐喻，这是一般的方法。而让意象富有批判性地去隐喻，则是《带灯》的一项创造。

三、关于贾平凹的“中国经验”

自莫言获诺贝尔奖之后，“中国经验”一直是笔者思考的问题，也由此想到了贾平凹的写作。笔者以为一个中国作家在世界文坛上立足必定是由两个因素决定的，首先便是中国经验，其次才是所谓普适价值和最前沿的写作方法。就中国作家的中国经验而言，我以为应该包括两个方面：其一是中国体验，包括对中国社会、文化和人性的深度体验，特别是来自中国底层社会的现实生存体验；其二是对中国文学传统的加入与延续。

仅就中国体验来说，莫言、贾平凹，乃至许多中国作家没有本质的差别，特别是从农村（插队或返乡）、“文革”、高等教育到城市这样一个大致的生活经历对20世纪四五十年代出生的作家来说几乎没有什么不同，而作为作家对这些经历的体验也都差不多。

而对中国文学传统的加入与延续来说，贾平凹在中国当代作家中几乎是独一无二的。如果说，中国当代作家绝大多数是从“五四”新文学传统，或者延安文艺传统，或者80年代以来形成的文学传统出发的话，那么，贾平凹的写作应该是从中国古典小说和中国古典美学的传统出发的。只要认真阅读过贾平凹小说和散文的人，应该是不会否认其在下述几个方面对中国传统的加入与延续的。

其一，贾平凹对中国古典文学的叙事传统的加入与延续。大概没有人否认贾平凹小说对以《金瓶梅》《红楼梦》为代表的明清小说叙事传统的借鉴与延续。无论是叙述姿态、语调，还是遣词造句，抑或是对古代白话的运用，贾平凹小说与这两部古典名著的传承关系不言而喻。如果将散文、中短篇纳入观察范围，人们还可以发现贾平凹的语言中还有着浓厚的明清笔记体小说，魏晋志怪，以及汉代史传文学的叙事方式。在对中国文学的叙事传统的借鉴方面，贾平凹是有自觉意识的。在《带灯》的写作中，贾平凹特意对汉代文学的叙事传统进行了尝试性的借鉴。他在《带灯·后记》中甚至直言：

> 几十年以来，我喜欢明清以至三十年代的文学语言，它清新，灵动，疏谈，幽默，有韵致。我模仿着，借鉴着，后来似乎也有些像模像样了。而到了这般年纪，心性变了，却兴趣了中国西汉时期那种史的文章的风格，它没有那么多的灵动和蕴藉、委婉和华丽，但它沉而不糜，厚而简约，用意直白，下笔肯定，以真准震撼，以尖锐敲击。①

在《带灯》一开篇，贾平凹就描述了一棵汉代的松，这棵松不高，却横向生长，以至“荫了二亩地”，而且造福于今人。如果结合后记中的这段自白来理解，那么，这棵松树似乎在隐喻着汉代以《史记》为代表的史传文学那种“史家之绝唱，无韵之离骚”的伟大传编。

其二，贾平凹对中国古典空间美学传统的加入与延续。有人曾认为，贾平凹小说对时间的处理是具有现代性的。理由是作者常常将大量的叙事

① 贾平凹：《带灯》，人民文学出版社，2013年，第361页。

内容浓缩在很短的时间区间之内。但我认为，贾平凹对时空关系的处理恰恰是由于他得益于中国古典美学，特别是在《带灯》这样的复调小说中。

众所周知，中国古典美学讲的是“虚静”“静观”“顿悟”，这些被当作美学范畴的概念，其实是佛家和道家思想的精髓。古代先哲崇尚的参禅、打坐，是通达虚静、静观和顿悟的具体方法。从参禅、打坐进入虚静、静观和顿悟的化境，其实正是终止和突破时间之维，进入空间之维的过程，中国从艺术到哲学最核心的要素便是“象”，而“象”只能是一种空间存在，而非时间存在，中国诗歌的“境界”，中国画的写意，都是一种空间的展示。因此，中国古典美学本来就是一种空间美学。而深谙中国传统艺术中的诗书画之道和黄老之学的贾平凹，自然对这种空间美学有着深刻的领悟，自然会以小说穷尽之。《带灯》作为一部复调小说，三个叙事层面本来就是一种共时性的存在，即使在现实层面的叙事，时间的展示也是极其微弱的，大量的细节是共时性地并列着的。因此，《带灯》的时空观中的主导因素是空间而非时间，这正是贾平凹小说中一贯延续的中国古典的空间美学的传统。

其三，贾平凹对汉语的文学性的延续。如果要在中国当代小说作家中确立一位对汉语写作贡献最大的人，我可以毫不犹疑地指出就是贾平凹。

中国当代作家中的绝大多数是用“欧风美雨”化的汉语在写作，这样的写作事实上离汉语的本性越来越远，以至于让人觉得中国当代小说可以被视为西方小说的一个组成部分，或者可以说是西方小说在中国版图上的延伸。这样的小说几乎无法与中国传统小说联系起来。而贾平凹是真正探索汉语写作的一位作家。其小说作品中一再被指认为语病的一些写法，其实正是他刻意体现汉语中与时下流行的西化的汉语相区别的部分，有些备受指责的词句，恰恰是最能够体现汉语表现力的地方。还有那些被认为是简单模仿《金瓶梅》《红楼梦》句式的语言，其实是他长期以来一直学习和捕捉的在陕西一带遗存的古白话的表达方式。

四、贾平凹小说美学的阴性特质

阴性特质，是笔者对贾平凹小说及其美学特质的一个基本认识，即指贾平凹小说写作中对土地、女性、河流、黑夜、月亮、鬼魅、出土文物等一系列意象近乎迷恋的心理倾向。在中国文化的象征谱系中，上述意象属于阴性。而贾平凹小说中天空、太阳、彪悍的男性等这些阳性意象一直偏弱，虽然他的大部分小说的主角还是男性，但均显阳刚不足。阴性意象在贾平凹的写作中往往代表着作者最高的精神诉求，特别是女性常常是集至善至美至爱于一身，尽管在其大部分作品中女性都不是第一主角，却往往占领着不可企及的、出神入化的精神高度，譬如《废都》中的唐宛儿、《秦腔》中的白雪、《高兴》中的锁骨菩萨等等。《带灯》是贾平凹第一次以女性为第一主角的长篇小说，也是贾平凹对女性的一次最高礼赞。而且第一次用女主角的名字命名了整部小说，因此，《带灯》是贾平凹小说美学中阴性特质最集中的体现。

在贾平凹以前的作品中，女性一方面被视为“灵物”，一方面又被视为“尤物”（如唐宛儿、白雪等）的话，及至《高兴》中的锁骨菩萨，则被赋予了由“灵物”和“尤物”凝聚成的佛性，开始用爱，甚至用性去拯救众生。如果说锁骨菩萨是一尊佛的话，那么《带灯》中的带灯，则是现实生活中的一尊菩萨，尽管她很美，但已经不再被视为一个“尤物”，而是一个天赋灵性和爱心的拯救者。尽管她作为一个现实中的人物，有着自身矛盾和分裂之处，但作者最终赋予了她神性的色彩。小说中经历了械斗和处分之后，带灯病了，得了夜游症了，其实正是她最终通灵的表现，她在夜里走入了一个常人看不到的世界，在那里她开始和疯子、鬼嬉闹。而小说结尾处千万只萤火虫组成的萤火虫阵，正是带灯走向神性的一个标志和盛大仪式。

五、贾平凹，一个神神秘秘的无神论者

从生活到文学写作中，贾平凹是个神秘主义者，这一点大概不会有什么异议。他时而说禅时而论道，易经八卦，指纹面相，神魔鬼怪无所不晓，深不可测。早在20世纪80年代就有路遥、贾平凹，一儒一道之说，而贾平凹对现实生活参悟之深，也不能完全认为他就没有受到儒家思想的浸染。似乎儒、道、释这三大神秘的东方思想渊源都与他有关。然而贾平凹到底信仰是什么？他的精神归属在哪里？他的价值判断缘何而来？哪里是他的灵魂的根据地？这些对一个具有重大影响力的作家来说至关重要的问题，却始终没有人能够回答，甚至也没有人问及。

从贾平凹的大量文学作品来看，笔者以为，贾平凹其实是一个神神秘秘的无神论者。这里的无神论者，并非指他不是某种宗教的信徒，而是指他尚未确立自己的精神归属和价值坐标。

而对一个尚且没有明确精神归属和价值坐标的作家来说，他表述这个世界的依据是什么？支撑他作品的思想的力量是什么？如果再苛刻一点追问，他写作的意义又是什么？

如果对一个拿写作闹着玩儿的作家来说，我们可以不去追问这些问题。但贾平凹是中国当代最重要的作家之一，也是可以代表中国当代文学最高水平的作家之一，在一些专家和网友联合调查基础上形成的中国现代作家排名中，贾平凹居当代作家之首。那么对这样一个重要的作家，我们难道没有理由去追问这样一些问题吗？

在中国当代作家所崇尚的西方作家中，真正大师级的作家，哪一位没有自己的精神归属和价值坐标？他们或是在古希腊文化的价值坐标中写作，或者是在古希伯来文化的价值坐标中写作。文艺复兴以来的作家，大多是以古希腊文化中对美、对爱、对力量、对大自然的礼赞，冲破了中世纪宗教神学的束缚，从而建立起了人文主义的价值坐标；对中国作家产生

过巨大影响的19世纪批判现实主义作家，是以古希伯来文化中的基督教思想，对资本主义上升时期出现的社会、人性的蜕变展开批判的。即使是卡夫卡、福克纳、帕斯捷尔纳克这样的现代作家的写作，也同样闪耀着本原性的思想的光芒。

那么，《带灯》以及贾平凹所有的作品，究竟是靠什么来支撑的呢？作家所做出的价值判断的主要依据又是什么呢？

笔者以为，支撑这些作品的主要是贾平凹的个人才情和个人趣味，他所做出价值判断的依据也是随性的、不统一的。他的一切爱恨情仇、真假对错，基本上来自本性，而非某种一贯的、本原性、体系性的思想。也正是由于此，绝大多数读者对贾平凹小说的阅读期待和满足，也基本上是对他个人才情的。这便是笔者所认为的贾平凹小说写作最根本的、最大的问题，这样的问题不是在某一部作品中偶然出现的，而是属于他整个写作的。与这个问题相比，那些曾经被人激烈批评的问题几乎可以是忽略不计的。

原载《小说评论》2013年第4期

纪实之维与隐喻之光

——论陈彦小说《装台》的艺术经验

人们谈论一部小说，大多是在谈论这部小说写了什么，而很少谈论这部小说是怎么写的。事实上，在小说史上留存下来的作品，一般都是由于它为其所延续的小说传统提供了独特的艺术经验，而这种艺术经验的独特性，取决于“怎么写”，而不是“写什么”。大凡一个作家可以写的，社会学家、心理学家、历史学家，还有其他什么家都可以写，即使是那些生僻的、鲜为人知的物事。只有怎么写才能决定一个作家的存在，才是作家区别于其他什么家的根本所在。

陈彦的长篇小说《装台》[①]，尽管写了一个鲜为人知的城市底层族群的生存现实，但其艺术经验的独特性，绝不仅仅来自什么“为小人物立传”，也不仅仅来自所谓“底层体验”“关注弱势群体”云云，而是来自陈彦是怎么写这个底层族群的生存现实的。

很显然，《装台》是两种艺术传统的聚合，《装台》作为一部小说，所延续的是现代小说的艺术传统。而《装台》的作者陈彦却来自另一种艺术传统。众所周知，陈彦是一位具有很高成就的剧作家，他的“西京三部

① 陈彦：《装台》，作家出版社，2015年。《装台》在中国小说学会2015年度长篇小说排行榜上位列第一。

曲”[①]在很大程度上刷新了秦腔现代戏的艺术传统。一个从戏剧传统出发的作家，给现代小说传统所带来怎样的艺术经验，的确是一个扑朔迷离的问题。

陈彦在《装台》中形成的艺术经验可能是多方面，但本文首先感兴趣的是陈彦将纪实与隐喻这样两种相反的叙事策略一体化了。

一、纪实与隐喻，两种相反的叙事策略

纪实，在很大程度上是对真人真事的客观讲述，而作为一种文学叙事的策略，纪实则是一种白描、写实、口语化、方言俚语化，一种试图抵达客观真实，以至不避粗俗，不尚唯美，不追求虚构和象征的叙事倾向。这种叙事倾向在报告文学、特写等文体中表现最为集中，在20世纪80年代以来出现的第三代诗歌、新写实小说、第六代导演的影像作品中，成为一种广泛的叙事思潮。

隐喻，则是一种诗性的叙事策略，着力于将人物、故事意象化，采用写意、诗化、荒诞、雅言、寓言等叙事方式，并以唯美和象征的原则，去拓展人物和故事的意义空间。这种叙事策略主要在于经营意象和语言的空间意指功能，因此，集中出现在诗歌写作中，在小说、戏剧、电影作品中也不鲜见，特别是在传统戏曲中，许多表演程式、对白、道具和舞台背景都具有隐喻性质。

这两种叙事策略在绝大多数的作品中是互不兼容的，甚至是相反的。纪实性作品，如报告文学，如罗布·格里耶的小说，如20世纪80年代后期兴起的新写实小说，以及贾樟柯的电影等等，都极尽写实与白描之能事，以逼真和工笔画式的细微，以所谓“零度情感”，还原所谓“生活的原生

---

① “西京三部曲”，陈彦编剧的秦腔现代戏《迟开的玫瑰》《大树西迁》和《西京故事》的总称。这三部剧作都被列入国家舞台艺术精品剧目，并获得多种大奖，因而被认为是当代戏剧的代表作。

态”，以力穷客观真实。[①]这种叙事策略本身就是追求非虚构效果、拒绝隐喻的；隐喻性作品，如诗，如写意画，如汪曾祺、阿城的小说，如卡夫卡、海明威的小说等等，或以象言意，以片言知百意，或以荒诞、变形、诗化、寓言化等方式穷尽更大的意义空间，而非拘泥于一人、一事、一物之真实。

但《装台》却既是纪实性的，同时又是隐喻性的，甚至可以说，《装台》是以极端的纪实性写法，建构了一个庞大的隐喻空间。

《装台》的纪实性，源自陈彦作为剧作家，且长期管理戏剧演出机构而对装台人的深入了解，源自陈彦对农村、城市、城中村底层社会的仔细观察，源自陈彦对装台人生存现实的深度体验，这些长期的了解、观察和体验，使陈彦得以细致入微地讲述每一个人、每一件事、每一处点点滴滴，以至让读者感到自己就在现场，自己就是亲历者，自己就是刁顺子。特别是对装台作为一个行当，装台人作为一个特殊族群的生存现实的讲述，已经精确到数字化、量化的程度，每一种景怎么制、怎么装，每一盏灯怎么安、怎么调，每一个人的困苦、烦恼、欢娱、性格等等，都已经书写到了精细入微的程度。这种几乎所有阅读了《装台》的人都有的感受，准确地证实了作为一部纪实性作品所抵达的客观真实。在这个意义上说，《装台》是一部极具纪实性的小说。

《装台》的隐喻性，绝不仅仅是人们已经认识到的以蝼蚁喻人生那么简单，也绝不仅仅是作为一种普通的修辞那么简单。我之所以认为《装台》用极端的纪实性写法，建构起一个庞大的隐喻空间，是由于隐喻对《装台》具有某种结构性意义，或者可以说，整个《装台》就是一个隐喻结构。

---

① “零度情感”和“还原生活的原生态”是八九十年代之交兴起的“新写实小说”的艺术主张中的两个关键词。“零度情感”就是指作家在写作中不持守任何主观立场；“还原生活的原生态”是专指剥离“十七年”以来现实主义小说所描写的现实中的意识形态色彩。

二、“装”与“台”、“装台”与“表演”的人生隐喻链

《装台》是一部小说的名称，“装台”则是一个不能纳入七十二行的行当，而“装”与“台”分开来，则是两个不同的意象。

作为一部小说的名称，很多人不知道它是什么意思。这是因为“装台”这个行当鲜为人知。

装台作为一个行当，正如李敬泽先生所言是“艺术与娱乐这个庞大产业机器卑微的末端”①，它是为舞台上的表演服务的、不为人所知、暗淡无光的幕后人生；表演则是这台庞大机器的核心，是万众瞩目的、为人喝彩的精彩人生。

而“装”与“台”作为两个意象，则是这两种不同人群、两种不同人生、两种不同的社会角色和社会境遇的隐喻。小说中装与台、台前与幕后、装台人和表演者看似被分为两种人生：装台人没完没了地劳苦、没完没了地不幸、没完没了地倒霉；表演者始终受人追捧、被人奉承、令人羡慕。然而，如果读者放大《装台》的特定语境，在人的生存与命运，以及人类社会的大语境中，便会发现，“装”与“台”是两个隐喻性的意象，装台与表演其实已经构成了一个巨大的隐喻链条，在这个链条上，每一个人都是装台人，每一个人也都是表演者。每一个人都在为别人的表演装台，同时也在表演着自己的人生。同一个人，既在为别人装台，也在表演自己的人生。即便如以刁顺子为首的这群装台人，便是小说《装台》这个舞台上的表演者，而小说《装台》作为供刁顺子们表演的舞台，它的装台人正是长期夜以继日地为装小说这个台“下苦”的作者陈彦本人。反过来说，现实中的刁顺子们不仅在为一个又一个的演出装台，同时也是《装台》这部小说的装台人，正是他们的装台人生，让作家陈彦得以在当代文

① 李敬泽：《在人间——关于陈彦长篇小说〈装台〉》，载《人民日报》2015年11月10日。

坛这个大舞台上表演自己的艺术人生。在这个意义上说，小说中装台人的不幸是所有人的不幸，装台人的命运是所有人的命运。可以说，整个社会都是由装台人与表演者构成的一个巨大的链条。这个阶层的族群，在为那个阶层的族群的表演装台，而同时这个正在表演的族群，正是在为另一个阶层的族群的表演装台。如此连绵不绝，循环不已，构成了整个社会。这一点，小说文本中并没有直接说出来，但许多的读者都可以感悟出来。因此，这显然是小说《装台》最大的意义空间，也是这部小说最大的隐喻玄机。这个玄机，陈彦自己在后记中已经一语道破："当然，为人装台，其本身也是一种生命表演，也是一种人生舞台。"①

三、"每个人都是刁顺子"——作为隐喻的"人"

这是包括笔者本人在内的许多读者在读完《装台》后都说过的一句话。

刁顺子，是苦难、贫困、疾病、倒霉、屈辱、失败、软弱、善良、仁爱、厚道、坚韧的集合体。他的每一个属性、每一个侧影都可以标志现实中一个庞大的人群。如果将这些属性和侧影相加，自然就有了"每个人都是刁顺子"这句话。

这句话的另外一层语意是：刁顺子是一个隐喻。

就像阿Q是近代中国农民的隐喻，骆驼祥子是近代中国市民的隐喻一样，刁顺子是当今中国社会城乡接合部底层民众、底层族群的隐喻。他已经不再是纯粹的农民，也不完全是市民。虽然他的贫困和劳苦甚至超过了农民，但他不是农民。虽然他在城市里有自己的房产，也有属于城市的户籍，但他从来没有过市民的生活方式和生存体验。那种靠出租祖产过着遛鸟、读报、下棋的"退休职工"的生活甚至成了他的一个梦想。因此，

---

① 陈彦：《装台》，作家出版社，2015年，第433页。

刁顺子是阿Q与骆驼祥子在新的历史文化语境中形成的合体。他具备农民和市民的双重属性。同时，他既有阿Q与骆驼祥子来自前现代社会的文化属性，又表现出当今全球化与媒介化时代中国底层人物的文化裂变、心理躁动与生存危机。因此，可以说刁顺子们是进了大都市的阿Q，是拿着手机、蹬三轮，比农民还能“下苦”的骆驼祥子。

当然，作为一个艺术形象，刁顺子必定是独一无二的“这一个”。

他外表阿谀奉承，到处作揖，即使在女儿刁菊花无理取闹、惨无人道的情况下，也只会说句“啥东西！”，他甚至连蚂蚁都不敢踩死。但他的内心又无比地刚强，在走投无路的情况下，都不放弃生存下去的意志。他的性格特征似乎是永远逆来顺受，但本性中又有着常人难以想象的坚忍不拔；他可以为自己犯错的装台兄弟在庙里顶着香炉跪一个通宵；他可以忍受着痔疮的剧痛，夜以继日地干重体力活；他即使在妻子、女儿出走，身负哥哥刁大军欠下的几十万巨债，几乎到了山穷水尽的情况下，仍然坚持把身患绝症、生命垂危的哥哥刁大军从南方背回来。

他遭受的大多是歧视、白眼、辱骂，甚至人格的践踏，但他付出的却是仁爱，是善良，是宽容。他会将爱和帮助无私地奉献给他的几任妻子、他的启蒙老师、他的孩子、他的装台兄弟们，甚至曾经糟践、侮辱过他的人。他几十年坚持探望自己的小学老师，却在老师去世时谢绝了无偿继承老师的房产。

这种似乎在今天显得独异的、不可思议的心理和性格特征，其实在很大程度上，就像铜钱一样隐喻着传统中国人外圆内方的文化心理和文化性格。也像受尽各种欺凌和屈辱，却能坚韧不屈地重新站立起来的近现代中国一样，隐喻着中华民族生生不息、可歌可泣的民族精神。

四、蚂蚁与甲虫：两种文化语境中生长出的同义隐喻

在《装台》这个隐喻空间中，关于蝼蚁与人生的书写是最精彩的一

笔。小说中多次出现的蚁群与刁顺子装台人生的隐喻关系，大概所有读者都是不言而喻的。但有趣的是，如果将陈彦的蚂蚁与卡夫卡的甲虫相比较，则是意味无穷的，我们从中既可以看出东西方文化的差异，又可以看出陈彦作为一位东方作家的不同隐喻方式和艺术经验。蚂蚁与甲虫虽然出自两个完全不同的文化语境，但它们都是极具批判性和隐喻性的意象。

卡夫卡的甲虫是西方社会中人被异化的最著名的隐喻，和最具批判性的意象。在卡夫卡的短篇小说《变形记》中，变为甲虫的格里高尔作为一个公司小职员长期为生活所累，为被解雇而焦虑，为自己家人的幸福奔波。焦虑与辛劳使自己在一个本该早起、赶火车出差的早晨，变成了异类：一只大甲虫。而变成甲虫后的格里高尔，却很快遭到了家人和社会的歧视、遗弃，最终在饥饿和惊恐中默默死去。

陈彦的蚂蚁又何尝不是生活与社会对刁顺子异化的结果？刁顺子伴随着痔疮的剧烈疼痛，不分昼夜地干着超强的体力活，还要忍受家人和社会的歧视与辱骂，最终使自己有非人之感，终于在梦中变成了蚂蚁。

所不同的是，格里高尔变为甲虫，其实隐喻了人在被异化的压力下，选择了逃避，选择了隐忍和死亡；而刁顺子则能从梦中醒来，最终选择了在隐忍中不断地付出，选择了坚韧地活着。《装台》从第三页开始就有了对蚂蚁的叙述，并在刁顺子的故事中时隐时现，直到刁顺子的故事发展到极致时，作者才让刁顺子在梦中变成了蚂蚁，加入了蚁群，参加了蚂蚁的生命保卫战，而且表现出极强的协同作战能力和族群协作精神。而这一切都是在梦里发生的。有趣的是，卡夫卡的《变形记》开篇就讲述了格里高尔变成了甲虫，而且在第二段开头明确指出："'我出了什么事啦？'他想。这可不是梦。"

刁顺子与格里高尔的不同选择，在很大程度上折射出，中国文化形塑的中国人坚韧、外柔内刚、外圆内方的文化性格，以及宗族文化基础上形成的族群意识和协作精神。同时，也可以看出西方文化极端的个体意识，格里高尔无论是作为人，还是变成了甲虫，他都是孤独的、无助的、顾影自怜的。而在梦与非梦之间，则可看出东西方作家在对待同类社会情景、同类人物命运时不同的艺术经验：卡夫卡的梦始终没醒，从而最终逃离了现实，走向了荒诞，走向了一则寓言；陈彦的梦醒了，并始终在现实之中。卡夫卡看到的是个体，陈彦看到的是族类，是一个像人类一样庞大的族群。个体在社会的巨大压力之下只有死亡，而族群则在其尽管微弱，但却在巨大的合力中形成了顽强的生存意志和能力。几千年来，中国人不就是这样吗？

此外，与那种站在上帝的高度俯瞰蝼蚁人生的视点不同，陈彦书写蝼蚁人生的视点始终来自对刁顺子自身的底层生存的体悟。

五、狗与“好了”：互文关系中滋生出的隐喻空间

《装台》中出现过两个狗的意象，一个是刁顺子家里养的那只被叫作“好了”的狗，另一个是舞台上由刁顺子扮演的《人面桃花》中的那只狗。而这两只狗绝不是《装台》这出大戏的两个简单道具，而是两个极富隐喻性的意象。

这只被叫作“好了”的狗，经历了刁顺子第二任妻子赵兰香、赵兰香的女儿韩梅和第三任妻子蔡素芬的宠爱，经历了刁顺子第二任妻子的死，经历了刁顺子夜以继日的劳作和艰辛，但最终被刁顺子的女儿刁菊花用超出人道和狗道的手段暴虐致死。它忠诚而温顺，是爱与人情的象征。它不仅懂人情，而且通灵性，它是刁顺子第二任妻子赵兰香的守护者，当赵兰香得了绝症，又怕拖累刁顺子，就偷偷地喝了敌敌畏，准备赴死时，“是那条断腿狗发现得及时，叫得特别不正常，嘴角都叫出血了”[①]，这才惊动了忙于装台的刁顺子回来急救。赵兰香死后，这条断腿狗几乎成了赵兰

① 陈彦：《装台》，作家出版社，2015年，第284页。

香的守陵人，而且成了赵兰香灵命的延伸，并将爱和守护通达到赵兰香女儿韩梅和刁顺子的第三任妻子蔡素芬那里。

然而，这种极致化了的忠诚、守护与灵性，与极致化了暴虐而死的命运，组合在一条狗的身上，强化了这条狗的隐喻意味。特别是这条狗又被叫作“好了”，而且是一条断腿狗，这很容易让人进入一个潜文本的语境：《红楼梦》中那个跛足道人所唱的《好了歌》。这首被叫作空空道人的跛足道士唱的《好了歌》，将生死、功名、钱财、妻儿一切归于空无。《红楼梦》中的“色空”观念，主要是通过跛足道人《好了歌》道破的。如此，陈彦通过与《红楼梦》中《好了歌》的互文关系，巧妙地将一条断腿狗，变成了阴阳两隔、世道沧桑、万事皆空的隐喻，通过断腿狗与跛足道人两个意象的潜在联系，让“好了”的隐喻成为照亮整个《装台》隐喻空间的一盏灯，就像跛足道人和色空观念是整个《红楼梦》的一盏灯一样。由此，小说的精神触角便顿然被延伸到了某种宗教的高处。

那只戏中由刁顺子扮演的狗则是另一种隐喻。在戏中扮演狗，与在梦中成为蚂蚁，同作为刁顺子装台人生的隐喻，则异曲同工。台下劳作的刁顺子与台上由刁顺子扮演的狗，现实中疲于奔命的刁顺子与梦中由刁顺子变成的蚂蚁，都是互为隐喻的关系。与刁顺子和蚂蚁同样弱小与辛劳的同构状态相一致，刁顺子与舞台上的狗在讨好主人、忠诚的秉性方面也是同构的。就像刁顺子拼命劳作，仍然时不时要遭到主人的责骂一样，舞台上那只狗也因刁顺子痔疮的剧痛，将死狗演成了活狗，而遭到了责骂。这种同构性隐喻，由戏中的一条狗，辐射到了刁顺子，再由刁顺子辐射到世间所有同构的人生，辐射出每一个读者内心的隐痛。因此，这只舞台上的狗在小说中的一闪而过，绝非闲笔，也非闲趣，而是刁顺子悲剧人生的又一个让人疼痛的隐喻。

陈彦从戏剧传统出发，走入了小说传统，从《西京故事》到《装台》，正在走出属于自己的艺术经验。《装台》中已经展露的艺术经验是多方面的，除了本文论及的从纪实的路径实现隐喻空间的建构外，还有陈彦的悲悯情怀、喜剧化的批判方式，特别是陈彦源自戏剧的代言体的叙事方式等等，都是值得专文讨论的。本文仅就笔者最感兴趣的一个方面做了初步阐释与分析，并以此求教于《装台》的作者和读者们。

原载《中国现代文学研究丛刊》2016年第8期，人大报刊复印资料《中国现代、当代文学研究》2016年11期全文转载

陈彦小说的知识书写及其艺术经验

——《星空与半棵树》阐释一种

从“舞台三部曲”[①]到新作《星空与半棵树》（下文简称《星空》）[②]，陈彦长篇小说对笔者构成的最大的心理冲击，并不是所谓“底层叙事”“小人物命运”“悲悯情怀”，以及对社会问题的揭示和批判，而是知识书写，以及由此构成的艺术经验。如果说“舞台三部曲”主要生成于陈彦谙熟的戏剧界行业性知识书写的话，那么《星空》则是由地方性知识、时间性知识和行业性知识相互交织的特殊性知识书写，与被陈彦特殊化了的普遍性知识书写的一次狂欢式聚合。

诚然，很少有人从知识书写的角度去审视一部小说的写作，文学艺术与知识的关联度，也通常被忽略不计。文学批评大多聚焦于思想与艺术品质问题，而忽略了小说写作的真正难度、功力和内在机理：知识书写。

一部小说思想的深刻性、故事的生动性和人物的个性是用扎实的知识书写构筑起来的。一些作家多年孕育着一个好故事，成竹在胸却就是写

① “舞台三部曲”，是陈彦所著《装台》《主角》《喜剧》三部与戏剧有关的长篇小说统称。其中，《装台》获首届吴承恩长篇小说奖，入选“新中国70年70部长篇小说典藏”，被改编为同名电视剧，热播全国；《主角》获第三届施耐庵文学奖、第十届茅盾文学奖，被改编为同名话剧，并获戏剧文华奖。

② 陈彦《星空与半棵树》，《收获》2023年第1期首发（节选），人民文学出版社2023年出版单行本。

不出来，正是由于其缺乏足够的知识支撑。好故事有如一栋大楼的设计图纸，看起来美观气派，但如果没有钢筋水泥和砖头，图纸变不成真正的大楼，而这些钢筋水泥和砖头便是知识。恩格斯曾说巴尔扎克的小说“汇集了法国社会的全部历史，我从这里，甚至在经济细节方面（诸如革命以后动产和不动产的重新分配）所学到的东西，也要比当时所有职业的史学家、经济学家和统计学家那里学到的全部东西还要多”[①]。由此可见支撑巴尔扎克小说写作的是多大量的知识书写！

如果说思想与艺术品质是一部作品的灵魂的话，那么知识书写则是这部作品的躯体和骨肉。灵魂固然重要，但若无躯体和骨肉，何来灵魂？一部作品的灵魂可以见仁见智，做出多种多样的阐释，但构成这部作品的躯体和骨肉则是由无数个具体而实在的细胞构成的。鲁迅说《红楼梦》“经学家看见《易》，道学家看见淫，才子看见缠绵，革命家看见排满，流言家看见宫闱秘事”。[②]而如果没有曹雪芹百科全书式的知识书写，无论什么家都不会看到自己想要的东西。所以说，无论多么伟大的灵魂，都是从庸常的躯体和骨肉中升华出来的。

当然，小说毕竟不是教科书和大百科全书。教科书和大百科全书是对普遍性知识的书写，而小说则是对特殊性知识的书写。小说的艺术和审美个性是建立在其所书写的知识的特殊性基础上的。在以西学为主导的学术意义上，所谓“普遍性知识”是建立在“全球化”和“现代性”语境中的一个概念：“这种全球化和现代化所根据的哲学和相应的思潮也提供了一种统一的所谓‘现代性’的叙事框架。它统一表现为：世俗化；专业化；统一化；理性化；科学化；西方化。”[③]因此，所谓“特殊性知识”便被

---

① 恩格斯：《致玛格丽特·哈克奈斯》，见《马克思恩格斯全集》第37卷，人民出版社，1971年，第42页。

② 鲁迅：《绛洞花主·小引》，见《鲁迅全集》第8卷，人民文学出版社，2005年，第179页。

③ 吴彤：《两种“地方性知识”——兼评吉尔兹和劳斯的观点》，载《自然辩证法研究》2007年第11期。

视为一种非全球化、非现代性、非科学、非理性、非统一的民族性和区域性知识。这种认识来自学界对阐释人类学中的“地方性知识”的界定。而对小说写作来说，以方言和民间习俗为标志的地方性知识书写正是小说的骨肉。古今中外几乎所有经典小说都是由富含地方性知识的方言口语书写的。用官话，如书面化的国语，是很难写出经典小说的，因为官话通常是剔除了地方性知识之后的语言，而且语言的真正魅力和表现力在口头上，而不在规范化、标准化的书面语中。同时，对小说写作来说，特殊性知识书写并不是仅仅包括地方性知识，还应该包括“时间性知识”和“行业性知识”。这两种知识类型尽管至今无人论及，但笔者认为，这两种知识类型不完全等于地方性知识，且与小说密切相关，与地方性知识共同构成本文所说的特殊性知识。

时间性知识，应指某一段特定的过往时间区间内独有的知识，如唐代的人穿什么衣、吃什么饭之类。需要强调的是，时间性知识不等于历史知识。一是因为按照新历史主义的观点，历史本来就是被建构出来的，因此所谓历史知识缺乏必要的客观性和真实性；二是因为历史主要是用来记录人和权力的关系的。除了司马迁那种“无韵之离骚”式的“史传体”历史叙事外，历史知识很少涉及普通人群的生活常识和风俗习惯。而时间性知识则是某个特定时间段内，由普通人群的生活常识和风俗习惯构成的知识类型。因此，史书中的历史叙事，是以历史知识为主，而小说中的历史叙事则应以时间性知识为主。

行业性知识，是一种更加特殊的知识类型，专指在特定行业内才存在，对行业外人士来说是陌生的、新奇的知识。陈彦的“舞台三部曲”便是这种行业性知识书写的范例。其所书写的梨园行内的行业性知识构成了这三部小说的主要魅力和支撑力。

需要特别指出的是，普遍性知识并不是不可以进入小说写作之中，但必须经过特殊化，即个人化、情景化、隐喻化过程。《星空》中关于天文学、引力波、洞室松动大爆破、量子纠缠、熵增定律等科学知识的书写，事实上已成为经过陈彦个人化、情景化和隐喻化之后的特殊性知识。

笔者认为，知识书写之于小说写作，知识之于审美，是文学批评几乎不曾面对过的一个复杂问题，也是小说写作的难度所在，更是构成小说艺术的内在机理所在。本文尝试以此来初步探寻陈彦小说写作的某些艺术经验。

一、多维知识书写中的三重视界与《星空》的叙事结构

如果说“舞台三部曲”相对集中的行业性知识书写虽然独异却并不让人感到意外的话，那么《星空》对多种类型知识的复杂书写，确会让人“拍案惊奇”的。陈彦数十年沉潜于梨园行，且以秦腔现代戏“西京三部曲”[①]闻名于世，对梨园行里的行业性知识烂熟于心应在预料之中。而在《星空》中，陈彦除了延续了行业性知识书写外，从村镇独特的方言俚语和生活生产习俗，到中国传统哲学、文学、书画，再到各级官场纠葛等等一系列地方性知识；从知识考古中发现的远古禽鸟，到特定历史时期的时间性知识；从动物到植物，从大地生态到宇宙星空等自然科学的普遍性知识，都有精细、准确而生动的书写。

如果说，“舞台三部曲”中的知识书写是浸透在小说的叙事结构之中的话，那么在《星空》中，小说的叙事结构则是在知识书写中生成的。

如果说，《星空》的叙事结构是由三个视界构成的话，那么这三个视界是在不同维度的知识书写中生成的。

（一）猫头鹰视界：时间性知识书写中的“神谕”和四维空间叙事

《星空》的叙事是从猫头鹰视界开始，又在猫头鹰视界中结束的。小

① “西京三部曲”，陈彦的三部秦腔现代戏剧作：《迟开的玫瑰》《大树西迁》《西京故事》。

说通过猫头鹰视角看到了大地与自然万物、阳界与阴界的变化及其奥秘，并对人世间发出种种预言与警示。这一视角从时间维度和时间性知识书写，将叙事延伸到了四维空间[①]。

与《装台》中的瘸腿狗、《喜剧》中的柯基犬的灵性视角不同，《星空》引入猫头鹰是对四维空间中神性视角与神的话语的开启。狗尽管通灵，但毕竟是白日里与人一起行走在大地上的凡俗动物，而猫头鹰则是暗示着深远时间性知识的神鸟。小说中那只金色猫头鹰，之所以被作者赋予了能够在夜空中絮絮叨叨地谈古说今、指点天地万物、评骘人类生存，预言生死吉凶，有时还会自我反省等一系列“神谕”，绝非出于偶然的个人趣味，而是有着充分的知识考古依据的。

猫头鹰在历史上曾有几十种名称，在中国最早的名称叫“鸱鸮”。这种只在夜间发出凄厉叫声的猫头、鸟身的飞禽，长期被认为是一种专事预告死亡的“恶鸟”，是不祥的征兆。相传三千多年前由周公所作，后收入《诗经·豳风》中的《鸱鸮》一诗，一直被误读为一首控诉“恶鸟”的寓言诗。历史上，曹植、杜甫等诗文大家也都以“恶鸟”立意写过“鸱鸮”。但当代学者叶舒宪先生所做的知识考古，证实了猫头鹰是人类最早崇拜的神鸟，因其只在夜间活动，故属阴性，在中国周代以前一直被奉为“女神”，而且——

> 从整个欧亚大陆范围来看，猫头鹰是最早受到史前初民普遍崇奉的神圣对象。早在一万多年以前的旧石器时代后期，猫头鹰的神圣图像就被雕刻在坚硬的岩石上了，那就是西方考古学界闻名的“三雪鸮”浮雕造型。进入新石器时代以后，猫头鹰和鹰类同时成为最常见的圣鸟、神鸟，大量出现在各地出土的造型艺术

① 四维空间，是一个数学概念和时空概念，指在空间的架构上比普通三维空间的长、宽、高三条轴外又多了一条时间轴，而这条时间的轴是一条虚数值的轴，使空间从时间轴上延伸到过去和未来，从而立体化。四维空间曾被爱因斯坦用于相对论的研究。

中。在东亚和东北亚地区，情况也是大致一样的。[1]

由此，历史上一直被误读、误传的《鸱鸮》一诗，被叶先生解读为祝祷仪式上的祈祷词，是一次人神对话。诗中“今女下民”一句透出的天界神灵口吻也足以证实叶先生解读的合理性。而周初以后“鸱鸮”被误读为“恶鸟”，则是由于“猫头鹰的原始神圣地位随着文明进程的发展而逐渐被世人遗忘了”。

显然，陈彦对猫头鹰的书写与叶先生的知识考古结论是一致的。他没有沿袭“恶鸟”的误读，而是还原了猫头鹰的神圣地位，只是将其原有的“女神”形象男性化了，且多了一些人间的烟火气。小说用这只神鸟道出人世间沧桑巨变的真相与奥秘、前因与后果，向人类发出的种种“预言”和“警示”。于是，猫头鹰的话语便有了“神谕”的意义，并以此导引人间和阴间的善恶与轮回。

在这一视镜中，小说通过时间性知识书写将视角延伸到了时间维度，并由此打开了叙事的四维空间。从第98节“独幕剧《四体》”来看，陈彦自觉进入了这种四维空间叙事的实验：时间之维与三度空间、阴界与阳界、人与自然、过去与未来的界限被打破，小说的叙事由此进入通达四维空间的灵视状态。那只金色的猫头鹰与安北斗之间的心领神会，以及每到故事的关键处，猫头鹰都会发出的“神谕”，竟至在故事的结局中，猫头鹰同时目睹了人间的作恶与阴间的惩戒，并直接导引安北斗去拯救花如屏，巧妙地打通了人与神、猫头鹰视界与人的视界之间的阻隔，将不同视界的叙事融为一体。

（二）天文望远镜视界：普遍性知识的特殊化与隐喻空间

用天文望远镜仰望星空，既是小说主人公安北斗的一种为人不解的“怪癖”，也是小说叙事的一个结构性支点，更为小说打开了另一个视

① 叶舒宪：《经典的误读与知识考古——以〈诗经·鸱鸮〉为例》，载《陕西师范大学学报》（哲学社会科学版）2006年第4期。

界，成为与另外两个视界并置且相互隐喻的独特叙事视角。陈彦对这一视界的书写，不仅凸显了这一在山乡村镇中罕见的“怪癖”所发生的“正常”反映（如安北斗被视为一个玩物丧志、不求上进的异类，并因而耽搁了职务升迁，导致了妻离子散），更重要的是用大量专业的天文知识书写，将宇宙星际的浩繁永恒，作为与世间人际的沧桑巨变互为隐喻的一个自足的视界。

天文知识当然属于普遍性知识。尽管中国古人早就开始观测天象了，但现代天文知识，还是属于西方科学。而陈彦通过个人化、情景化、隐喻化书写，使这种普遍性知识在小说中完全转换成了一种特殊性知识。

首先，天文知识在小说中变成了安北斗的个人兴趣。他经常通宵达旦地在阳山冠上用天文望远镜去观测星空，并试图以女儿安妮（后改为养女安宁）的名义去命名自己发现的一颗小行星。由此，这种普遍性知识被渗透进了浓厚的个人化的兴趣和情感，成为一种爱的举措，而不再是职业天文学家所做的一项科学研究，也不再是一种普遍性知识。

其次，这些关于宇宙星际的普遍性知识，被陈彦隐喻化了，变成了一种世间人际的隐喻，并与北斗村的现实故事形成了巨大的叙事张力：星空之浩渺宏大与人世间因半棵树引发的纷争之微弱渺小之间；星际间亿万年不变的恒常与北斗村人际发生的沧桑巨变之间；星空的纯净透明与人间因“点亮工程”“大爆炸”引发的乌烟瘴气之间；宇宙的无限与人生的有限之间；等等。这种张力无论是对小说的叙事，还是对人生的感悟，抑或是对艺术的审美而言，都构成了巨大的动能和势能，大大拓展了小说的感知纵深和审美空间。

从一个作家及其小说写作来看，要将一个视界写实，使其成为想象力展开的有效空间，特别是面对星空这一可望而不可即的空间和高度专业化的科学知识领域，确非易事，需要比小说中呈现的更多的知识储备。事实上，安北斗仰望星空的兴趣，也是作家陈彦的兴趣。可以陈彦的自述为证：

我突然又被专题片里画面优美、奥妙无穷的太空所吸引，阅读兴趣随之转移，从卡尔萨根的《宇宙》、霍金的《时间简史》、布莱森的《万物简史》等书中，甚至得到了比一些社会学家纵论社会演进规律更深刻的洞见。他们将人类的生死存亡、宗教、哲学、历史、科学、经济、技术、战争、病毒、进化，统摄在天体的照妖镜下，一一辨析着我们认识自己、改造世界的可行性。

随着网络阅读的勃兴，我停掉了所有订阅的刊物，却始终保留着《天文爱好者》杂志，甚至还买了一台天文望远镜，架在阳台上，不时向天空扫射一二。偶尔也会去天文台看一看。朋友里也多了几位天文学家。①

这一自述不仅披露了解了陈彦作为一位作家习得天文知识的真实过程，而且清晰地呈现出了这种高度专业的普遍性知识被陈彦转换为特殊性知识的奥秘——无论是安北斗，还是陈彦，仰望星空的真正意义还在于洞悉人间，反观人自己。

（三）人的视界：地方性知识书写与现实空间

当然，《星空》的叙事框架主要还是在人的视界中展开的。

如果说，人们从猫头鹰视界看到的是四维空间中的灵界，从天文望远镜视界看到的是浩渺太空中的天界，那么，从人的视界中看到的则是在大地上活动着的芸芸众生及其现实纠葛。

与构成前两个视界的知识书写类型不同，构成人的视界的主要是由特定时间与区域内的方言俚语、民间习俗、日常生活常识和社会历史变迁混合生成的地方性知识书写。

《星空》的现实空间是由多个知识圈层之间的冲突构成。

---

① 陈彦：《创作谈：说说〈星空与半棵树〉》，载《收获》2023年第1期。

第一个知识圈层是以北斗村为核心形成的地方性知识圈层。这一圈层是围绕北斗村民掌握的不同生活生产知识及其在社会历史变革的不同作用展开的。温如风与村霸孙铁锤因地界上共享的半棵树的产权纠纷导致温如风常年上访事件，自然将北斗村民分为以“老磨坊”为标志的乡村传统生活生产知识的沿袭者，与沉溺于乡村陋习、放纵贪欲本性，却能在时代洪流中兴风作浪的黑恶势力两大类别，从而形成系列冲突。

第二个知识圈层是以北斗镇为核心，扩展到县城、省城、京城的官场文化圈层。这一圈层是围绕各级领导干部以不同的为官之道和权术规则展开的。南飞雁从心血来潮的“点亮工程”走向依据科学知识的生态治理；孙仕廉从名牌大学毕业，通过政治婚姻与权术规则登上高位，却最终因腐败而跌落；武东风从信守祖传的为官之道最终误入歧途，乡镇领导牛栏山从被夹在权力、金钱与群众呼声的缝隙中艰难施政，最终消失在洪水浊流之中……

第三个知识圈层是以安北斗、草泽明为核心，扩展到南飞雁、陈院长，以及那位谦恭致歉、含冤背锅的爆破专家组长陈大才等形成的传统文化与科学知识圈层。这是一个处于前两个圈层夹缝中的圈层，无论传统文化知识，还是不同的科学知识，都使这一圈层成为良知、公正和文明之所在，也使其成为三个圈层中最弱势的一个。他们明知“在金钱面前，在权势面前，老师、威信就是个屁！”（草泽明与安北斗的对白）[①]，但他们依然以各自的方式努力着，抗争着，竟至也以不同的方式走上了上访之路。

这三个知识圈层在各自展开激烈的内部冲突的同时，圈层之间也形成了既联合又对抗的复杂关系，象征性地形成了人的视界中正统文化、民间文化和精英文化的关系结构。

陈彦通过多维度的知识书写，以三重视界构筑了整部小说的叙事结

① 陈彦：《星空与半棵树》，人民文学出版社，2023年，第307页。

构。在这一结构中，三个视界呈现的图景形成了相互映照、相互隐喻、相互拉动的文本内互文关系。如人的视界中的北斗村和北斗镇（地名）、安北斗（人名），与猫头鹰视界中的勺把山和七星山（地形），与天文望远镜视界中的北斗七星之间的相互映照，以及猫头鹰与草泽明之间，“洞室松动大爆破”及后续的大爆炸与宇宙大爆炸之间，地上的人造银河系与宇宙的银河系之间，安北斗夫妇的分离与天上的牛郎织女星之间，芸芸众生的相互争斗、喧嚣与满天繁星的永恒静默之间，“点亮工程”的光污染与星空的纯净之间……形成的相互隐喻与张力，构成了小说叙事的内在机理。

二、作为特殊性知识书写的人物塑形

在《星空》中，人物的塑形与其知识构成密切相关。人物知识承载的有无、多少、类型及其价值导向，直接决定了人物的身份命运和个性特征。如果以作为核心知识圈层的北斗村人物为例，便会发现，北斗村村民的知识承载状况呈枣核形分布。枣核一端是以草泽明、安北斗为代表的正价值知识承载者，其承载的是中国固有的传统文化知识和外来的科学文化知识；另一端则是以孙铁锤为代表的负价值知识承载者，其承载的是中国乡村地方性知识中的陋习和恶习的部分。而枣核的中腰部分，则是以温如风为代表的中国乡村传统地方性知识的承载者，传承的是乡村社会基本的生活生产技能、风俗习惯和方言俚语。他们是北斗村民的大多数和中间值，常常会随着时代风潮和利益驱使，在枣核的两端之间摇摆不定。

（一）草泽明：中国传统文化知识熔铸的村魂

草泽明是北斗村知识圈层的正价值的一极，处于枣核的最顶端。他的身份是一位最终未能转正的退休民办教师，实则是一位饱读经史子集、归隐“山林”的世外高人，是北斗村唯一的中国传统文化知识的承载者。小说深入描写了他依据中国传统哲学、宗教、文学、伦理知识，以及通过安北斗吸收的部分西方文学和科学知识，对北斗村陈旧的地方性知识的改良和提升。从改掉所有村民姓名中间的那个“存”字开始，到制定村规民约，尽管他偏安北斗村之一隅，实则是北斗村文化形象的塑造者，是北斗村的灵魂。草泽明与黑恶势力的斗争不在现实层面（这是他与安北斗的分歧所在），而在文化层面。对温如风的上访行为，尽管安北斗多次讨教、求援，但草泽明都不为所动，直到孙铁锤用自己的形象竖起了假佛像时，草泽明才以壮士一去不复还的心态独自赴京上访，并用自己功力深厚的小楷诉状，惊动了京城的信访机构，最终使假佛像被推倒，而后留下字迹工整的《北斗村生息契约》，悄然离世。

（二）安北斗：多种类型知识冲突中的“隐忍与忧郁”

小说中唯一连通三个知识圈层的人物是安北斗。他与草泽明共同构成了北斗村知识圈层正价值的一端。他是北斗村长大，且与矛盾双方的温如风、孙铁锤是玩伴儿和同学，都是草老师的学生，又是北斗村唯一上过大学的人，因而成为北斗镇的公务员，温如风眼中的“政府”，所以他是北斗村与北斗镇的唯一纽带。同时，安北斗是唯一与草老师保持密切联系的学生，他向往草老师传授的知识，也向草老师推荐外来知识。他从草老师曾经讲授的天文知识开始，迷上了星空，开始大量阅读天文书籍，逐步形成了仰望星空的癖好，成为能够看得懂星空、发现并命名了一颗小行星的人。

同时，安北斗也是小说中唯一通达三重视界的人物。他既是人的视界中唯一连通三个知识圈层的人，熟悉三个圈层中的知识构成，也是唯一能够与那只金色猫头鹰进行心理和语言交流的人，因而他能够感应猫头鹰对大地上自然万物和“四体”空间的“神谕”。他更是小说中唯一用天文望远镜观测星空的人，能够如数家珍地讲述天文知识。对三重视界中不同知识类型的通达，使安北斗当之无愧地成为小说的主人公。而且，安北斗个性中的敏锐、清醒、隐忍和忧郁，正是不同知识类型在其内心发生的冲突造成的。由于承载着多种类型知识的正价值，他有着敏锐、公正的判断力和清醒的头脑；也由于他与常人一样，进入了大学生、公务员、丈夫、父亲的身份及其生存轨道，深陷在由身份和生存轨道编织的知识规则中，造成了他个性中的隐忍和忧郁。因而，他向往星空，却始终被纠缠在半棵树的纠纷不能自拔；他对村镇的发展有自己独到的见解，却又在执行荒唐的规划中表现出色；他有爱有恨有批判，却又不能决断。因而，这种“哈姆雷特式的”隐忍与忧郁，在不同类型的知识规约的冲突中，成了安北斗主要的个性特征。

（三）温如风的“坚刚”与单一知识构成

温如风是北斗村地方性知识的化身。他不仅拥有北斗村祖祖辈辈承袭下来的勤劳、本分，而且经营着祖传的“老磨坊”，因此过着殷实的日子，还娶了漂亮贤惠的媳妇花如屏。他尽管没有像安北斗那样上了大学，成为知识分子，甚至成为“政府”，但也聪慧好学，能娴熟地延续北斗村的生产生活与风俗习惯等地方性知识，还能拉声音如杀鸡一样的二胡。正是这种地方性知识培育了他瘦弱的躯体中的“坚刚”性格，使他在村霸的欺凌中不屈不挠地走上了上访的漫长旅途。他对地方性知识的掌握程度不仅体现在他对老磨坊更新换代的操持，以及乡村各种生活生产技能的熟练把握，而且体现在他的语言智慧和精彩的方言俚语之中，他在上访的旅途中时时以“人民”自居，与被他称为“政府”的安北斗斗智斗勇，他通篇用方言俚语写成的上访诉状，更是地方性知识之荟萃，如染房门前的锤布石——见过大棒槌、风吹裹尸布——哪头都捂不住、扫帚划大字——没细写呢、熊瞎子捣蜂巢——胡捅乱扇一气……这些民间歇后语虽然俚俗，但却富含乡村生活生产的学问。

温如风在与黑恶势力的抗争中，之所以比安北斗更加坚刚，更加“一根筋”，是由于其知识承载是单一的乡村地方性知识，这种知识在塑造了他的勤劳、本分的同时，也孕育了他的坚韧和顽强，以及宁死不回头的反抗精神。他对草泽明、安北斗代表的正价值知识充满复杂的敬畏感，心向往之，却又因他们是老师、是“政府”而高不可及，甚至在上访过程中，成了他用乡村式的顽劣方式予以对抗的对象。

（四）花如屏：生命潜能与知识规约的矛盾组合体

花如屏几乎是小说中少有的、充满灵气而又内涵复杂的女性形象。如果从知识构成的角度来解读，花如屏有着与丈夫温如风一样的勤劳、本分，谙熟老磨坊里不同时期的生活生产知识。与丈夫不同的是，她一方面天然地具备了女性的娇美、聪慧的心灵和充沛的生命能量，又懂得并严守着中国传统妇道的知识规约，并由此构成了她性格的复杂性。这些来自知识的和天赋的矛盾因素，决定了她始终在爱与恨、本分与放浪的尖锐对抗中挣扎着，为了坚守妇道、伸张正义、维护丈夫的尊严，她拼死反抗孙铁锤的利诱和强暴；而在夜里丈夫的床上，她放肆的叫床声能传遍全村，也惊动过镇政府大院。这又与她在平日里与人交往中的贤良与羞涩形成不可思议的反差。

花如屏性格的这种矛盾性和复杂性也集中表现在她对安北斗的特殊情感中。她既本能地对上过大学、有知识有文化、又是镇上的干部，还充满正义感，一直帮助他们全家，且因常年监管丈夫温如风而不能升职、家庭破裂的安北斗心存向往和感激，又因妇道和道义而不能有任何非分之想。两次在特殊时刻被安北斗接触到了她赤裸的身体，让她经历了既羞怯又兴奋的复杂体验，直到因遭受孙铁锤的胁迫陷入孤立无助，完全进入非理性状态时，她才表现出强烈渴望安北斗的欲求，却又被与她有着同样矛盾心理的“隐忍和忧郁”的安北斗婉拒。

由此，花如屏成为小说人物星系中，一颗闪亮却又时隐时现的明星，一颗需要安北斗用天文望远镜长期观测才能发现的小行星。

（五）孙铁锤：知识规约的缺失与人性的放纵

孙铁锤作为枣核的另一端，是北斗村知识圈层中负价值的一极。他或因知识承载量过低，或因承载了过剩的负价值知识（地方性知识中的乡村恶习陋俗、污言秽语和利益主导的人际交往等），而成为一个因缺少知识规约而放纵了人性中贪婪、残暴本能的村霸。孙铁锤一伙，多为上小学半途而废，再无心也无机会吸纳更多正价值知识，而沉溺于吃喝嫖赌、欺男霸女、巧取豪夺的乡村恶习陋俗之中，成为北斗村跳脱知识规约的黑恶势力。他们靠利诱和暴力成了北斗村最高权力的拥有者，并在乡村发展的一系列重大机遇中，利用种种不法手段把自己包装成企业家和大善人，实则骗取国家银行和北斗村民的大量钱财，用以吃喝嫖赌，霸占良家妇女，成为残害北斗村民的恶魔。而就是这样一个脱离了包括乡村地方性知识在内的所有知识规约的禽兽，却企图名垂青史，将自己塑为佛像高高立在了村头。

小说对孙铁锤的形塑，揭示了在缺乏知识规约下的人性的种种恶劣本质，及其可能的极限，从反面凸显了正价值知识建构在乡村建设中的重要性和紧迫性。

限于篇幅，恕不能一一列举，事实上，小说中绝大多数的人物形象，都是由不同的知识书写塑造出来的。如孙仕廉、王中石、武东风、南归雁、牛栏山等各级官员，派出所所长何首魁，被追认为“勇士”的泼皮叫驴等，都是用不同知识书写形塑的个性化的人物。

三、基于行业性知识书写的元叙事

本文要讨论的《星空》的元叙事，不是指利奥塔尔所说的“宏大叙事”，也不是指热奈特所说的“元故事叙事”[①]，而是指被广泛认同的

① 热奈特的“元故事叙事”是指二度叙事。参见热拉尔·热奈特：《叙事话语　新叙事话语》，中国社会科学出版社，1990年，第161—163页。

“关于叙事的叙事”。

在当代小说中，自马原、格非在20世纪80年代的写作开始，元叙事及批评界对元叙事的讨论并不鲜见。而《星空》的元叙事依然有其值得进一步讨论的独特空间。这不仅是由于元叙事并无确定的方式，本身还在不断发展中，作家们也各有各的“元”法，而且对陈彦而言，元叙事依然是基于他最熟悉的梨园行的行业性知识书写展开的。

（一）戏剧与小说的相互“犯框”

赵毅衡先生在论述了元叙事的五种途径之后，认为其“共同特点是侵犯破坏叙述的框架区隔”①，并其称为“犯框”，本文沿用之。

陈彦在《星空》中一开篇就用戏剧的方式“犯”了小说的“框”，以致让读者误认为自己是在读剧本。

《星空》开篇写孙铁锤半夜偷卖那棵与温如风共有的树，用的便是剧本的书写格式：标题是“序幕（旧称楔子）”，然后是用戏剧特有的“代言体”语体推出作为见证者猫头鹰的独白，以及小说中几个重要角色的对白。

猫头鹰　哇——呜！哇——呜！

（猎手把枪口举向了猫头鹰。）

猫头鹰　怎么把枪口对准了我？这个好歹不分的家伙，我报过多少次警，你们这些蠢货谁听了？还真瞄准哪！我可是二级保护动……（只听砰的一声枪响，失脚慌忙地起飞）这个该遭炮餱的货！哇——呜！

孙铁锤　（村委会主任，请灯光师给以高光）你咋还真打？这可是猫头鹰！

猎人　吓唬吓唬这货，叫得人烦。

① 赵毅衡：《元叙述：普遍元意识的几个关键问题》，载《社会科学》2013年第9期。

花如屏　（注意，这也是小说中的重要人物之一，得适当给点光线。她一屁股坐在地上连哭带骂起来）**谁偷了我家的树，是给你妈做棺材板去呀……**

孙铁锤　（指挥果断地）**叫驴，开上小四轮，还有羊蛋、狗剩、骆驼、磨凳，跟我走！**

温如风　（花如屏的男人，此时喝得烂醉）**我……也去！**[①]

这里陈彦既完全沿用了他熟悉的剧本写作格式，甚至出现了对灯光师的提示，同时又在以戏剧的方式不失时机地告诉读者，他是在写小说，并且交代小说中的人物关系。

这种写法不仅让小说文本“陌生化”从而显得新鲜生动，而且打破了小说文本固有的书写格式和“叙述体”的语言方式，破了小说的框，同时也用提醒这是小说中的重要人物，破了戏剧的框。这种破框行为尽管是对文体边界的一种挑衅和冒犯，但应不属于批评界讨论的所谓“跨界写作”[②]，而是一种元叙事实验，是作家以“犯框”的方式激活小说文本的一种尝试。因为《星空》毕竟还不是整体用剧本方式写的小说，而是在小说的开篇“序幕（旧称楔子）”和写大决战的第98节“独幕剧《四体》”时，用戏剧的方式跳出了小说文本既有的框架，而且大多用猫头鹰独白的方式以升华故事的意义，有点类似古希腊戏剧中用歌队合唱升华剧情的作用。

陈彦随手用戏剧破了小说的框，得益于他长期从事编剧，且对戏剧知识的谙熟，并使其在剧本写作与小说写作之间游刃有余、腾挪自如，一方面可以用戏剧破小说的框，另一方面这种用小说去戏仿戏剧的做法，事实上也相当于用小说破了戏剧的框。这是对小说叙事本身的一种探索，属于典型的关于叙事的叙事。

---

① 陈彦：《星空与半棵树》，人民文学出版社，2023年，第3页。

② 跨界写作，是指跨文类、跨文体写作，如鲁迅以日记体写的小说《狂人日记》、以杂文笔法写的历史小说《故事新编》，韩少功以辞书体式写的小说《马桥词典》。

（二）对文本生成过程的有意“穿帮”

“穿帮”是影视行里流行的口语，原意是指把鞋帮穿破，让脚指头露出来了，在影视制作中专指影视画面故意把拍摄过程暴露给了观众。而在元叙事中，“穿帮”是作家有意为之的一种叙事策略，即直接告诉读者文本的生成过程。赵毅衡先生说：“暴露构筑叙述文本的过程，是最明白无误的‘关于叙述（过程）的叙述’。……元戏剧角色暴露自己是演员，元小说暴露文字是编造，元广告暴露布景是纸糊的，元电影暴露情节是剪辑的，或是摆拍的：任何体裁都有无数暴露自身制作过程的方式。”①

陈彦在《星空》中的有意“穿帮”行为是隐含在故事讲述中的，而且也是用他熟悉的编剧知识的书写完成的。小说中依照故事讲述需要多次涉及戏曲剧剧目、演员、编剧等方面的知识，如《一棵树》《捉放曹》《西京故事》等均以剧目名称为标题，并提及其中的剧情和演员，以及《窦娥冤》《野猪林》等传统剧目等。摄入戏剧知识一方面是为了推动情节发展，另一方面也为了使故事更加真实、有趣。而《西京故事》的介入则成为故事情节的一个拐点和“穿帮”式元叙事的突破点：温如风和安北斗通过《西京故事》中罗天福的人物原型和《装台》中的刁顺子，找到了《西京故事》的陈编剧，要求把自己的冤情也写成戏，结果被陈编剧以一系列专业的编剧知识拒绝了。但温如风的诉状触动了陈编剧。于是便有了陈编剧帮助修改诉状，并代为上呈领导，从根本上推动了问题解决的环节。这看似合情合理的情节交代，实则暴露了此文本写作的内幕。因为所有熟悉陈彦作品的读者都知道，这部曾经在全国各地和近百所高校巡演，并获得多项大奖的秦腔现代戏《西京故事》，正是陈彦的代表剧作。因此，陈编剧就是此文本作者陈彦在文本中的直接出场。文本中所写陈编剧涉入上访的情节，正是此文本诞生的真实过程。陈彦在创作谈中也自证了这一“穿

① 赵毅衡：《元叙述：普遍元意识的几个关键问题》，载《社会科学》2013年第9期。

帮”的事实：

……最早起因于一个基层干部的几句话。

我在省城工作时，他来看我，我问他来干啥？他说劝访。我问什么叫劝访？他就给我讲了几个劝访的故事，其中一个事件很小，仅为两家地畔子上一棵树的产权问题。他说只要基层干部有一句话，也许早就解决了，可偏偏没有人好好说这句话，大概都觉得事情太小吧，结果就越卷越大。这家伙现在已是知名上访户了，上访途中还遇了车祸，伤了腿，更是不依不饶，告得省市县镇都不得安宁……

后来我调到京城，这个基层干部又来看我，我问干啥来了，他说还是老本行：劝访。这次他又讲了几个故事，我脑子里就有一些形象挥之不去了……[①]

这是标准的“穿帮”式元叙事，只是没有像马原那样，直接告诉读者我就是那个正在给你讲故事的人，也没有说这故事是瞎编的，而是在常规叙事中，以密集的传统戏曲知识、编剧知识、上访知识和以方言俚语为代表的地方性知识的书写，不动声色地完成的元叙事。

（三）前文本的直接“嵌入”

如果还是借用赵毅衡先生的观点来论的话，那么，“前文本实际上是产生文本时全部文化条件的总称”。具体而言，“前文本是一个文化中先前的文本对此文本生成产生的影响。这个概念与一般理解的‘文本间性’相近，称之为前文本”。[②]在这个意义上说，任何一个文本的写作都不能摆脱前文本的潜在影响。《星空》的前文本当然包括它产生时的“全部文化条件”，但最相近的则是陈彦自己的戏剧和小说文本，如剧作“西京三

---

① 陈彦：《创作谈：说说〈星空与半棵树〉》，载《收获》2023年第1期。

② 赵毅衡：《论“伴随文本”——扩展“文本间性”的一种方式》，载《文艺理论研究》2010年第2期。

部曲”，小说“舞台三部曲”中已经为读者熟知的人物形象和故事情节，被陈彦直接“嵌入”到《星空》之中。

最精彩的一个“嵌入”环节发生在第34节中那场为北斗镇“点亮工程”举办的实景晚会《印象北斗镇》中。首先出场的前文本人物，是《喜剧》中的三个丑角——火烧天、贺加贝和贺火炬父子，他们延续了前文本中秦腔名丑和大西北真正的喜剧明星的身份，以及长得一模一样的三颗锃光瓦亮的菱形脑袋。而在此文本中，他们为北斗镇演出了用陕西方言道白天文知识的喜剧小品《外星球来的三个和尚》，从而恰如其分且生动有趣地嵌入了此文本的语境。

同在《印象北斗镇》中出场的前文本人物，还有《装台》中的主人公刁顺子和灯光师丁大师，此二人依然是《装台》中那种主仆一样默契配合着的搭档关系，只是在此文本中，刁顺子已然是北斗镇公众熟悉的人物了，因为此文本作者介绍说“这个人就是多年后因《装台》而出名的刁顺子”。此语不仅“嵌入”了小说《装台》，也“嵌入”了由小说改编的同名电视剧《装台》及其广泛影响力。当年电视剧《装台》居高不下的收视率，足以让类似北斗镇这样的山乡村镇的人们都熟悉了刁顺子。

刁顺子在此文本中的另一次出场，是在安北斗与温如风要找《西京故事》的陈编剧时。其时，刁顺子大有陈编剧代理人的架势，可以做主安排与陈编剧的见面，俨然是底层身份的大人物了。

随后出场的前文本人物是《主角》中的秦腔名角忆秦娥。忆秦娥在此文本中并无实际作为，只是被当作一个符码或者公众口碑从前文本挪移到了此文本中。此外，陈彦秦腔现代戏的代表作《迟开的玫瑰》也在此文本中被观众又看了一场，《大树西迁》虽未直接出现在此文本面上，却也可以让熟悉这些前文本的人在联想中与此文本联结在了一起。《大树西迁》写的是一所著名大学从东部迁入西部的故事，作者以“大树”喻之，并以此为剧名。而此文本的故事发端反倒是由一棵真实的大树从乡下迁入城市开始的，于是很难让人不联想到同一位作者的《大树西迁》。

"西京三部曲"的第三部及由此改编的长篇小说《西京故事》，是在此文本的叙事拐点上被"嵌入"的。《西京故事》在此文本中，不仅嵌入了其演出效果，而且牵出了主角罗天福的人物原型，以及编剧陈彦为写此剧四处走访的经过，相当于把《西京故事》的生成过程也暴露给了读者和观众。因此，这一前文本的"嵌入"，不仅如前所述成为推动故事情节的一个拐点，同时也是一次前述的"穿帮"，而且是"穿帮"中的"穿帮"，更是戏剧、小说两个前文本与此文本的一次聚合、互文与共存。

这种前文本的"嵌入"，被赵毅衡先生称为"寄生式"元叙述："依靠已知叙述才成立的文本，即明显是关于另一个或另一批的叙述的叙述，这也是一种'叙述文本共存'。"①

陈彦的元叙事并不是在刻意追求小说的先锋性，也不是在做一场打破文体自足性的游戏，更不是为了刻意解构什么而为之，而是他充裕的梨园行的行业性知识在小说写作中的一种自然外溢，更是他对小说叙事的一次探索和对小说文本的一种激活。

四、在不可虚构的知识与可虚构的小说之间

作为一种艺术经验，陈彦小说的知识书写具有诸多值得反思的启示意义。

（一）知识是不可以虚构的

虚构，当然是小说艺术的合法权利，而知识是不可以虚构的。小说中的人物、故事及其情节、细节都可以虚构，都包含着作家的主观想象。但构成这些人物和故事及其情节、细节的知识书写，则必须客观、真实、精准。想象只能决定知识的书写方式，而不能决定知识本身的真实性。知识书写是否客观、真实、准确，在很大程度上决定了一部小说整体的真实性，甚至关乎

① 赵毅衡：《元叙述：普遍元意识的几个关键问题》，载《社会科学》2013年第9期。

这部小说的写作是否有价值、是否成立。一部小说，无论其主题多么符合历史的和现实的必然逻辑，人物多么具有典型意义，故事多么生动感人，但如果构成这些因素的知识是虚假的或错误的，那一切都将归零。在这个意义上说，一部小说的艺术价值和审美品质，在很大程度上基于其知识书写的真实性和准确性。这正是本文所言知识书写是小说写作难度和作家写作功力所在的根本原因，也是陈彦小说的知识书写经验留下的重要启示。

（二）小说是对特殊性知识的书写

陈彦小说的知识书写充分证实了本文提出的“小说是对特殊性知识的书写”的说法。这一说法作为本文的核心观点，有必要在这里进一步强调。

如果说科学著作、教科书和辞书的写作是对普遍性知识的书写的话，那么，小说则是对特殊性知识的书写。一部小说在艺术上的独特性，在一定程度上源自其所赖以生成的知识的特殊性。这种知识的特殊性又源自作家独特的直接与间接生存经验的积累，以及独特的表达方式。如果陈彦没有自幼在秦岭深处的村镇里的生存经验、数十年在戏曲院团的创作经验、各级管理岗位的行政经验和广泛阅读中获取的间接经验，以及“商洛式”机智幽默[①]的语言表达方式等这些经验积累的特殊知识，就不会有《星空》的独特艺术价值和审美品格。

尽管如前所述，在全球化和现代性语境中，特殊性知识被认为是非现代的、非西方的、民族化的地方性知识，以及本文提出的时间性知识和行业性知识，但从所谓世界文学[②]的观点来看，文学写作无论如何不会是一

① “商洛式”机智幽默，指陕南商洛成长起来的一批作家相似的语言风格，如贾平凹、陈彦、方英文等在语言风格上都呈现出相似的机智与幽默。这一现象的形成或与当地属“秦头楚尾”的文化特性有关。

② 关于世界文学，歌德远在全球化之前就宣布：“……世界文学的时代已经来临了。”（见《歌德谈话录》，爱克曼辑录，朱光潜译，人民文学出版社，2000年，第104页）。马克思、恩格斯在《共产党宣言》中从民族的和地方的角度论及世界文学：“……有许多种民族和地方的文学形成了一种世界的文学。”（见《马克思恩格斯选集》第1卷，人民出版社，2012年，第276页）。

种对普遍性知识的书写，普遍性知识只有经过作家的特殊化转换，才可能进入小说写作。在这个意义上说，文学的全球化和现代性恰恰是由具有民族特质的特殊性知识构成的。进一步而言，对所谓世界文学来说，作家的意识和视野应该是全球化的和现代性的，而构成这种全球化和现代性的文学作品则一定是对地方性、时间性和行业性知识的书写。这一点不仅为关于世界文学的预言所证实，也为马尔克斯、昆德拉，以及大江健三郎、莫言等一些被世界公认的非西方民族作家们的作品所证实。

（三）小说写作的诚信基于知识书写的真实性

诚信是包括小说写作在内的所有行为的根基。小说写作的诚信在于作家是否用客观、真实、准确的知识书写建构了自己的人物和故事。或可说，一个作家的写作是否诚实，不在于他的人物和故事是否纯属虚构，而在于他用来书写人物和故事的知识是否真实。

在中国，实现写作的诚信有两条公认的法则，一古一今，均与知识的习得有关。

一条是一句古诗，即杜甫所言“读书破万卷，下笔如有神”。阅读是知识习得的主要途径，也是获得间接经验的主要方式，对陈彦而言，是其生命历程中的重要组成部分。陈彦是在圈内被广为传诵的阅读者[①]。其阅读书目不仅仅限于文学作品，范围广及古今中外哲学、科学许多门类的书籍。于是便有了《星空》中密集的天文、动物与植物等科学知识，以及大量的时间性知识。也正是这些知识的书写表明了陈彦的写作诚信，表明了陈彦是一位诚实的作家。

另一条是当代作家长期坚持的“深入生活、体验生活”的传统。这是作家在中国主流文学观倡导下形成的一条获取直接经验的途径，也是作

① 熟悉陈彦的人都知道，他数十年每天坚持晨读，风雨无阻，以至可以背诵大量中外典籍。阅读是他度过所有旅途和余暇时间的主要方式。在工作中，他给团队成员提出读书要求，并制订严格的读书计划。

家习得第一手的地方性知识和行业性知识的主要途径（时间性知识大多要通过阅读来获取）。长期以来，人们更多地强调要“深入生活，体验生活”，并将其制度化。而事实上，作家若要获取深层的直接经验，更要去“研究生活”。研究就不仅仅是感知层面上的体验，而是对大量知识的梳理和系统化。为此，作家们付出了远比写作本身更加艰辛的精力和体力。与陈彦同为陕西作家的柳青，为了体验并研究中国农民走上集体化的真实过程，在长安黄甫村当了十四年农民，习得并系统化了其时当地民情风俗等地方性知识和农业生产的行业性知识，才完成了《创业史》的写作。另一位陕西作家陈忠实深居白鹿原老家四十年，在深入体验并研究当地延续的传统地方性知识和农业知识的同时，用数年时间深入研究了当地地方志中记载的时间性知识，然后才有了《白鹿原》的写作。路遥、贾平凹等一批陕西作家都经历了类似的体验与研究生活的艰辛历程。陈彦显然延续了这一陕西经验，所不同的是他体验与研究的生活领域，除了幼年在陕南生长时的乡村社会和长期关注的底层社会外，还有数十年沉潜其中的戏曲院团。而戏曲是最典型的中国文化，作为一种行业性知识，戏曲本身又聚集了大量中国传统的地方性知识和时间性知识，加上他自觉深入体验和研究现实生活，以及丰富的阅读经历，便形成了他以戏曲界行业性知识为主导的独特的知识谱系，于是便有了以行业性知识书写为主要特色的五部长篇小说。其中“舞台三部曲”是戏曲行业性知识的集中书写，《星空》将舞台扩展到了村镇，扩展到了乡土中国的历史变革，从知识书写而言，从梨园行的行业性知识扩展到了更加广阔的地方性知识、时间性知识，以及被其个人化、情景化、隐喻化了的自然科学等普遍性知识。

陈彦的艺术经验表明，诚信是小说写作的根基，知识书写是小说文本的根基。小说写作必须老老实实从习得、研究、积累知识开始，否则，一切无从谈起。

原载《西部文艺研究》2025年第2期

关于杨争光及其小说写作

一、谁是杨争光?

一个无聚无类、无宗无派、无规无矩、无忌无畏的作家。

在中国的文艺批评中自古有知人论世的传统，因此，我今天谈论杨争光的小说似乎也应该先从作为一个当代作家的杨争光谈起。

在坦言杨争光是我最喜欢的当代作家的同时，我不无遗憾地发现，在当代文坛和当代文学史上，杨争光至今是一个面目不清的作家。或者至少说，还是一个没有被广泛认识和准确定位的作家。而且我认为这并不是其实力，以及作品的质量和数量使然。其最表面的原因是他的写作由诗歌而小说，由小说而电影，由电影而电视剧，一再转移阵地。而更深入的原因则是因为他是一个无聚无类、无宗无派的作家。我们的文学批评和文学史写作形成了一个最基本的方法，那就是拿某某主义，或某某思潮、流派将作家归类。这种被叫作归类的“拔堆子”游戏往往将最具特异性的作家排除在主系列之外，或者干脆不予提及。杨争光正是这样成为当代文学史的“漏网之鱼”的。

杨争光的写作始于20世纪七八十年代之交，最早动用的文体是诗歌，那时候他和韩东等诗人一起在山东大学写诗。他的诗歌一方面具有鲜明的现代气质，另一方面其精神源头又是西部农村的朴素情感，按理说这是他区别于当红的朦胧诗人和尾随朦胧诗而来的第三代诗人的一个重要特征，而且是一种特别具有中国本土意味的现代诗。然而，他比以《今天》聚类的朦胧诗晚，又比以流派和宣言出笼的第三代早，所以他既不属于朦胧诗群，也不属于第三代诗人群；他是西部人，从里到外地具备着西部人的文化个性，却在山东、天津等东部地区上学、工作和写作，因而又既不属于潮起的西部诗人，又因他用现代语言叙述着一种西部本土的情感，而不属于东部的新潮诗人。这种既不东又不西状态，决定了他好像就不是“东西”了。

在后来的小说写作中，他对现实的关注、体验和洞察程度，应该超过了那些号称是现实主义的作家，却又因其作品充满了现代甚至后现代的叙事方式而未能被拔到现实主义的堆子中去。

他对小说叙事方式的探索独特而富有创造性，却又因他以这种叙事方式去讲述真实的现实体验，而未被拔入堆子中去。八九十年代之交以来，在以还原民间生活的原生态为宗旨的新写实思潮中，他是最具还原力的作家，但他却又不属于新写实主义作家，准确地讲，他应该是一个新浪漫主义作家，因为他的作品极具奇幻、传奇和浪漫的色彩。只可惜当时的批评界没有拔出一个新浪漫思潮的堆子来。

这是一个很难用“主义”或者思潮、流派说清楚的作家，他的写作完全出于性情、兴趣和天赋，而且似乎没有任何的禁忌、畏惧，也没有任何的规矩，任凭自己的真实性情来写。无规无矩、无忌无畏，自然也就无聚无类、无宗无派了。

聚与类、宗与派、规与矩、忌与畏往往是来自异己的和外在力量的设定，而性情、兴趣和天赋则完全来自自己。在这个意义上说，杨争光是一个忠实于自己本性的作家。

二、文化批判：到底是谁在批判谁?
——关于还原与解构

接下来我想先说说杨争光小说那种洞穿、袒露我们灵魂和文化的感觉是从哪里来的。

根据阅读经验，我以为那种洞穿和袒露灵魂与文化的感觉，来自一种批判的力量。杨争光的小说，特别是21世纪以来的两部长篇，是对文化批判传统的一次本质性的加入和延续。

从世纪初的《从两个蛋开始》到今天的《少年张冲六章》，杨争光的文化批判似乎是通过还原与解构的方式进行的。杨争光的还原既有新写实作家们从意识形态笼罩下的所谓生活的本质向民间生活的原生态还原的意义，更有以人性的本真力量还原一切虚伪的规则与秩序的意义。这种还原无论是在《赌徒》《老旦是一棵树》中，还是在《从两个旦开始》中，抑或是在《少年张冲六章》中，一以贯之。最具还原力的是后两部作品。在《从两个蛋开始》中，他以“食”“色”两种本性，还原了乡村社会的历次政治生活的本相。而在《少年张冲六章》中，这种还原力仍然是从人的本性出发的，所不同的是他所还原的是被他称为“苍老的根系”的整个文化传统。这部作品中，张冲这个符号所穿透的绝不仅仅是当下的教育体制，而是弥漫数千年的中国传统文化。

还原，是一种彻底的解构手段。杨争光在小说中用张冲出自本性的思维、言行和目光，一点一点还原着人性的本质和生活的本相，这一还原过程从根本上拆解了用爱、用责任、用希望扼杀着张冲的那些无处不在的文化理想和社会规范。富有意味的是，这种解构不可能以张冲的胜出来标志它的实现，而恰恰是以一个健康、真实、聪慧而富有勇气和正义感的少年被囚禁来实现的，也是通过对围绕着张冲的家长、老师、亲戚、书本和课文的叙述来实现的。这种来自真实的现实场景和具体的语言过程的解构，更具有切肤之感，更具批判力。

三、只有活的语言才是根深叶茂的

——关于有根的语言

在我看来，小说乃至整个文学写作所动用的语言有两种，一种是活的语言，一种是死的语言。所谓死的语言，是指那种被规范化、标准化、公共化了的语言。具体包括书面语言、翻译语言，以及口语中的普通话。这类语言不管它们被如何地雕琢，如何地妙笔生花，都是没有生命力的。所以它们是死的语言；而活的语言，应该像一棵健康的树，是根深叶茂的。杨争光的小说语言就是这样的根深叶茂的语言。所谓活的语言就是有生命力的、有根的语言。那么何谓语言之根呢？

在杨争光的小说中，我触摸到了一种文学语言的根系，那就是一个作家的母语。对一个种族来说，母语就是它最早从大自然母体中习得的语言；而对一个文学写作者来说，母语就是他“童年的乡音”，是他成年后在梦中所用的语言。这种语言是一个人在习语过程中形成的表达方式，是在其个人无意识形成过程中结构起来的最基本的表达习惯，因而它是一个人语言表达中最真实的部分，也是与一个人的生存方式联系最紧密的部分，或者说，它本来就是一个作家的个人无意识的存在形式。这种母语，对一个作家来说，可能是他与生俱来的方言，是他从大自然和自己最初的生存环境中习得的口头语言。杨争光的小说那种被人们认为特异的、富有表现力的语言，就是从他的生长之地，陕西关中西府一个村庄的地方方言中生长出来的。这个村庄的生存景象、表达习惯构筑起了杨争光的个人无意识和生存价值观，使其一生无论走到哪里，无论从事何种工作都无法走出这个村庄。

这个村庄，《从两个蛋开始》里的符驮村，《少年张冲六章》里的南仁村，让我想到了福克纳的美国南方小镇、鲁迅的未庄、沈从文的湘西和贾平凹的商州。这些地方构成了一个作家用一生来营造的个人意象，也是一个作家语言之根发育、生长的土壤。杨争光以真诚的态度融入了符驮村，并且逼真地表现符驮村的生活情景，包括那里人们的语言习惯。

杨争光的小说语言的独特性正是来自这种符驮村式的表达方式。这种表达方式并不是以某些生僻的方言土语来标志的，而是以其独特表达习惯，以及支撑着这种习惯的“生”“冷”“硬”“怪”的感觉来标志的。

“生”“冷”“硬”“怪”的感觉是关中西府人给人留下的最明显的印象，其背后则是执着、诚朴、真实和善良，如此表里，构成了关中西府人独特的文化个性。无论是在杨争光小说、剧本中的“冷娃”“硬汉”，还是张艺谋电影中秋菊、魏敏芝式的“一根筋”人物，都是这种文化个性的集中表现。

由此，我们可以清楚地看到，杨争光小说语言的根是深扎于关中西府民间文化土壤之中的地方方言。它的根性生成于一个地方的文化个性，以及作家对这种文化个性及其表达方式的深度体验。

四、这样写，那样写，怎样写都是小说
——关于跨文体写作与复调式结构

在写法上，杨争光小说最值得谈论的是跨文体特征和结构方式。

杨争光小说的跨文体实验，不是指不同文体形式的简单融合，而是指他用自己熟悉的其他文体的写法来写小说。这一特征的成因很明确，那就是杨争光在作为小说作家的同时，还是诗人和影视剧作家。不同文体的写作经验，习惯性地进入了他的小说写作之中，从而成为其小说在写法上独异于其他作家的一个重要特征。如果以《少年张冲六章》为例，这种跨文体写作的特征主要有如下几个方面。

（一）诗性书写

诗歌写作是杨争光文学旅途的出发之地，而且在其整个写作历程中始终占有至高无上的地位。他说：“我的写作是从诗歌开始的，可以说我的一切都是诗歌给我的，因此我感谢诗歌。只可惜我的写作一步一步从诗歌堕落到小说，从小说堕落到电影，从电影堕落到了电视剧。”事实上，诗歌写作始终贯穿在他的其他文类的写作中，特别是在小说写作中。早期的《老旦是一棵树》基本上是以诗歌的方式构成的，老旦和作为一个意象

的树是一种相互隐喻的诗性关系，整个小说是在诗意化的书写中进行的。《少年张冲六章》中，第六章“他”，是从“月亮”写起的：

他在他妈怀里的时候，他妈抱着他，指着天上的月亮，说：“亮亮。”

他就说：“亮亮。”

后来，他妈说：“月亮。”

他说：“月亮。”

后来，他就看月亮了。

看圆圆的月亮。

看半个月亮。

看月牙……

它在天上。

这里，人与作为意象的“月亮”同样构成了相互隐喻的关系。这种写法直接来自诗歌。这种诗性的书写使作为小说元素的人物和故事，实现了美学意义上的“蝶化”效果。在杨争光的小说中，诗性书写方式更为常见的，还是表现在语言上。《少年张冲六章》中，诗性的语言随处即是，有表现为意象叠加的，如“张红旗像大风里的红旗了，笑得啪啦啦啦啦啦啦的”；有表现为杨争光特有的“旋风式”回环往复的节奏感的如“张冲在石桌跟前坐着哩。/张冲在石桌上看书哩。/张冲在石桌上写作业哩。/张冲手托着下巴颏看天哩，想问题哩……”再如第一章“他爸他妈”中的第三部分，写文兰向张红旗的倾诉，作者一连七段都以“红旗啊红旗”开头；等等。这种句式与诗歌中的一唱三叹式的回环往复基本上是一回事。

（二）戏剧式对话与独白

早期的诗歌与小说写作经验，使杨争光在影视剧本写作中表现出了难以匹敌的优势，使他以电影《双旗镇刀客》和电视连续剧《水浒传》在影视界享有盛誉。同样，影视剧本的写作经验也反哺到了他后期的小说写作中。在《少年张冲六章》中，这种来自剧本写作的经验，首先表现在随处即是的对话与独白中。我们都知道，对话与独白是戏剧叙事的主要方式（代言体），与戏剧相比，小说的主要叙事方式是描写与叙述（叙述体）。但在《少年张冲六章》这部小说中，杨争光采用的主要叙事方式却是对话与独白。或者说，整部小说基本上是用对话与独白的方式写成的。如第六章“他”几乎全部是由他与他妈、与本如法师、与苗苗、与法官，以及与他自己的对话构成的。而且杨争光小说中的对话与独白写得丰富、个性而富有变化。其中有常规的对话，更有各种各样“特殊”的对话。有的对话隐匿了对话中的一方，用代言体书写，却有点像独白，如第二章中“说讨厌父母”和“说讨厌老师”两部分；而有的独白充满了对话，却用叙述体书写，如“我爸拿了一根绳。我爸说手。我知道我爸要吊我了。我很害怕。我说不！我爸说手！我说不！我不想让我爸吊我。”

（三）复调式结构

《少年张冲六章》在结构方式、叙事策略，以及所辐射的文化对话关系上，与复调小说完全契合。

小说中所要提出的社会、文化问题本身就是建立在主人公张冲意识的独立性和主体性基础之上的，而且张冲的这种具有独立性的个人意识，又是在与父母、老师、同学、亲属，以及代表社会、文化公共价值体系的课文之间的对话中树立起来的。在这个对话格局中，作者的个人意识与作品中不同人物的意识构成了一种平等对话的关系。

从结构方式来看，小说以“他爸他妈”“两个老师”“几个同学”“姨夫一家”“课文”和“他”为六个独立单元展开对少年张冲的叙述。这些由不同人物和课文构成的、互不相容的独立叙事角度，共存于对张冲这个人物进行叙述的同一个空间之内，又不是按照同一个故事发生的时间顺序进行纵向的排列，而是将几个视角的叙事共时性地推进，从而构成了小说多声部的叙事结构。这是典型的复调小说的结构。

不管这种“契合”是自觉的还是不自觉的，发生在中国本土小说中的这种陀思妥耶夫斯基式的叙事方式，或许也是杨争光小说给我们带来阅读快感的一个重要原因。

原载《文艺争鸣》2011年第3期

新小说传统中的《长安》经验

决定一部文学作品是否有价值的因素有很多，而最重要的决定因素则是将其置于同类写作的历史序列和主流传统中，审视其为这种写作贡献了什么样的独特的经验和价值。阿莹的长篇小说《长安》[①]先后在《当代》杂志发表和作家出版社出版后，引发了公众的热议和众多批评家的广泛评说[②]，并入选中宣部2021年主题出版重点出版物选题、“中国小说学会2021年度好小说”五部长篇之一、第六届长篇小说年度金榜的特别推荐、作家出版社2021年度好书榜。作为这部小说最早的读者之一，笔者也曾撰文力图从多种维度去认识和阐释这部作品的价值[③]，但本文试图将其置于新小说史的视域中去审视，以期发现进一步的认识和阐释空间。

一、《长安》在新小说史上的独创意义和独特价值

众所周知，“五四”白话文运动以来的新小说已有百余年的历史，纵

---

① 阿莹：《长安》，作家出版社，2021年。

② 2022年6月22日，由中国作家协会创研部、中国作家协会创联部、陕西省委宣传部、陕西省作家协会、作家出版社联合主办的“阿莹长篇小说《长安》创作研讨会”在北京、西安等地以线上线下联动方式举办。李敬泽、南帆、孟繁华、谢有顺等数十位文学批评家，贾平凹、蒋子龙等作家和编辑出版家参会并发言。

③ 李震：《一部好小说，多部当代史——阿莹长篇小说〈长安〉初论》，载《文艺报》2021年11月3日。

观这百余年来新小说的写作史，无论是讲述启蒙的故事，还是讲述革命、救亡、战争的故事，抑或是讲述和平建设和日常生活的故事，其叙事的核心场域一直以乡村社会为主。农民命运、土地问题始终贯穿在从鲁迅、沈从文、赵树理、柳青，到路遥、陈忠实、贾平凹、莫言、韩少功、阎连科等几代新小说代表作家的书写中，以致使乡村小说成为新小说史的主流，也成为新小说数量最多、成就最高的领域。而书写城市工商业领域，特别是工业领域的小说则要少得多，仅有的一些书写城市的小说，也多以关注城市市民的日常生活、政治生活，城市流行文化和商业文化，以及知识分子为主，如老舍对北京市民生活的书写，张爱玲和新感觉派作家对上海市民生活、流行文化和商业文化的书写，郁达夫、钱锺书等作家对知识分子的书写。茅盾的《子夜》应该是现代文学三十年中少有的真正写工商业题材的长篇小说，但这部小说主要揭示的是中国民族资本家之间，以及与帝国主义及其买办资产阶级、工人阶级的复杂斗争中的悲剧命运的。总体而言，对作为城市生活重要组成部分的工业领域和城市人口中的重要角色的工人形象，新中国成立前的新小说却鲜有关注，直到新中国成立后，才有寥寥几部书写工业领域和工人形象的长篇小说出现，如《铁水奔流》（周立波1955）、《百炼成钢》（艾芜1957）、《上海的早晨》（周而复1958—1979）、《乘风破浪》（草明1959）和《沸腾的群山》（李云德1965）等。而且，这些作品也大多是书写对城市工商业的社会主义改造和这一改造过程中所发生的阶级斗争的，尽管也塑造了一批新兴工人形象，但这些形象的主导意义主要表现在政治层面。直到改革开放以来，工业题材的小说才逐渐多起来。

而在现有的工业题材长篇小说中，真正书写作为国之重器的军事工业题材的则只有阿莹的长篇小说《长安》。《长安》是全面书写从新中国成立初到改革开放初三十年共和国军事工业史的第一部长篇小说。在这个意义上说，《长安》不仅在当代小说史，而且在整个新小说史上，甚至在整个中国小说史上，都是具有独创性和唯一性的。

新小说作家们重乡村而轻城市、重农业而轻工业、重农民而轻工人的现象，当然是中国的历史文化和基本国情决定的，具体而言，是由中国本质上属于乡土社会、中国传统文化本质上是在农耕文化基础上形成的、中国城市工商业发展较晚，以及20世纪以来中国社会历史变革的核心在乡村等因素决定的。

然而，中国社会工业化的历史虽然晚于欧、美、日，但也是从19世纪后半期的洋务运动（其中就有大量军工业）就开始了，而清末用文言书写的旧小说尽管经历了梁启超倡导的小说界革命，却也未见有小说把命革到工业的头上的。即使是洋务运动结束二十多年之后才开始的新小说史，仍迟迟没有对“工业”这一改变中国社会形态和结构的重要因素做出精神上和审美意义上的反映，不能不说是一大缺憾！特别是站在今天这个高度工业化、极速全球化、冲刺中国式现代化的时代高度来看，工业，特别是军事工业，不仅是国家现代化、民族走向复兴的最大推动力，而且是保卫国家长治久安和人民幸福生活，维护世界和平秩序的重要安全屏障，同时，也是一个由人构成的，最能够深刻反映人的精神世界和人性本质的、重要的文学书写与艺术审美领域。

在工业题材被弱化，军工题材作品一直处于空白的多种原因中，最现实的一个原因便是行业错位：一方面，绝大多数作家不了解工业领域，缺少对工业生产生活的切身体验和行业知识；另一方面，工人出身的作家本来就不多，而军工出身的作家则少之又少。

《长安》的唯一性和独创性，首先取决于其作者阿莹的双重身份。阿莹从其父辈开始，在军工企业一线生产、在军工大院生活几十年，是军工二代，也是一位地道的军工人，后来又在领导岗位上负责包括军工企业在内的工业管理工作多年。可以说，军工既是他自己深耕的领域，又是他所管理的领域，从微观到宏观，其熟悉程度难有与之比肩者；同时，阿莹又是一位坚持写作四十多年的作家，发表过大量散文、中短篇小说和各类剧本，其中话剧《秦岭深处》（后改名《红箭　红箭》）就是中国戏剧舞台上表现军工生活的第一部剧作。这种双重身份，决定了阿莹是最有条件，也是最有资格去书写军工领域的作家。《长安》便是他穷尽数十年生活积累，用了数年时间精耕细作完成的军工题材长篇小说。

无论在文学领域，还是其他领域，在所有的价值中，独创的价值是最具价值的。阿莹用《长安》不仅将新小说史上工业题材的书写推向了一个新的高度，而且为人们揭开了军工世界和军工人的神秘面纱，让这一肩负着保家卫国的神圣使命的战线和一批大国工匠的形象，以及他们复杂的内心世界和振聋发聩的“军工精神”，走入了艺术审美空间和公众视线。

二、新小说史上的第一组“军工人”群像

在新小说创造的人物形象谱系中，显然是以农民为主的。工人形象不仅稀少，而且真正具有典型性，并真正能够代表某种时代精神的工人形象则罕见。可以说人们至今没有看到工人中的类似阿Q、梁生宝、白嘉轩这样的人物形象。这一现实与工业在20世纪中国社会历史变革和文化转型中的核心地位极不匹配，不能不说是整个新小说史的一大缺憾。在中国式现代化的道路上，工业化是最具决定性的步骤。从洋务运动到改革开放，中国式现代化的一个核心环节就是生产方式由农业向工业的裂变。产业工人是19世纪后期才开始出现的、在中国数千年文明史上未曾有过的新兴人物类型，而且他们作为一个阶层，不仅是新兴生产方式的代表者，更是时代发展的引领者和社会变革的领导者，具有远高于农民和知识分子的政治身份。因此，创造出一批能够代表不同时代精神的工人形象，是新小说史未能充分完成的一大职责和使命。

在这个意义上说，《长安》的价值和贡献是显而易见的。这部小说不仅对“中国工人”形象的书写提供了独特的经验，而且创造了中国新小说史上的第一组军工人的群像。

（一）作为工、农、兵多重身份融合体的“中国工人”形象

作为“中国工人”形象，《长安》中的一组工人带有鲜明的农民禀赋。尽管阿莹并没有自觉地去刻画这一特性，但他诚实的书写依然凸显了“中国工人”这一明显区别于域外工人形象的潜在禀赋。由于中国数千年来一直是一个根深蒂固的农业大国，至今包括工人在内的中国城市人口，大多是从农村来到城市的，或者上溯三代都是农民。有人戏称，中国的城里人，不是农民的儿子，就是农民的孙子。即使在茅盾的《子夜》中，身为大上海民族资本家的吴荪甫也是来自乡下的一个农民的儿子，其父吴老太爷是常年居住在乡下的老地主，当他为躲避战乱被接进上海后，看到城市里的花里胡哨、灯红酒绿的生活场景时，居然晕厥而死。《长安》中长安厂里的绝大多数工人都是从农村招来的，即使是忽大年、黄老虎等厂领导也是在农村生长，然后参军，从部队转业到工厂的。这种潜在的农转工的身份变化轨迹，决定了这组人物在心理和性格、生活方式、语言习惯上依然留存着农民的特性，忽大年、黑妞儿一旦开口讲话，仍然留有胶东大葱的味道，在其行为和个性中仍然有着中国农民特有的韧性、勤劳和百折不挠的奋斗精神。可以说，他们是在以一种农民的禀赋去从事工业生产和政治斗争。无论作者是否自觉，小说在心理描写与性格塑造中已经明显地表现出了中国工人的这一独特的农民禀赋。

作为军工厂的工人，《长安》中的工人形象中同时包含着鲜明的军人特性。小说中的主要人物忽大年、黄老虎、忽大年的妻子靳子等都是从部队转业到军工厂的，有的虽从农村来，但也有抗日游击队或其他对敌斗争的经历（如黑妞、忽小月和一批日据时期的东北技工等），因此，这些工人形象中依然保留着军人勇敢、坚强与不怕牺牲的精神特质，无论遇到多大的艰难险阻、狂风巨浪，他们都会勇往直前，拼搏到底，始终保有军人本色。

而这些人物在小说中的当下身份则都是工人，军工人或军工厂的领导，

因此可以说，《长安》中的人物形象，是工、农、兵三种身份及其文化属性的融合体，是既符合生活实际，又符合形象塑造的艺术逻辑的中国军工人形象。这种多重身份的融合，也构成了“中国工人”形象的独特内涵。

（二）个人命运与国家—民族命运、时代流变的同构体

作为中国新小说史上的第一组军工人的群像，长安人物形象系列又是国家—民族的历史使命、特定时空和历史文化语境，与每个人物具体的个人生存境遇熔铸而成，形成了国家—民族命运、时代流变与个人命运的同构体。每个个人的命运与国家—民族的命运，在时代流变的起伏中始终保持着同构状态，彼此血肉相连，荣辱与共。按照小说的叙事逻辑，小说中生动而逼真的个人命运，与国家—民族命运和时代的流变之间，既构成了一种同构性隐喻关系，又在叙事中形成了一种相互拉动的张力关系。

作为一种同构性隐喻关系，《长安》中数十位军工人各自不同的命运，以及蕴含其中的复杂的身心体验和性格特征都可以被视为一系列符号表征，而被赋予国家、民族和时代的所指，以不同的姿态和方式表达着国家崛起、民族复兴和时代变迁过程的艰难历程。同时，这些姿态各异的能指，最终又指向了同一个所指，那就是共和国第一代军工人共同信奉的军工精神——誓死保卫国家、造福人民。

作为一种叙事张力关系，表现为一个个具体的人物命运及其复杂而又独特的内心冲突和个性特征，是在国家—民族命运和时代流变的驱动下发展演变的。国家—民族和时代的每一次变化，都会在个人命运中造成一圈又一圈的波澜，构成每个人内心的冲突和身心的剧变。中苏关系的变化，直接改变了小翻译忽小月的职业生命和政治生命；“文化大革命”的爆发，更是直接结束了忽小月、靳子的生命，将两位主要厂领导忽大年和黄老虎变成了阶下囚；国家清查“梅花党案”又险些要了忽大年的命。但同时，金门炮战、中印边境自卫反击战，以及即将开始的改革开放，又一次次将忽大年从生死线上拉回到军工厂厂长、共和国军工业领军人的位置

上。同时，个人的命运也同样拉动着国家—民族命运和时代流变。长安军工人承受着各自不同的艰辛、屈辱和悲剧，通过生产出来的一代又一代的尖端武器，在一次又一次的保家卫国、维护主权的战争中发挥了巨大作用。这在某种程度上也影响着国家—民族命运和时代的流变。

正是这种个人命运与国家—民族命运、时代流变同构的家国一体化的书写，将作为第一代大国工匠的军工人群像高高矗立在这个新兴共和国的宏伟基业上，成为一座座需要历史去铭记的丰碑。

（三）军工人群像作为新小说人物形象序列的艺术价值

作为军工人和军工企业的管理者，作家阿莹早在数年前就以话剧艺术塑造了舞台上的第一组军工人形象。如果将长篇小说《长安》与话剧《秦岭深处》打通来看，便可清晰地看到两部作品整体地展示了中国军工人群像从共和国前三年（《长安》）到后三十年（《秦岭深处》），在各种政治浪潮到商业浪潮中沉浮起伏的发展演变历程。应该说作为一部长篇小说，《长安》对军工人群像的塑造自然要比话剧《秦岭深处》更加复杂、深入、丰富多彩，更具艺术价值。如果将这一群像置于新小说人物形象序列，其艺术价值依然十分凸显。

这组群像除了前述的在新小说史上的唯一性之外，其作为一个由数十位军工人组成的群雕，每个形象都有自己独特的个性特征、人性内涵、精神风貌、命运轨迹和清晰的外形标志，每个人都是独特的“这一个”，都是“熟悉的陌生人”（别林斯基语）。他们各自的特异性共同构成了《长安》人物类型的丰富性、人性内涵的深刻性和各自不同的艺术旨趣。

同为军工人，小说中数十个人物每一个都有自己独特的心理、个性和命运走向。即使是同时从军队转业来到长安厂做领导的忽大年和黄老虎，两个人虽经历相似却个性迥异，忽大年爽直、豪迈、敢作敢为、坚忍不拔，黄老虎心思缜密、患得患失、首鼠两端，甚而会投机钻营；同为管理军工企业的高层领导，成司令果敢豪爽、敢于担当、大刀阔斧，而钱万里老谋深算，神龙见首不见尾；同样是从日据时期东北军工厂转来长安厂的技术人员，连福与焦克己、哈运来个性、命运却大相径庭；同样从胶东半岛黑家庄来的两位女性，黑妞儿豪放、执拗而坚韧，忽小月多情、浪漫而脆弱。这些人物以各自的特异性，共同构成了军工人群像的丰富性和深刻的人性内涵。

同时，这些不同的人物形象在小说中构成了完全不同的艺术旨趣。如果说，以忽大年为代表的军工人构成了中国军工事业苍凉、悲壮、雄浑的进行曲的话，那么，以黄老虎、哈运来、门改户等为代表的一些人物则是穿插其中的戏谑小调，而才情四溢却命运多舛的连福、多情浪漫却红颜薄命的忽小月、以佛心投入军工事业而最终归隐山林的释满仓，以及在忽大年生活中一闪而过、牺牲在中印边境战场上的毛豆豆则是一曲曲咏叹调，将这组军工人形象特异化、极致化、传奇化，进而“羽化”为飞升天空的精灵，在各自的悲剧中涅槃为一群象征着和平的鸽群。

更重要的艺术启示是，这些姿态各异的人物形象，以自己不同的心理、不同的个性、不同的命运，共同凝聚起同一种“军工精神”。有如交响乐中不同的乐器、不同的声部、不同的音色和音质，共同演奏出了一曲宏大乐曲一样，体现出“杂于一”的雄浑力量。

三、《长安》对新小说史诗传统的承续

尽管创造史诗的英雄时代已经过去①，但史诗所赞唱的神话英雄，作为一种“具有永久魅力的”“不可企及的范本”②，依然影响着后世的文学。在中国新小说史上，人们对书写历史的长篇小说的最高赞誉莫过于说这是一部史诗式的巨著。虽然由于史诗所处的英雄时代的一去不复返，这种赞誉只有修辞的性质，但在新小说史上的确有一种“史诗传统”，特

① 参阅维柯：《新科学》，朱光潜译，人民文学出版社，1986年。

② 马克思、恩格斯：《马克思恩格斯全集》第46卷，人民出版社，1979年，第49页。

指那些具有大历史视角、书写不同时代具有英雄特质的典型人物、揭示历史发展的本质规律的现实主义作品，最具代表性的如《创业史》《保卫延安》《平凡的世界》《白鹿原》，城市工商业题材中的《子夜》《上海的早晨》，话剧中的《茶馆》也属此类。史诗传统的主要特征是：以大历史视角和真实的历史节点为故事背景和叙事线索；在现实中的人物中发现其超越性和英雄特质，从而构成典型性；具有复合的多声部的叙事结构；力图通过客观叙事揭示历史的本质真实和历史发展的必然规律。如果从这几个方面来考量的话，阿莹的《长安》可以说全面承续了这一史诗传统，而且可以被认为是史诗传统在军工叙事中的标志性作品。如果说，半个世纪前，柳青在长安完成的是一部农业领域的《创业史》的话，那么，同在长安的阿莹所写的《长安》，则是一部工业领域的“创业史”。

如果说《创业史》以互助组、合作社、人民公社等主要历史节点为背景，真实记录了建国初期中国农民走上集体化道路的历史，创造了以梁生宝为代表的新型农民形象的话，那么《长安》同样是以解放战争、抗美援朝、中苏友好背景下中国军事工业的起步、金门炮战、中印边境自卫反击战、中苏关系决裂、珍宝岛自卫反击战、“文化大革命”、改革开放等与军工相关的主要历史节点为背景和叙事线索，真实记录了共和国军工业从无到有、从弱到强的历史，同样创造了以忽大年为代表的、具有英雄特质的新型工人形象。所以说，大历史视角和以真实的历史节点为故事背景，构成了《长安》史诗品质的第一个要素。

作为新型工人形象的忽大年及其典型性，是构成《长安》史诗品质的第二个要素。需要特别指出的是，在新小说史上，城市工商业题材的长篇小说中尚无一个类似新型农民形象梁生宝那样一个被人们公认的典型的新型工人形象，尽管在新中国成立初期部分作家深入工矿企业体验生活试图创造这样的形象，后来部分作家也在一些中短篇小说书写了不少工人形象，但是以大历史视角和在宏大场景中塑造的、具有典型性的新型工人形象，并没有凸显出来。周而复先生的四卷本的大部头小说《上海的早晨》

应该是具备这种大历史视角和宏大历史场景的作品，但其核心人物徐义德是一个被改造的民族资本家形象，不属于新型工人形象，其中的几位纱厂工人代表也未见可作为典型的新型工人的代表形象。

忽大年形象除了是上述所谓农民禀赋、军人特性、工人身份和领导职责的聚合，即作为工农兵合体的中国式工人形象外，其所潜在的史诗内涵在于他的典型性和英雄品格。

按照典型建构的一般逻辑，忽大年是历史发展的必然趋势赋予他的普遍性，与他作为一个活生生的普通人所具有的个别性的统一体，其个性特征和英雄品格均源于此。忽大年是胶东半岛的一个叫黑家庄的农民的儿子，自幼父母被“黄狗子”（日伪军）抓走，便和妹妹忽小月成为孤儿寄居在黑大爷家的黑家大院，随后又逃婚到了部队，参加了抗日战争、解放战争，一路由新兵蛋子成长为一位征战沙场的军官，新中国成立初被调任某绝密工程总指挥，后任长安机械厂（共和国第一代军工厂）厂长、党委书记。这一在中国具有一定普遍性的，由农到兵到工到官的经历，与抗日战争、解放战争、抗美援朝（他本人没能到战场，但他曾经所带部队受到重创，成为始终影响他心理的潜在因素），到和平建设环境下的对台、对印、对苏战争等重大历史进程，又将忽大年的个人命运与国家和民族的命运融为一体，决定了这一形象成为国家意志和历史发展的必然逻辑的代表者，构成了其普遍性的一面。同时，作为一个现实中活生生的人，忽大年有着自己极其特殊的个别性，甚至有着难以启齿的、不可告人的且困扰着他整个成长道路的个人隐私。他从黑家庄逃婚出走，是由于他在新婚之夜被新娘子黑妞儿的“铁砂掌”给吓阳痿了，才不得不逃走的。他在兵荒马乱中，带着男人最难堪的自卑感参军上了战场。在战场上，为了民族大义，也为了证明自己的男性本质，他勇敢拼杀，很快成长为一名军官，直到遇到了女扮男装的勤务兵靳子，他才真正恢复了作为男人的自信。而与他拜过堂的原配妻子黑妞儿，本来就有“谁看见了她的身子就必须嫁给谁”的信念，后又与他拜了堂、同了房，自然坚持从一而终，且用大半生百折不挠地寻找作为自己丈夫的忽大年，以至长途跋涉从胶东半岛的黑家庄，历经千辛万苦来到西安城，通过连福进入长安机械厂，成了令忽大年焦头烂额、又挥之不去的一个幽灵，最终又成为宁愿为忽大年赴死的最坚定的支持者。这一看似偶然的、荒唐的，甚至有些让人不堪的个人经历，并不能损害忽大年作为共和国第一代军工人和新型工人的形象，也无损于忽大年的英雄品格，反而更加增强了这个人物的真实性和人性内涵，并且成为忽大年形象的典型性中不可或缺的个别性的一面。作为现实主义小说和史诗传统的叙事，构成典型形象的普遍性和个别性越是极端，就越具有典型性。忽大年正是这样一个在普遍性和个别性的两极都走向了极端的一个典型形象。

决定《长安》史诗特质的第三个要素是，忽大年形象的英雄品格。按照维柯的论述，英雄时代是神的时代向平民时代的过渡阶段，因此，英雄便是神与人的合体。[①]史诗赞唱的正是人身上所具有的神性。而在平民时代，具有神性的英雄已不复存在，人们便将在战场上英勇无比、不怕牺牲的人称为英雄，或者将在日常生活中敢于自我牺牲，勇于为他人和公益服务、奉献的人称为英雄。广而言之，在平民时代，英雄是那些为了某种精神或信念，能够超越自身利害得失，超越生死的人。《长安》中的忽大年就是这样的平民英雄。他为了保家卫国，为了给亿万中国人民创造安全和幸福，不管时代风云突变，不顾个人性命安危，都要带着全厂工人为国家生产出尖端的武器。他以自身固有的农民的禀赋，隐忍着自己的妹妹、妻子先后被迫害致死；以自身固有的军人的坚强，战胜了被误解、被污蔑、被审查、被下放一线劳动，甚至被软禁、关押的折磨；以自己作为工厂领导的责任感，在被免职和被关押的情况下，冒着巨大的政治风险，依然坚持推进军工生产。他冒着生命危险去拆哑弹，冒着再次被免职和关押的危险去建新试弹场，等等。这些行为已经充分证明了忽大年的超越性，以及

① 参阅维柯：《新科学》，朱光潜译，人民文学出版社，1986年。

由此表现出的英雄品格。

此外，《长安》以复合式叙事结构，展现出的全景式的历史景观，也是其史诗品格的构成要素。整部小说以多个人物命运为叙事线索，多条线索穿插推进，形成了一种复合式的、多声部的叙事结构，书写出共和国军工事业前三十年全景式的宏大历史景观。作者根据不同人物在故事中所占的结构性权重和着墨多少，铺开叙事线索。小说中有始有终、能够成为独立叙事线索的就有忽大年、黑妞儿、忽小月、黄老虎、靳子、连福、释满仓、门改户、红向东等近十个人物，由这些人物命运拉开的叙事线索既相互交织，又各自形成独立的闭合回路，构成了一组多声部的命运交响曲，发出了那段悲怆却又辉煌、诉说着对战争与和平深情关切的军工史的回声。

真正的史诗是唱出来，而不是讲出来的。《长安》叙事的极致部分，每每抵达不得不唱的境界，如忽小月一步一步爬上高耸的烟囱时的内心独白；忽大年被关押在地下室，准备悬梁自尽时的内心独白；释满仓绝望至极离开长安厂隐居南山时的心境；连福从被关押的煤矿回到长安厂得知爱人忽小月自尽后的心境；忽大年冒死走向哑弹的那一刻；黑妞儿为忽大年守到50多岁未嫁，最终在一声爆炸声中倒下的那一刻；在二代火箭弹终于试射成功，一对小白鸽飞起的那一刻……这些将故事和人物命运推向极致的部分，都是史诗的唱赞之声响起的时候。

四、在历史叙事与文学叙事融合传统中的《长安》

在中国，历史叙事与文学叙事是在同一条河流中流淌下来的。从《尚书》《左传》开始，中国人一直是以文学叙事的方式讲述历史的。而就在作家阿莹生长的地方，历史叙事与文学叙事的融合曾抵达了人类叙事艺术的极致——西汉太史公司马迁曾在长安发愤著书，写出了被鲁迅称为“史家之绝唱，无韵之离骚”的《史记》。尽管在今天，历史叙事与文学叙事已经成为两种不同的叙事原则和方式，但大量文学作品，特别是史诗传统的长篇小说，却依然在以文学叙事的方式来讲述历史。然而，文学叙事与历史叙事毕竟有着本质的不同。按照西方人的说法，“诗人的职责不在于描述已经发生的事，而在于描述可能发生的事，即根据可然或必然的原则可能发生的事。历史学家和诗人的区别不在于是否用格律文写作……，而在于前者记述已经发生的事，后者描述可能发生的事。所以，诗是一种比历史更富哲学性、更严肃的艺术，因为诗倾向于表现带有普遍性的事，而历史却倾向于记载具体事件”。[①]在这个意义上说，文学叙事虽然依仗虚构，却比历史叙事更真实、更本质。可以说，历史叙事记录的是历史的肉体，而文学叙事讲述的是历史的灵魂。事实上，无论中外，绝大多数的历史叙事都是在讲述权力争夺与政权更迭的过程，而这一过程中所发生的人的心灵感受和心理活动，以及给人类精神和历史发展带来的影响，却被完全忽略了，而且历史发展的必然逻辑也被淹没在了浩若烟海的史实和现象之中。而文学叙事所讲述的历史，恰恰是在历史叙事终止的地方开始的。其所讲述的是历史发生过程中有关人的心理感受和精神活动，并由此去揭示历史发展的本质规律。因此，用文学叙事讲述的历史，本质上是人的心灵史。

《长安》的叙事是文学叙事与历史叙事相互融合的传统在军工题材这一历史上从未有过的书写领域里的一次延续。作者阿莹以唯物史观和现实主义原则，真实地再现了从新中国成立初到改革开放初三十多年中共和国军工产业发展的历史。从记史的意义上来说，《长安》已经清晰地呈现出了共和国前三十年从解放战争、抗美援朝、金门炮战，到对印边境反击战、珍宝岛对苏反击战中，军事工业发展的历史背景，可谓是一部浓缩的当代军工史。但《长安》更是一部当代军工人的心灵史，是军工人这一特殊族群的生存史、命运史，总而言之是一部有关人的历史，而不是一部权

---

① 亚里士多德：《诗学》，陈中梅译注，商务印书馆，1996年，第81页。

力更替的历史。

在历史真实与作为小说合法权利的虚构之间，《长安》找到了恰当的契合点。为此，作家阿莹不仅动用了他从在军工厂一线工作、生活，到作为领导管理军工厂的几十年中，对军工发展过程、行业知识、生产生活体验，以及人际交往的全部积累，而且查阅了大量文件、档案、报纸，可以说对军工发展的历史熟悉到了如数家珍的程度。因此，他所书写的人物和事件都有着充分的历史依据和活生生的现实生活原型，但其整个故事和人物却又全都出自虚构。从历史真实到文学虚构，经过了作家烂熟于心的体验、内化和想象，最终艺术化为这段历史的一个完整的隐喻系统。小说中的故事和人物，既与真实的历史过程和现实人物有着内在的关联，同时又是一个完整、独立、自足的隐喻系统。具体而言，《长安》用文学叙事讲述的心灵史，正是新中国走向独立自强、和平安宁的当代史，以及几代军工人艰苦奋斗的军工史的总体象征。

这部以唯物史观和现实主义原则建构的军工人的心灵史，不仅形象生动地映射出了军工史和国家—民族史，而且以艺术的方式揭示了历史的本质真实和历史发展的必然逻辑。无论作为历史还是作为文学，《长安》始终是围绕“战争与和平”的时代主题展开叙事的。

以忽大年为代表的长安军工人冲破重重艰难险阻，舍生忘死地坚持生产火箭弹这一大杀器，并不是为了发动战争，而是为了保卫国家的和平安宁和人民的幸福生活，小说中各色人等对幸福安宁的生活的向往，以及通过忽大年所部在朝鲜的集体阵亡、中印战场上天使般的毛豆豆的牺牲等等，对战争残酷性的控诉，本身就可以说明这一点。可以说，小说的全部叙事都是在对战争的消解和对和平的呼唤，书写出只有国家强大了才能实现真正的和平这一朴素而深刻的道理。这便是《长安》所揭示的历史的本质真实所在。

同时，《长安》通过对一系列政治运动对军工生产的干扰和对一大批军工人的摧残，以及刻板的计划经济体制所导致的决策与实际的分离，揭示了军工史，乃至国家—民族史发展必须走上改革开放之路的必然逻辑。以“文化大革命”为代表的连续不断的政治斗争，给国家的军事工业带来极大干扰和破坏，直到小说的最后，忽大年出于对国家军工事业的一片赤诚和无私奉献精神，冒着极大的政治风险，从病榻上重新站起来，投入了他根本不知道会是什么下场的拼死一搏。而这一被作者称为“光明的焦虑”[①]的结尾，正预示着改革开放大潮的涌动，预示着小说的叙事已经触及了历史发展的必然逻辑。

任何一部文学作品都不是孤立的存在，都属于其所在的写作传统和文本序列。一部文学作品的价值和意义，在于其为所在的写作传统和文本序列贡献了何种独特的经验。《长安》是一部出现不久的作品，它的价值、意义和独特经验，还需更多的批评家去深入发掘。本文所述，仅做引玉之砖，唯期同行们指正，并发表更多的高见。

2022年12月6日

① 阿莹：《长安》，作家出版社，2021年，第470页。

“移民三部曲”[①]：一部移民族群的秘史

陈忠实先生曾在《白鹿原》的卷首引用了法国作家巴尔扎克的名言“小说被认为是一个民族的秘史”。这句话不仅包含了说者和引者、西方和东方两位不同的作家对小说写作的共同领悟和体会，而且也是对小说写作的一种至高的追求和期许。因为对小说整体而言，这一目标是可期的，但对具体某一部或者某几部小说来说，要成为一个民族的秘史恐怕只具有修辞意义，就像人们动辄将一部历史题材的长篇小说称为“史诗”一样。然而，对某个特殊族群来说，用一部或者几部小说去书写其秘史，则是相对可能的。女作家吴文莉历经了近二十年，用三部长篇小说（《叶落长安》《叶落大地》《黄金城》），一百三十多万字，书写出了一部聚居于陕西关中城乡的河南、山东移民族群的秘史。

所谓秘史者，既指消逝在历史记忆中不为人知，却又真实存在过的生存经验，也指被历史书写忽略的，却又具有不可忽视的精神价值的那部分史实，更指隐藏在历史背后、精神深处的人的心灵史。

① “移民三部曲”指女作家吴文莉的长篇小说《叶落长安》（河南文艺出版社2007年出版、凤凰出版社2012年出版、陕西师范大学出版总社2021出版）、《叶落大地》（太白文艺出版社2015年出版、陕西师范大学出版总社2021年出版）、《黄金城》（载《当代·长篇小说》2019年第2期，陕西师范大学出版总社2021年出版），因三部小说均讲述移民族群的故事，故本文称之为“移民三部曲”。

一、大历史与小叙事

如果我们将吴文莉的这三部小说视为“移民三部曲”来做整体观的话，便可发现，三部曲尽管写的不是同一个族群、同一组人物（《叶落长安》和《黄金城》写的是河南移民、《叶落大地》写的是山东移民），却书写了从1899年到2019年一百二十年间漫长的移民史，展示了山东移民、河南移民两大族群，乡村和城市两种生存空间，晚清、民国、新中国前三十年、新中国后四十年四个历史时期的生存境况，不可不谓波澜壮阔。

对如此宏大的历史景观的书写，很容易被人们列入宏大叙事，并被冠以“史诗性”之类的帽子。事实上，吴文莉书所写的移民族群的历史，不仅仅是汇聚于关中的山东移民、河南移民的移民史，而且是以潜在的大历史观为背景的一种书写，既是中华民族的苦难史、心灵史，也在客观上牵动了近现代以来许多大的历史节点，如清末民初的历史转折、红色革命史、抗日战争、新中国成立、“文化大革命”、改革开放，以及当今中国的全面崛起等等。因此，书中之历史乾坤不可谓不大。然而，吴文莉的写作却无宏大叙事之虞，而是在大量真切、细致、绵密的细节描写和情景写意，一组组平凡而被视若草芥的难民、灾民的底层生活的记述，对大量丰富翔实的地方性知识、时间性知识、行业性知识的书写，以及富有地方方言色彩的对白中，推进其历史叙事的。

按照法国学者让-弗朗索瓦·利奥塔尔的说法，我们所谓的宏大叙事，被其称为“元叙事”或“大叙事”，是一种具有合法化功能的叙事，是基于某种思想的构想，对历史的一种求证，是建构某种真理性、思想体系、理想框架的话语模式。因此，“元叙事”或“大叙事”与其说是一种历史叙事，毋宁说一种历史建构行为。作为一位后现代文化的研究者，利奥塔尔认为“元叙事”或“大叙事”是现代性的标志。而所谓后现代主义对现代性的怀疑和清算，便是从以“小叙事”取代“元叙事”或“大叙事”开始的。小叙事是一种更谦虚的、地方化的、个人化的、碎片化的，把目光聚焦于单个的事件上的叙事。尽管笔者无意于生搬硬套西方现代主义、后现代主义理论来认识和论定吴文莉的小说写作，但利奥塔尔对“大叙事”与“小叙事”的分析与论述，无疑对认识吴文莉的历史叙事具有很大启发。不管吴文莉的写作与后现代有没有关系，但她对“大历史”的叙述，十分契合利奥塔尔所说的“小叙事”，一种个人化的、碎片化的、更加谦虚的、专注于单个事件的，特别是基于密集的地方性知识、时间性知识、行业性知识和地方方言的一种叙事。如《叶落长安》中对只会做风箱、木盆、木桶的河北老梁木匠，用担子把5岁的孙子挑到西安城的描写，如小巷里小媳妇的儿歌“日头落——狼下坡，光肚儿小孩儿跑不脱，有娘的——娘扯着，有爹的——爹背着。没爹没娘算咋着？”[①]，还如对郝玉兰做河南胡辣汤神奇厨艺的精细描述。在《叶落大地》中书写了大量地方性知识、时间性知识、行业性知识，如农事、工艺、佛教、中医、戏曲，以及移民家族与原住民家族艰难融合、与土匪的斗智斗勇等等。在《黄金城》中书写了河南沙村的诸多生活细节，特别是西安城众多名特小吃的制作工艺与味道，可谓精细入微。这种细微的“小叙事”，以碎片化的个人记忆的方式，被真切地讲述出来，可以直接把读者带入那种地方性的真切的生活氛围之中。

笔者并不关心一种写作到底姓什么“主义”，而更看重一个作家写作的诚信。如前所述，吴文莉式的小叙事，尽管没有表现出去建构一种历史和历史观的意图，但她的确用一系列具体的生活情景、一组组完全日常生活化的人物、一个接一个的富含地方性知识、时间性知识和行业性知识的真切细节，呈现出来有血有肉的历史。这样的叙事是一种诚实的写作，作者与书写对象、与读者之间构成了一种诚信的关系。可以设想，如果作者

---

① 吴文莉：《叶落长安》，河南文艺出版社，2007年，第4页。

没有做到对书写对象进行深入的、感同身受的体验和研究，就不可能告诉读者生活的、历史的真相。为此，吴文莉长期深入河南移民族群的生活、聆听了大量祖辈对历史记忆的讲述，在关中地区现存的很多“山东村”与山东移民及其后代们共同生活，做田野调查、口述实录，研究了大量的史料和地方志，甚至切身去体验饥饿、疼痛，去学习一些地方性的生活技艺等等。特别是她的外婆，作为河南移民中的一员，给她通宵达旦地讲述其逃荒时的真实情景，将祖辈经历的苦难像祖传的遗产一样，继承给了她。[①]

更重要的是，作为一种对大历史的书写，“移民三部曲”既没有试图去建构历史，也没有像某些小说和影视剧一样去“戏说”历史，更没有去恶搞、去解构历史，而是用具体的生活场景和细节、用一个个真实而活生生的平凡的底层人形象，去最大限度地去记录历史，去还原历史的真实。从“移民三部曲”的书写经验可以证明，以“小叙事”书写“大历史”不仅仅是一种叙事方式的选择，同时也是历史观的选择。不管是否自觉，“移民三部曲”的作者没有选择新历史主义史观，也没有选择后现代主义史观，更没有选择历史虚无主义史观。这种最大限度地记录历史、还原历史真实的写作，显然属于唯物史观。

二、苦难、悲悯与救赎

在对“移民三部曲”的阅读中，人们印象最深刻的，应该是作者对苦难的书写。由饥饿、疼痛、劳苦、疾病、死亡带来的苦难，贯穿整个“移民三部曲”。可以说，吴文莉笔下的移民史，就是一部苦难史。这些苦难来自贫困，来自斗争，也来自人性中某些固有的劣根性，更来自时代和自然环境。《叶落大地》中的山东移民刘冬莲一家，从山东出发走关中，中途丈夫和仅有的一点钱被河水冲走，为了活命卖了女儿，被迫在破庙里分

① 吴文莉：《黄金城·从西安城到黄金城》，陕西师范大学出版总社，2021年，第457—458页。

娩，为养活儿子与男人们一起开荒……《黄金城》中的河南移民毕成功一家六口，因“文革”中一场荒诞的政治陷害，以“反革命分子”的罪名被赶出西安城，遣返回河南老家沙村，开始了长达十几年的饥饿、劳苦和被遗弃、被歧视、被侮辱、被批斗的苦难生活。特别是年仅几岁的毕成功为了能有口饭吃，逃学去镇里千辛万苦地卖冰棍数年，被村主任发现后又被当作资本主义尾巴，让人砸了冰棍箱和他组装的破自行车，打死了与他亲密无间的黑狗。他被迫逃出沙村、离开与他相依为命的母亲，一路风餐露宿，流浪到西安，接着又是晚上睡城门洞、睡门廊，白天拉坡度日的城市流浪生活，等等。

作为一名70后的城市女作家，吴文莉对苦难的书写出乎人们的一般预期。

首先是她对苦难感同身受的深度体验，与她个人经历的城市生活和时尚化的文化氛围极不匹配。70后作家真正的生活经历是从80年代开始的。而80年代的中国虽不富裕，但总体上已经度过了苦难期，特别是80年代的城市生活，已经有现代文明在涌动。因此，她没有真正经历过民国、“文革”、农村、饥饿、批斗和各种类型的重体力劳动，但却能把乡村农民的苦难写得具体、逼真、入木三分，许多地方已经抵达身体和生命的极限体验。这里包含着一个作家对生活多么难以置信的研究、感知和想象力！

其次，“移民三部曲”对苦难的书写，寄寓着作者深厚而切肤的悲悯情怀。整个“移民三部曲”不仅没有对仇恨的过度书写，而且将一切苦难中的人物、动物，乃至万物生灵，皆置于悲悯的佛光之下，即使是一些看似作恶多端的人，如沙村那位多方迫害毕成功一家的队长，那位为了自己活得好，遗弃了妻儿几口的毕成功的绝情父亲，作者最终也仅将其作为可怜之人。事实上，这些作为恶人之恶有多少是他们与生俱来的？他们同样是那个恶劣境遇、那段荒谬历史的受害者和牺牲品。同时，这种悲悯情怀又绝不是一种善恶不分、是非不明的人生态度，而是源自作者对人、对世界的认识和理解，源自一种具有某种超越性的主体意识：爱，一种对人、对万物生灵的爱。但与此同时，作者对人的认识和理解的深刻性也并没有被爱的佛光所遮蔽。“移民三部曲”中有着大量对人性、对人的心理变化的复杂性的书写，如《黄金城》中毕成功的母亲刘兰草，就是一个有着异常复杂的心理世界和人性深度的人物。一个只会写自己名字、性格温良、吃苦耐劳的女工人，被人诬陷为“反革命分子”，被遣返河南农村，丈夫的老家沙村，随后，又连同四个儿子一起被丈夫遗弃，并遭到村里人的各种各样的欺辱，直到她被迫奋起反抗，最终变成了一个歇斯底里的“泼妇”，以至重返西安后已经改不掉找人吵架的习惯，不吵架就会犯瘾。但即使如此，刘兰草善良、勤劳、为儿子奋不顾身的本性，却依然如故。这种极度善良与极度疯狂的矛盾组合，让刘兰草成为一个表面上是位古怪的老太婆，实质上是一个人性被扭曲、内心极为复杂的人物。《叶落长安》中的郝玉兰、《叶落大地》中的刘冬莲，都是这样一些人性被苦难扭曲了的、姿态各异的人物形象。作者主体意识中的悲悯情怀，与对人性深度及其复杂性的揭示，构成了吴文莉苦难书写的一个具有巨大开合度的张力场。

同时，吴文莉的苦难书写，清晰地揭示出了河南、山东移民族群抵御、战胜和超越苦难的救赎之路。

无论是在吴文莉的小说中，还是在历史史料的记载中，聚居在关中城乡的河南、山东移民族群的历史，就是一部彻头彻尾的苦难史。因为移民的起因，不是自然灾难，就是战争，以及由此引起的饥荒和流离失所。而苦难并没有使这些移民族群走向消亡，反而使其一步步走向了兴盛。无论是聚居在西安、宝鸡、铜川等城市的河南移民族群，还是遍布关中各地的“山东村”，都已经成为关中文化、经济的重要组成部分，而且为当地的发展做出过多方面的贡献，还孕育出了一批历史上的杰出人物，如被田汉称为世界三大古老剧社之一的易俗社创始人李桐轩、被誉为近代“陕西三杰”之一的水利学家李仪祉、西部电影的教父级导演吴天明等均出自关中的“山东村”。其中最核心的法则便是吴文莉小说所揭示的移民族群清晰的救赎轨迹。

在精神层面上，无论是山东移民，还是河南移民，抑或是他们所汇入的关中城乡的原住民，其战胜并超越苦难，得以救赎，最终走向兴盛的决定性的力量，便是文化。

陕西、河南本来就是中华民族文化的主要发祥地。历史上，河南是商王朝的京畿之地，陕西省周王朝的京畿之地，夏商是中华文化的孕育期，周是中华文化的形成期，因此夏商周三代是决定中华文化最关键的历史时期。中华文化集中形成于周初，公元前1040年前后，周公旦在镐京制礼作乐，创制了成体系的礼乐文明，约五百年后，鲁国的孔子在礼乐文明的基础上编辑成“六经”中的“五经”（《诗经》《尚书》《周礼》《乐经》《易经》），成为儒家思想的经典。今属山东省的鲁国是礼乐文明的主要延伸之地，因为鲁国是制礼作乐主导者周公旦的封地。鲁国的第一代鲁侯便是周公旦的长子伯禽。因此鲁国是遵守礼乐制度最坚定、最持久的诸侯国。也正是由于这个原因，鲁国才诞生了一心“克己复礼”的、做梦都要梦见周公的孔子①，才在周初的礼乐文明基础上创立了儒家学说。这些历史渊源虽然相去久矣，但今日之陕西、河南、山东三地文化积淀之深厚、三地所属子民与生俱来的文化禀赋有目共睹。而这种来自历史深处的文化禀赋，正是山东、河南移民族群抵御、战胜并超越苦难的重要精神力量，也是“移民三部曲”拓展的一个重要的精神领域。从三部作品中我们可以看到，几乎每一次濒临极限的苦难，不是得救于仁义，就是得救于宽厚、隐忍，或者得救于由共同的文化禀赋和礼仪规制凝聚而成的团结的力量。再大的苦难，总是能因为这种先天的文化品质、文化性格和文化价值观而实现自救或被救。因此，文化，成为移民族群在苦难中实现自我救赎、相互救赎的根本法则和巨大力量。

在现实层面上，三部小说始终在回答着同一个问题：这些从大饥荒、花园口决堤的大洪水，以及“文化大革命”中逃生、流亡陕西关中的河南

---

① 见《论语·述而》孔子言：“甚矣，吾衰也！久矣，吾不复梦见周公。”

人和山东人是怎么活下来的，又是怎么扎根关中，还能走向兴旺发达的？他们是凭借着什么渡过饥饿、劳苦、疾病、死亡等一系列苦难的？

吴文莉在“移民三部曲”里呈现出河南、山东移民在苦难中实现救赎的一条清晰线路，那就是：个人—家庭—邦族—国家。

移民族群是由一个个家庭组成的。而家庭是个人命运和战胜苦难的共同体。家庭成员之间的爱成为他们共同抵御一切灾难的动力和希望。因此，小说中每一个个人无论在任何情况下，都以维护家庭和家庭成员的命运为最高准则。刘冬莲在逃荒途中失去丈夫，被迫卖了女儿，她的家庭仅剩下一个刚刚出生的儿子。而在她生存最无助的时候，她宁死都不放弃儿子。儿子成了她的家庭存在的唯一标志，也是她战胜苦难的主要动力和希望。刘兰草在被打成“反革命分子”、被遣返回河南老家、被丈夫遗弃的情况下，她自己无论忍受多大的苦难，都不放弃养护自己的四个儿子。家，成了他们母子四人战胜苦难的最后堡垒。

邦族，是移民族群中一个个家庭联合战胜苦难的共同体。“移民三部曲”对邦族的书写异常精彩。在山东移民扎根的关中农村，邦族是以宗族和村寨为单位形成的。《叶落大地》中描述了一个最典型的村寨——谭家堡子，并按照乡俗和传统礼仪产生出两位族长式的人物：谭彦章和谭守东。他们领着山东移民构筑起寨墙，以抵御自然灾害、猛兽、土匪、乱军，共渡苦难。在《黄金城》中，这个邦族就是西安城。这座城市成为移民族群抵御所有灾难和困苦的避难所，移民们无论如何走投无路，只要进入这座城，就能活下来。在这里，城就是邦，就是一个生存命运和抵御苦难的共同体。因此，守城，在“移民三部曲”中，以不同的方式进行着。《叶落大地》中山东移民直接加入西安守城战的行列。而《黄金城》中的毕成功们更是用自己的坚韧、才智和拼搏，守护西安这座古老城市的尊严和荣光，并要努力将其打造成一座“黄金城”。

国家，是所有移民在苦难中实现救赎的最后的和最强大的堡垒，是所有个人、家庭和邦族抵御苦难的共同体。在《叶落大地》中，是国家的逐步兴盛为山东移民打开了更大的生存空间。而山东移民们为了保卫自己的国家，勇敢地走向延安，走向抗日前线。在《黄金城》中，是国家的改革开放政策让陷于绝境的河南移民们找到了生机，找到了发家致富的道路。同样，毕成功们也用自己的努力和付出，践行着这项使所有移民，以及全体国民实现共同富裕的伟大国策。

从根本上说，在共同的文化规制下形成的“个人—家庭—邦族—国家”这条救赎线路，就是一部移民族群抵御、战胜和超越苦难的历史，也是一部移民族群的心灵史。这部心灵史正是“移民三部曲”书写的移民族群秘史的最核心的史实。

三、诗性与批判性：两种叙事传统的融合

在中国新文学史上，最早出现的小说传统，一是以鲁迅为代表的批判现实主义传统；二是以废名—沈从文为代表的诗性浪漫主义传统。[①]这两种传统的基本精神和艺术方法是截然不同的。鲁迅的批判传统把他的故乡、美丽的南方小镇绍兴写得千疮百孔；沈从文的诗性传统却把他的故乡、蛮荒而匪盗四起的湘西写得美轮美奂。

本文无意于拿吴文莉与鲁迅、沈从文等文学大家攀比，而是在吴文莉的小说中发现这两种截然不同的小说传统实现了一定程度的融合。即“移民三部曲”的基调是诗性的，但同时又在诗性的光亮中透出了对人物、对过往时代和历史逻辑的批判锋芒。

吴文莉本来就是一位画家，兼事工笔与写意两种画法。而无论何种画法，用绘画的笔法写出来的文字便会是诗性的。中国早有“诗中有画，画中有诗”之说。吴文莉尽管写的是小说，却难掩画境在文字中的流露。其对形象和画面的捕捉已接近诗意的升华，有些形象已经被意象化、象征

① 李震：《论20世纪中国乡村小说的基本传统》，载《陕西师范大学学报》（哲学社会科学版）2005年第3期。

化了。如《叶落大地》中刘冬莲在逃难时，丈夫落水而亡，尽管她坚强地活了下来，但始终不能走出对丈夫的思念，于是她就在村子里栽了两棵楸树，一棵象征她自己，另一棵象征她的丈夫；《黄金城》中对童年毕成功与他的黑狗关系的叙述，对毕成功将辛苦赚来的零钱、夹在捡来的《辞海》书页中的描写都极富象征意味。这种象征化的叙事既是一位画家对文字书写的特有禀赋，也是其小说诗性特质的集中表现。

吴文莉作为一位女性作家，其诗性的书写更多的是基于对情感的敏感与精确把握，特别是她所塑造的一系列女性形象，富含着其对情感深入而独到的理解。无论是移民郝玉兰、刘冬莲、刘兰草，还是那个爱读书、会拉琴的少女孟寒雨，毕成功的妻子方美丽等等，这些女性都具有复杂而姿态各异的情感世界，若非深入了解女性，具有精准把握女性情感微妙、丰富而富有变化之种种特点的能力，很难进入并表现出如此复杂的情感世界。情感本来就是属于诗性的，小说中对情感的集中书写便会成为一种诗性叙事。

作为一位女性作家和画家，吴文莉对情感、对象征意象的直觉和感知能力，乃至对语言的细微把握的能力，都是毋庸置疑的。人们通常会对女性作家的理性批判能力存有一定程度的怀疑。因为一般来说女性先天地具备着丰富的非理性的内心世界，而对外部世界的变化和对其做出理性判断缺乏兴趣。然而，文学，特别是长篇小说，一定是一个理性与非理性相互平衡的产物。这也是笔者考察一部长篇小说成熟与否的一个重要观察点和评价标准。

从吴文莉这三部长篇的写作，以及她在后记中的自述来看，其批判性，乃至对一部长篇的结构的把握等这些能够表现出理性能力的地方，都经历了一个由弱变强的过程。最早写出的《叶落长安》基本上是在吴文莉对自己祖辈所属的河南移民族群的感性认知和强烈兴趣的冲动下进入写作的。其中有大量具体、生动的人物和事件的叙述，但并无多少反思的空间，而且精彩之处主要集中在前半部对河南移民族群流入长安经历的精细描写中，而后半部分写河南移民在长安兴办产业发家致富的经历，则显得松散，并与前半部在结构上不完全统一。笔者当时做出的诊断结论便是“下肢瘫痪”。然而，从第二部《叶落大地》开始，小说的反思特质、叙事结构得到了充分强化。譬如其中对人与土地的关系的反思，个人与家庭、邦族、国家关系的反思已相当深入。她甚至在后记中明确地说，“土地，是我在小说《叶落大地》中想要表达的一个主题”[①]。可以看出吴文莉的写作由此开始进入了理性自觉的阶段。到了第三部《黄金城》，小说的理性精神已高度自觉，而且表现出了强烈的批判性。《黄金城》的批判性至少表现在以下几个方面。

其一，是对历史的反思与批判。《黄金城》的移民叙事是在前两部作品对第一代移民经历的叙述基础上，从“文革”开始的第二代移民讲起的。毕成功一家从因歹人陷害被遣返回河南老家，到毕成功被迫出逃，再度移民，返回长安，都围绕着一个起因，那就是“文革”。《黄金城》叙事的逻辑起点，便是对“文革”历史的批判。小说具体而真切地讲述了“文革”将一个勤劳善良的女工瞬间变为“反革命”，又逐渐变为泼妇，将一个城市里的普通工人家庭变为乡村里四分五裂的农民家庭，将沙村那些祖祖辈辈靠劳作为生的普通农民变成了疯狂的政治迫害狂的过程。其中包含着作者对那段荒诞历史的深切反思与强烈批判。

其二，对以毕成功为代表的实业家原罪的反思与批判。在《黄金城》中，作者深入剖析了改革开放以来中国实业家的发家史及其原罪。小说塑造了一批实业家形象：小说男主角毕成功，靠吹牛和诈骗牟利的老高，煤老板老马，毕成功的大哥、服装厂厂长毕成才，毕成功的二哥、建筑公司销售科长毕成钢，等等。这些实业家都是从极度的生存窘困中起家的，他们对财富的渴望既符合自身的实际需求，也符合时代的必然要求。然而，这些实业家几乎没有一个是通过正当、正常的经营方式发展起来的。毕成

① 吴文莉：《叶落大地》，陕西师范大学出版总社，2021年，第430页。

功过人的吃苦精神、超强的商业头脑和对金钱病态的追求，尽管有其时代的、环境的和其个人经历的根源，但其商业才华主要表现在与影院售票员勾结将电影票与他兜售的小零食绑定销售、争强斗狠、制造假饮料、商业炒作等等商业经营的灰色手段。即使在他积累了巨额财富，赢得了很高的社会声望之后，他的经营理念，依然是投机；而一向喜欢大谈“思想”，有着大构想、大野心的老高，最终因诈骗而潜逃；而煤老板老马是一个满脑子农民意识的暴发户，始终以农民的方式经营着自己的家族企业；大哥毕成才极端自私、唯利是图，连自己的母亲和兄弟都不认，其经营主要靠仿造服装、炒股等方式，最后落了个一贫如洗；而毕成钢则利用国企资源为自己牟利。如此等等。这些实业家的成长几乎全部伴随着原罪。作者塑造这批形象有着自己对中国经济社会发展的诸多反思与批判。在小说中，作者通过大学教授老秦的口直接道出了其反思与批判的意图和见解，并通过毕成功的侄子、第二代实业家、想打入金融业和高科技产业的毕庆勇，试图暗示中国实业家的真正出路。在《黄金城》的后记中，作者明确说：“为了成功，他们勤勉、奋斗、充满激情，但又可以为此而放弃亲情、道德、诺言和底线，不惜代价不顾一切。最终，它或许只剩下黄金。而这个时代的我们，都生存在这样虚妄而耀目的黄金城里。”①

其三，是对个人、对城市、对国家、对时代发展的历史逻辑的反思。《黄金城》讲述的是一个河南移民在西安城生存发展的故事，也是一座城在改革开放四十年里生存发展的故事，更是我们这个国家在这四十年里生存发展的故事。个人的、城市的和国家的生存发展有其同构性的逻辑关系，但也有着实质性的不同。其共同逻辑在于它们都是从多灾多难、积贫积弱之中，绝地反击，奋发图强，走上兴旺发达的道路的。而其相异之处与三者的关系则是，个人的生存发展空间与机遇，是城市和国家提供的。反过来说，城市和国家的生存发展，是需要每一个个人的生存发展来支撑

① 吴文莉：《黄金城·从西安城到黄金城》，陕西师范大学出版总社，2021年，第462页。

的。而且我们历经辉煌、又饱经沧桑的城市和国家，又以自己的宽厚、包容和开放滋养着每一个生存于其中的个人的发展，包括宽容、修正他们发展中的对与错、得与失、高峰与低谷。个人与城市、国家之间的这种相互支撑与相互包容，构成了这个时代发展的历史逻辑。可贵的是，作者对时代发展的历史逻辑的反思是自觉的。她在后记中说："最终，我写的是人物，是他们背后的时代。对众生的使命感，促使我对这些人物命运背后的东西不断思考：为什么这个人是这样的命运，而那个人是那样的命运？他们的生存又是怎样嵌在历史的夹缝里而绵延不绝的呢……"①

诗性与批判性，这两种完全不同的叙事传统，在同一系列作品的叙事中相互拉动，融为一体，应该说是"移民三部曲"的又一叙事张力所在，也是作者的一种极有意味的尝试。当然，这种尝试的效果在三部作品中是不均衡的，还有待在今后的写作中进一步实践，以臻更加纯熟，更加浑然一体。

原载《当代作家评论》2021年第5期，原题为《一部移民族群的秘史——评吴文莉长篇小说〈叶落长安〉〈叶落大地〉〈黄金城〉》

（本文系与杜庆霞合作）

---

① 吴文莉：《黄金城·从西安城到黄金城》，陕西师范大学出版总社，2021年，第463页。

爱与死之间的蜿蜒与激荡

——作为心理小说的《多湾》①

当我准备动用文字来讨论周瑄璞的长篇小说《多湾》的时候，我再一次意识到，所谓文艺批评的确不是对一部作品做出简单的肯定性判断，或者否定性判断，而是这部作品已经展示的可阐释的意义空间所激发的一种学术言说的冲动，以及由此引发的批评家与作家、与读者构成的三方对话。《多湾》之所以能够引发我进入学术言说的冲动，是因为它展示了相当丰富的意义空间。譬如它蕴含了具有深远历史背景的中原民间生活的文化史意义，再譬如它浓缩了20世纪以来河南农村与陕西城市底层社会的历史变迁，还譬如作者在这部小说中尝试的种种叙事方式的探索，等等。而最能够激发我进入学术言说冲动的，则是它作为一部心理小说所展示的意义空间。

心理小说始于19世纪西方作家司汤达、福楼拜、托尔斯泰等人作品中的心理叙事，到20世纪发展为意识流小说，深入弗洛伊德所揭示的无意识世界。七八十年代之交，王蒙等作家试图将意识流写法引入中国，却未能将心理探索的触角深入无意识世界，而是揭示了"文革"前后普遍的社会心理。其后，许多中国作家的小说都做过心理探索，如铁凝、王安忆、

① 周瑄璞：《多湾》，浙江文艺出版社，2015年。

苏童，以及陕西作家贾平凹、邹志安、冯积岐等。我之所以说陕西70后作家周瑄璞的《多湾》是一部心理小说，不仅是由于这部小说展示了周瑄璞作为一位女性作家细腻入微的心理优势和大量精彩的心理描写，更重要的是这部作品的叙事几乎是按照心理过程完成的，故事情节退居在了心理过程之后，而且作品的总体结构和人物命运也是按照心理需求来完成的。

一、爱与死：两种本能之间的“多湾”

小说讲述的是发生在河南中南部颍河流域的民间生活史。蜿蜒曲折的颍河作为一个意象，隐喻着祖祖辈辈生存在这里的人们多舛的命运和复杂多变的社会历史。而这个意象更深入的一层隐喻在于颍河人生命的蜿蜒曲折。如果按照奥地利心理医生西格蒙德·弗洛伊德对人的本能的分析①，整部《多湾》便是爱（生的本能）与死（死的本能）之间的蜿蜒与激荡，就像那条奔流不息而又曲里拐弯的颍河。

据此，我有理由认为《多湾》的总体结构就是在生的本能的极致（爱）与死的本能的极致（死亡）之间搭建起来的。爱与死之间的心理距离，远非小说中讲述的七十多年的社会历史所能够穷尽，而是颍河人千百年来祖祖辈辈延宕的生命历程。

按照西格蒙德·弗洛伊德的理论，爱与死是人的精神结构中并行而相反的两种本能。《多湾》异常生动地讲述了这两种本能在颍河人的生命中的复杂关系。贫困、饥饿、疾病、自然灾害、政治迫害等一系列趋向于死的本能的因素，与对生存的渴望、对人格的守护、对爱的追求之间，构成了几乎每一个颍河人源自生命深处的悲剧冲突。小说较为完整地讲述了季

---

① 生的本能与死的本能出自弗洛伊德1920年的著作《超越唯乐原则》，详见西格蒙德·弗洛伊德：《弗洛伊德后期著作选》，林尘、张唤民、陈伟奇译，上海译文出版社，1986年。

瓷、章杮这两代人从生到死的过程，以及生与死在他们生命的各个阶段的相互交织与对抗。季瓷的爱，是伴随着对死亡的恐惧而到来的。她刚刚出嫁，就接连死了公婆和丈夫，并因舅舅送的陪嫁物—— 一口小洋钟——而陷入死亡的预感之中。当她以过人的求生本能果断选择了改嫁之后，又陷入两个小姑因抗拒做小老婆抵债而吊死在同一棵树上的死亡恐惧之中。而当她再一次以顽强的求生意志，将爱献给夫家，用自己的辛劳为夫家偿还了巨债，并开始生儿育女的时候，由自然灾害带来的饥饿，又一次将她逼向了死亡的边缘。但她依然没有放弃生的希望，她用剪花刺绣的手艺为自己和自己的家人换取食物，度过了危险。这种爱与死的冲突与激荡，伴随了季瓷一生。即使到了她子孙成群、寿终正寝的时候，自然死亡的威胁与她对子孙的眷顾这种爱的本能之间，仍然是季瓷时时面对的冲突。正因为此，她才对自己挚爱的孙女章西芳表现出一种常人难以理解的“冷漠”：每次与西芳的离别她都没有表现出强烈的惜别与依依不舍，而是简单地说声走吧。这种爱与死的冲突与激荡，同样成为季瓷的孙女章西芳生命中的悲剧，章西芳对爱的渴望和投入，换取的却是欺骗、拒绝和堕胎。按照弗洛伊德的学说，生的本能是肯定性的和建设性的，其目标就是建立某种联结和统一体，并极力去维护之，而死的本能是否定性的和破坏性的，其目标就是死亡，就是取消联结，故而带来毁灭。章西芳初入爱河，苦心建立的这种爱的联结，却被迫取消。而更加惨烈的是她与男友之间爱的联结的取消，与自己挚爱的奶奶季瓷的死亡同时抵达。将这种爱与死的冲突与激荡，在章西芳的生命中推向顶峰的是那一场车祸。那场车祸是在章西芳与自己的情人转朱阁经历了一次极度的爱的欢愉之后，突然转向死亡，可以说爱的极致与死的极致几乎同时抵达。而“死”后章西芳的灵魂飞回到了颍河湾，飞回到了自己挚爱的奶奶、爷爷、妈妈，以及所有死了的亲人身边，在那里，爱与死合为一体，构成了小说叙事的峰巅。

由此，我们完全可以相信，作者周瑄璞是以“爱”和“死”两种本能为阴、阳两个极点，完成了《多湾》的叙事结构的。因而《多湾》的结构就像一个太极图，以死和爱为阴阳两极，画出的一条蜿蜒曲折、无限轮回的曲线，一条像颍河一样的曲线。这条曲线就被作者叫作：多湾。

二、多湾：一部用人格心理构建的心灵史

整部《多湾》可以被视为是一部人格心理学作品。人格本身是心理学研究的重要现象。小说中讲述的几十号人物所共同的奋斗目标就是人格的完美，而他们的人生悲欢几乎全部是由对人格完美的追求，或者人格的残缺造成的。可以说对人格完美的追求是颍河人爱的理由和趋向于生的本能的主要动力。

小说中表现了多种不同的人格境况，处于极致的是两个人物，一个是一生追求人格完美的季瓷，一个是一生为人格残缺所困扰的章有福。

季瓷的一生都是依靠人格力量走下来的，她在生命中最艰难的时刻，都不会放弃对人格完善的追求，她用自己的辛劳和聪慧不仅走出了自己改嫁后的困境，而且为婆家还清了债务，挽救了整个家庭。她在全家饥饿到死亡边缘，也不愿意去向一位关心自己的男人借一袋口粮，即使在乞讨的时候，她也会剪个花，给村里的姑娘们，以消除乞讨带来的自卑和屈辱，艰难地留住岌岌可危的自尊，从而维护自己的人格。一直到死，季瓷都没有给别人带来过任何牵累，不管在任何艰难困苦中，她都始终在独自完善自己，帮助他人。季瓷是人格心理学中所说的典型的完美型人格。完美型人格最典型的表现，就是忍耐、有毅力、守承诺、贯彻始终、爱家顾家、守法、有领袖般的影响力、喜欢控制、光明磊落。小说对季瓷性格的描写几乎全部符合这些特质。

章有福一生的痛苦和困扰就是因为其生理缺陷导致的人格的残缺。他和所有健康人一样有着作为人的各种需求，他需要爱，也需要被爱，他爱他哥哥的遗孀、她的嫂子桃花，但桃花偏爱章四海。这严重加剧了章有福的人格残缺。小说中描写这种人格残缺最精彩、最真实的表现是对章有福

捉奸的描写。章有福猜出桃花和章四海都没有去邻村看戏，一定有奸情发生后，经过复杂的思想斗争，鼓起勇气，终于从戏场狂奔回村里，准备将桃花与章四海捉奸在床，暴打这对奸夫淫妇。但当他冲到这对正在赤身裸体寻欢作乐的奸夫淫妇面前时，表现出的既不是愤怒，也不是吃惊，更没有如预想的那样去暴打，而是自己大哭了起来。这是典型的人格残缺的表现：人格的残缺使他的心理变得极度脆弱，完全丧失了攻击和征服对方的勇气。正是这种人格残缺决定了章有福最终离家出走，颠沛半生的命运。

此外，章西芳的人格状态是多重的、复杂的。她深得祖母季瓷的人格标准的遗传和规训，又遭遇到现代社会关系的复杂纠葛，因而导致了她人格的多重性和复杂性。正是这种多重人格决定了章西芳在恋人、丈夫、情人、官员和网联男友面前的不同面具，决定了她对农村与城市、家人与社会、爱情与事业、现实世界与虚拟世界完全不同的情感取向，也决定了她命运的起伏不定。而在“文革”中利用阶级关系整人的章节高等那一批人，是属于分裂型人格。属于分裂型人格的人多存在变态心理。正是这种变态心理使这些人在整人时经常会采取种种虐待手法。小说中描述的一个个在“文革”中被整的人大多死于变态的虐杀。凡此种种，都足可以让我们从人格心理角度去考量这些人物形象的得失和成败。因此，整部《多湾》可以被我们看作是一部活态的人格心理学作品。

三、多层次的世俗心理探索

作为一部心理小说，不管作者是否自觉，《多湾》对诸多世俗心理的探索，应该大大超出了心理学家们的想象。有许多心理现象也是心理学家难以用理论去表述的。小说中最成功、最感人的心理描写就是章柿一生找寻从小失散的绳姐，最后只找到绳姐的坟墓时的那一段心理描写。绳姐是在童年时对章柿倍加关爱的一位小伙伴，却因为饥饿被家人卖到外地，从此杳无音信。章柿一生都在思念着这位小姐姐，不惜一切代价托人四处打探、寻找，直到他进入垂暮之年。但最终找到的，却是绳姐的坟墓。作者对绳姐墓前章柿撕心裂肺、百感交集的心理描写可谓催人泪下，感人至深。这段描写不仅大大拓展了小说的心理空间，而且的确已将那个时代普遍的情感心理表达到了极致。

这部小说完全可以衍生出来好几部学者们没有书写出来的世俗心理学。

譬如说寡妇心理学。小说精彩地描述了几个不同类型的寡妇心理，真切而微妙。作为丧偶女性，所有寡妇都在经受爱情缺位的心理煎熬，同时也在承受传统道德、家族伦理和社会舆论的监视与压迫。但一个基本事实是，她们从生理到心理都在渴望爱情。因此，寡妇心理是女性心理中因残缺而激荡的一种独特类型。追求人格完美的季瓷在丧偶后，既没有按照传统观念，去从一而终，守候亡灵，终老一生，也没有像小说中其他几位寡妇一样，去选择红杏出墙，而是坚定地选择了改嫁。这一选择与季瓷的人格类型完全统一。而桃花是另一种寡妇的类型，她没有选择改嫁，也没有选择从一而终，更没有接受小叔子劣质的爱情，而是选择了长期与章四海偷情，当他们的奸情被章有福公之于众后，她便由偷情转向了大胆而公开的爱，而且一直到老。小说对这位寡妇的心理描写十分细腻，从写桃花在面临被饿死的危险时，抗拒性地接受章四海的食物，到公开热辣地爱章四海，并向章四海的原配挑衅，桃花的心理通过一系列动作、行为、语言，一步步都表现得合理而微妙。季瓷的嫂子季刘氏又是一种类型的寡妇，所不同的是季刘氏是一个比较富裕而且有教养的寡妇。她是在出去学文化时与周老师相识、相爱的。作为有教养的寡妇，季刘氏与周老师相爱之后的心理冲突，比其他几位寡妇要剧烈得多。因为传统道德与家族伦理对她的压迫要比其他几位寡妇大得多。正因为如此，她的爱也要强烈得多。因此，小说在对几位寡妇的心理描写中，最充分、最精彩的就是季刘氏。这部分心理描写，不仅是小说中的华彩部分，而且也可能是最值得心理学家研究的一个典型案例。于芝兰是《多湾》中唯一恪守妇道的寡妇，自从丈夫死于监狱之后，于芝兰既没有改嫁，也没有寻找新的爱情，甚至没有越雷池半步的心理，而是将所有希望寄托在两个儿子身上。这个全方位符合传统文化对一个寡妇的规约的人物，或者说，在传统文化的意义上可以作为模范寡妇，可以立贞节牌坊的寡妇，却屡遭政治迫害，以至于被虐待至死。作者虽然没有对她的心理做过多的描述，但这位寡妇的心理或许是作者留给人们的最大的想象空间。

再譬如说偷情心理学。《多湾》中讲述了多种不同类型的偷情故事。如桃花与章四海、季刘氏与周老师、章西芳与转朱阁等等，他们都有着完全不同的偷情心理。桃花与章四海是在极度困苦的饥荒年代发生的偷情故事，桃花的情感与物质的双重缺位成为这一偷情故事的直接导因。在物质极度稀缺的状态下，伦理道德的约束力一般也会松懈下来，但是桃花与章四海却遭受了章有福的强力干预，更遭受了社会舆论和政治上的双重压迫。因此，他们在心理上经历了从隐秘到公开、从压抑到完全释放的过程。而季刘氏与周老师的偷情则不是在饥荒状态下发生的，因此他们面对了比桃花与章四海更加严峻的来自传统文化和家族伦理的压迫。他们的行为完全出自情感的缺位。这两对恋人的偷情是发生在传统道德和宗法伦理保留比较完整的农村社会，章西芳与转朱阁的偷情则是发生在现代都市中的行为。如果说桃花、季刘氏的偷情是由于情感缺位的话，那么章西芳与转朱阁的偷情则是一种婚外恋；如果说桃花、季刘氏的偷情是完全出自生理与心理补偿需要的话，那么章西芳与转朱阁的偷情则是出自一种生理与心理的娱乐，出自一种现代人的生活方式。

此外，《多湾》还触及了新兴的网恋心理学。网恋现在很普遍，网恋与传统的恋爱最主要的区别在于它发生在虚拟空间，恋人之间的相识、相爱、相亲没有经过传统恋爱中那种在现实层面上的直接接触，也没有经过中介的联结和撮合，而是在虚拟中纯粹凭借想象来完成。因此，网恋的心理过程与传统恋爱有着巨大的差异，而且是一个随着互联网出现的新兴的心理类型。《多湾》对章西芳和Past的网恋心理的描写，应该说开启了一个新的心理探索领域，而且至今还很少见到文学作品中有这么精彩的对网恋心理的表达，值得读者和心理学家去关注与研究。

四、在互文关系中延伸的心理空间

《多湾》本身已经给人们展开了一个巨大的心理空间。但不管作者是否有意为之，《多湾》的心理空间绝非仅限于它本身，而是巧妙地通过潜文本和互文性，将此文本的空间延伸至为人们所熟知的文本空间之中，从而将已有的空间延伸至更大的空间。这种潜文本和互文性主要是通过每一章篇首的引言打开的。

《多湾》每一章篇首都加有引言。前14章的引言全是河南当地的民谣、民谚，后12章的引言选自普希金的童话诗《渔夫与金鱼的故事》。引言不是可有可无的东西，也不是一种装饰，而是作者巧妙设计的潜文本，它与小说本身构成了一种互文关系，从而大大拓展了小说的心理空间。

前14章引言中的民谣、民谚，汇聚了中原一带丰富的民间生活经验和地方性知识，如蚂蚱经、黄瓜谣、蛇蚤歌等等。这些谣谚诙谐、机智，既充满生活情趣，又富有人生哲理。作者以此作为引言，构成小说《多湾》的一个系列潜文本，并与《多湾》形成互文关系，从而成为小说中人物命运的隐喻和人物心理空间的延伸。

后12章的引言摘自俄罗斯诗人普希金的童话诗《渔夫和金鱼的故事》，构成了小说的又一个潜文本。由此，《渔夫和金鱼的故事》与《多湾》形成了新的互文关系。《渔夫和金鱼的故事》里的三个角色：老渔夫、老太婆、金鱼，演绎了对物质、欲望的三种不同态度，表现出三种心理状态和人格类型，正好和《多湾》中的人物心理和人格类型形成了一种相互参照和互动关系。譬如《渔夫和金鱼的故事》中的老渔夫勤劳、本分，与《多湾》中的季瓷的勤劳、本分在心理和人格上的相互隐喻；老太婆的贪欲所导致的千金散尽、荣华全失，与章西芳的贪欲所酿成的车祸、破相、生命垂危和事业全毁，构成了有效的互文和相互隐喻关系。而那条金鱼虽在《多湾》中并没有出现，却是所有《多湾》人祖祖辈辈共同寻找着的命运的主宰者和生存的希望所在。

使用引言尽管是一种常见的写法，但不同的引言与文本之间会构成完全不同的关系。最常见的引言大多是用名人名言、格言警句，试图对文本进行理性的提升与概括。这类引言可以起到画龙点睛的作用，但无法与文本形成互文关系，更算不上潜文本。而《多湾》的引言，采用的是谣谚和童话诗。这些来自民间和诗人的作品，自身就在讲述故事，可以构成潜文本，并与小说文本形成互文关系，同时又富有诗意，可以用韵文和咏唱的方式，使小说中讲述的人物心理和生存命运实现诗意化的升华。这种方式类似古希腊戏剧中经常出现的歌队，采用合唱的方式，随时可以将整个剧情诗意化。

行文至此，我仍不敢肯定《多湾》的作者是在自觉地写作一部心理小说。但《多湾》的文本现实已经告诉我，这是一部既具有文学价值，又具有心理学研究价值的作品。本文所做的，仅仅是一个提示，更深入的研究尚待心理学家们来完成。

原载《当代作家评论》2017年第5期

后 记

陕西一向有重视文艺批评的传统。早在改革开放初期的1981年，陕西作协和文联就联合成立了全国第一个文艺评论组织——文学评论笔耕小组，对第一代文学陕军的研究和第二代文学陕军的成长发挥了重要作用。十多年后的1993年年初，笔耕组进一步扩展为全国第一家文艺评论家协会，批评队伍和批评视野进一步扩大，在全国形成了较大影响。由此，在陕的批评家和在京的陕籍批评家一起被称为“陕派”批评家，在文坛，与京派、海派、闽派并称。今陕西作协组织出版这套文学批评文丛，再一次接续并强化了重视文艺批评的传统。

本人作为陕西批评队伍中的一员，且连续担任了两届陕西省文艺评论家协会主席，同时，也作为在陕西师大从事文艺批评研究与实践的教育工作者，自然对陕西文学的发展保持着应有的关注，并发表过一些言论。今按照文丛“立足陕西，辐射全国”的编选原则和字数要求，本人在21世纪以来发表的关于陕西文学（主要是小说）的文章中，选出较有代表性的篇目，聊充一册，以致敬陕西省作协的高度责任感，也请广大读者朋友批评指正。

无论从何种角度上说，陕西当代文学都已形成了自己的传统，而且属于中国当代文学的主流传统。在这一传统中发掘并总结一些文学经验，不仅可以反哺陕西文学自身的发展，而且有益于中国当代文学的整体进程。基于这一认识，本人在选编时，侧重了对“传统”和“经验”反思的文章，也体现了“立足陕西，辐射全国”的原则。如以小说为代表的陕西文学本身集中于乡村叙事领域，所以笔者在重点选录分析陕西作家作品的文稿基础上，还选录了两篇较大篇幅的讨论整个新文学史上乡村小说传统和新乡村叙事的文章，以及关于本人对作为现实主义核心理论的典型问题、话语生态问题的讨论。

少有的例外是写柯仲平的文章，一是柯仲平是本书中唯一的诗人，二是所论及的是柯仲平在延安时期的文学作品和文艺活动，应不属于陕西的当代文学。但之所以还要选入，是因为柯仲平是连接延安文艺与陕西当代文学的重要纽带之一。新中国成立初期，他不仅是中国作家协会的两位副主席之一，而且也是西北文联和中国作协西安分会的主要领导人，对陕西文学传统与经验的形成发挥过引领作用。

对旧作的选编，意外地成为对自己批评历程的一次检讨。本人从事文艺批评，从现代诗学研究和诗歌批评起步，后来又受陕西文坛氛围的熏染，与当今时代文艺创作中跨界写作、跨媒介叙事和跨媒介传播现象的倒逼，逐步涉足小说、影视和媒介批评领域。其弊端在于未能对某位作家或某部作品进行跟踪式研究与批评，很难成为“某某专家”。但始料不及的是，在今天的文艺生态中，这种所谓“跨界批评”却也打开了一些视野，多了一些对文艺现象观察、思考的理论视角和学术触点。

就批评的本义而言，本人一直认为，无论在何种意义上说，文艺批评本质上都是一种学术建构行为，都是要在对大量文艺实践的分析、判断和阐释中，生发出具有规律性和普遍性的文艺思想理论来。批评家应该有自己的主体性，有自己学术建构的基本思路，而不是围着作家作品转。文艺批评与文艺创作是两条独立运行的轨迹，各自都有自己的规律和传统，都有自己的创新渠道和空间。批评家与作家、艺术家及其作品的相遇，是由其学术建构的基本思路决定的，是由于某位作家、艺术家的某个作品或某种艺术行为，可以为批评家的学术建构提供实践资源和阐释空间。因此，批评行为之于批评家和作家、艺术家，是一种直觉或理性的相互碰撞，相互启迪，各有所得，各得其所。事实上，文学艺术史正是在创作与批评的相互碰撞和相互启迪中推进的，二者的关系是平行的，也是平等的，是并行不悖的。

最后，我要诚挚感谢陕西省作协、陕西师范大学出版总社和为编校工作付出辛劳的编辑老师，尽管本人也是陕西人，也是陕西师大人。

李　震

2024年10月25日